极限穿越

JIXIAN CHUANYUE

王刚军 著

中国社会出版社
国家一级出版社 全国百佳图书出版单位

图书在版编目（CIP）数据

极限穿越 / 王刚军著 .—北京 ：中国社会出版社，2021.7（2024.8 重印）

ISBN 978-7-5087-6586-0

Ⅰ. ①极… Ⅱ. ①王… Ⅲ. ①纪实文学—中国—当代 Ⅳ. ①I25

中国版本图书馆 CIP 数据核字（2021）第 139654 号

极限穿越

出 版 人：程 伟
终 审 人：李 浩
责任编辑：李冬雁
装帧设计：时 捷
出版发行：中国社会出版社
（北京市西城区二龙路甲 33 号 邮编 100032）
印刷装订：永清县晔盛亚胶印有限公司
版 次：2021 年 7 月第 1 版
印 次：2024 年 8 月第 2 次印刷
开 本：170mm × 240mm 1/16
字 数：280 千字
印 张：18.25
定 价：88.00 元

序

摆在我面前的,是一部沉甸甸的"奇书",它没有标语口号式的豪言壮语,没有故作高深的心灵鸡汤,没有玄奥难懂的理论思辨,……它甚至没有华丽的文字,然而,它真正地吸引了我,让我不由自主地跟随着作者沉重的脚步,经历了一次艰苦卓绝的、炼狱般的"绝地穿越"之旅。我仿佛置身在广袤的戈壁、浩瀚无垠的沙漠、巍峨险峻的高山雪原、神秘幽深的原始森林,……与四位志同道合、充满朝气的年轻人一起,不啻经受住了塞北漠风的吹打、高山缺氧的考验、茫茫雪域的饥寒交迫、无人地带野兽的侵袭,……同时也深深地领略了沿途奇异的自然风光,瑰丽、神奇的文化遗址,多姿多彩的少数民族习俗,深深地感受到了边地战士的不畏艰苦、勇于奉献的伟岸英姿,以及他们对祖国、对人民的赤子之情,感受到了少数民族同胞的热情好客、团结友爱的真挚情谊。

它就是王刚军老师的新书《极限穿越》。

毫无疑问,这是一部浸透了作者血汗且故事真实的书。它让我仿佛穿越了时光的隧道,回到改革开放刚刚起步的 20 世纪 80 年代。刚军老师生于 60 年代,而我则是 70 后,70 后与 60 后,比之 70 后与 80 后,年代之间的断层似乎并不那么明显:我与刚军一样,都深刻感受到了改革开放初期那种弥漫全社会的躁动氛围,因而,我对于青年刚军身上所表现出来的那种不甘于平庸、勇于挑战自我的人格魅力和精神气质感到格外的亲近,他让我不止一次地想起了著名作家路遥所说的:"生活不能等待别人来安排,要自己去争取与奋斗。"青年刚军显然就是一个不愿等待别人来安排的人,由于厌倦了百无聊赖的生活,参加工作不久的他与几位志同道合者终于作出了一个大胆的决定：骑自行车走遍半个中国，而且必须选择最难穿行的险恶之地。正如我们从书中所看到的，他们做到了：在200天的时间里，以自行车为交通工具，自费走完了17600余公里。而完成这一壮举，在缺医少药、缺钱少吃的条件下，不知经历了多少艰难险阻！

在此，我不禁想起了红军二万五千里长征。毛主席曾说："自从盘古开天辟地，三皇五帝到如今，历史上曾经有过我们这样的长征吗？十二个月光阴中，天上每日几十架飞机侦察轰炸，地下几十万大军围追堵截，路上遇到了说不尽的艰难险阻，我们却开动了每个人的两只脚，长驱二万余里，纵横十一个省，请问历史上曾经有过我们这样的长征吗？没有，从来没有的。"是的，红军长征是历史记录上的第一次，是中华民族史和世界战争史上的一个奇迹，其伟大的历史意义显然是无可比拟的。我们确实看到，对于革命年代的历史记忆早已成为民族精神建构的重要维度，其中，红军长征的"红色基因"更是影响了一代又一代的中国人。刚军等人身上显然有着钢铁般的意志，那种不畏艰险、敢于挑战的精神气概，正是帮助他们在极其艰苦的条件下挑战极限、战胜困难、完成壮举的宝贵支撑。而这本书所真正感动我的，也恰恰是透过朴实无华的文字、丰富多彩的细节、一系列艰苦场面的描写不断流露出了的革命英雄主义和乐观主义的情感。

2021年1月28日，教育部门户网站发布了对全国政协委员《关于防止男青少年女性化的建议》的答复，提出要更多地关注培养学生的"男子汉气概"。一如路遥所说："男子汉应该是一种内在的品质，而不是靠化妆和表演就能显现出来的。"造就"男子汉气概"，必须更加注重青少年的内在修养。习近平总书记多次指出，要做好"红色基因"的传承和传播。党的十九大以来，习近平总书记还多次强调"越是艰险越向前"。而刚军等人的壮举连同刚军的新书无疑就是对"红色基因"和"越是艰险越向前"的创造性的生动阐释，具有十分重要的现实意义。

书名"极限穿越"不仅记述了穿越者身处非常之地，穿越的环境极端险恶，同时也是一种向死而生的英勇无畏的斗争姿态，是穿越者以惊人的意志向极限环境所发起的勇猛挑战。正是在绝地中创造活境，穿越者的生命力、意志力才得到了完美的阐释。当下世界正面临百年未有之大变局，我们比历史上任何时期都更接近、更有信心和能力实现中华民族伟大复兴的目标，同时必须准备付出更为艰巨、更为艰苦的努力。从这个意义上说，当下中国恰恰需要“极限穿越”的意志和勇气，要善于化逆境为顺境，化危机为转机，在变局中不断创造新局，团结一心，处变不惊，沉着应对，中华民族伟大复兴的中国梦一定能够早日实现！

唐正杰

2021 年 2 月 18 日写于佛山

内容简介

"广东高校教师考察队"于1988年6月3日至12月30日，以自行车为交通工具，历时200天、行程17600余公里，自费对全国13省区（包括广东、湖南、河南、湖北、陕西、宁夏、甘肃、新疆、西藏、四川、贵州、云南、广西）的历史、民俗、教育、旅游等进行实地考察，收集到200多万字的文字资料并拍摄了600多张图片。

1987年9月，由佛山兽医专科学校（现佛山科学技术学院北院）的4名青年教师王刚军、李满光、姚远、唐海全发起组织了"广东高校教师考察队"，聘请暨南大学经济学院院长王光振和经济学家张元元教授，法学院法学家端木正教授，中山大学地理系主任、旅游地理学家黄进教授，广州体育学院教务处副处长陈树华教授和体育理论专家饶纪乐教授，以及广州市自行车运动协会秘书长陈光等20多位专家组成"广东高校教师考察队专家指导委员会"，具体对考察队的各项准备工作进行全方位的指导。考察队在9个月的准备期，从历史文化、地理地貌、民俗风情、自卫自救、野外生存、体能训练6个方面进行了积极的准备。

在此次集体育运动、旅游探险于一身的考察活动中，考察队按原计划路线自始至终地骑行全程而获得最后的成功。《羊城晚报》《南方日报》《佛山日报》《河南日报》《长江日报》《西藏日报》、广东电视台、佛山电视台、佛山人民广播电台等新闻媒体对考察活动的情况分别进行了专题报道。全体考察队员安全返回佛山后，先后受邀广东电视岭南台、佛山市文联、华南师范大学、佛山兽医专科学校（现佛山科学技术学院北院）、佛山市财政学校等10多家单位作专题考察报告。次年，佛山电视台在"今日话当年"的专题节目里，将考察活动称之为现代青年教师不畏艰险、勇于创新的一大创举，被誉为1988年佛山市有较大影响的10件大事之一。

“广东高校教师考察队”队员：姚远、唐海全、李满光、王刚军

“广东高校教师考察队”行进路线

佛山（起点）、广州、佛冈、韶关、乐昌——郴州、衡阳、湘潭、长沙、岳阳——咸宁、武汉、孝感、大悟、武胜关——信阳、驻马店、漯河、许昌、尉氏、开封、郑州、洛阳、三门峡——潼关、渭南、临潼、西安、咸阳、乾县、彬县、泾川、平凉、隆德、华家岭 ——兰州、武威、张掖、酒泉、嘉峪关、安西、敦煌、柳园、星星峡——哈密、鄯善、吐鲁番、乌鲁木齐、石河子、奎屯、伊宁、巩乃斯、巴音布鲁克、库车、阿克斯、喀什、叶城 、麻扎、红柳滩——日土、狮泉河、噶尔、普兰、仲巴、萨嘎、拉孜、日喀则、江孜、拉萨、达孜、林芝、波密、八宿、昌都——甘孜、泸定、雅安、峨眉山、乐山、成都、内江、重庆——遵义、贵阳、安顺——曲靖、昆明、开远、砚山、广南——百色、南宁、宾阳、大塘、柳州、融安、桂林、阳朔、荔浦、梧州——封开、德庆、肇庆、三水、佛山（终点）

目　录

第一章

超越平凡

CHAOYUE PINGFAN

一、“我的未来不是梦”

倘若我能够,我将穿越时光的隧道,回到五彩缤纷的青春时代。

1978 年,我高中毕业,适逢国家恢复高考的第二年。正是在这一年里,从知青返乡、中日签署和平友好条约、关于真理标准问题的讨论、中美正式建交到年底召开党的十一届三中全会,中国正式迈入改革开放的新时期,中国的天空不断绽放出举世瞩目的光彩,神州大地重新焕发出生机与活力。春回大地,万象更新,共和国整装再出发。在新的历史时期,全国上下,各种新事物层出不穷:万元户、农村生产承包、高校恢复招生、工厂焕发生机……

田径场

为了建设富裕、幸福、美好的家庭,为了祖国的繁荣昌盛,亿万群众像突然铆足了劲,争先恐后,只争朝夕;人们渴望美好生活的愿望似乎比以往任何时候都来得强烈,表达方式也更加直接、更为具体,许多人似乎在一夜之间明白了个人价值的真正含义。多年之后,我还清楚地记得陈家丽创作的那首《我的未来不是梦》(1988 年):“你是不是像我在太阳下低头/流着汗水默默辛苦地工作/你是不是像我就算受了冷漠/也不放弃自己想要的生活……”这首歌曾经红遍了祖国的大江南北,尤其是深受年轻歌迷的追捧,因为它道出了很多人的心声。

与我的父辈相比,我是幸运的,因为我见证了 20 世纪 80 年代那个沸腾的时代,而且顺利地通过了高考,成为一名光荣的大学生。1985 年 6 月,我从华中师范大学体育学院毕业,怀抱着激情与梦想,乘坐南下的列车来到了佛山兽医专科学校任教。进入一个陌生的环境,一切都是那么的新鲜,眼前的校园尽管建筑规模不大,学校大多数设备也已经很陈旧了,但刚刚翻修过的 300 米田径场上的煤渣跑道深深地吸引了我,太熟悉了!大学 4 年,我几乎每天下午都是在跑道上奔跑中度过的。看到它,顿感这就是施展自己才华和抱负的地方,激荡的心中充满了无限的期待,憧憬着美好的未来!

足球场

校运会

然而,在经历了短暂的兴奋期之后,我的心却渐渐地沉了下去,变得压抑而苦闷,孤独、寂寞、失落,这些恼人的情绪常常如影随形,挥之不去。初为人师,教的是自己的专业,每周 3 次共 6 节课,倒不觉得工作多累,然而,薪资微薄,业余时间过剩,竟不知如何打发。学校坐落在水库、农田和小山丘之间,黄泥土羊肠小道纵横交错,两旁长满了杂草,两三层高的老式楼房和成排的平房分散在小道的旁边,黄色的粉墙斑斑驳驳,让人增添了几许沧桑感。由于学校地处偏僻、交通不便,社交活动主要局限于校内。住房更是一个老大难的问题。我先是暂住学校的临时招待所,而后搬到了学生宿舍楼,一共两层,新教师住楼上，学生则住楼下。三个老师同住一室，房间本就狭小，却摆满了4张简陋的木架床，备课、睡觉甚至一部分娱乐都在这里。盛夏时节，每到暮色降临，房前屋后总会响起虫鸣蛙叫，个头粗大的花斑山蚊更是乘着夜色入屋，嗡嗡的声音此起彼伏，不断地寻找着吮吸的目标。而那时电风扇是稀罕之物，汗流浃背之下，只好穿短裤、光膀子，裸露的肢体却不幸成了蚊子尽情享用的猎物。

在住地学生宿舍楼顶合影（左起古丁、曾文、张远新、王刚军），摄于1986年12月

楼下的楼梯拐角处有一个水龙头，这是整栋楼的人洗漱的唯一去处，尤其是夏天，冲凉的人多，从黄昏直到夜晚，老师和学生三三两两、络绎不绝，都围着同一个地方，沸沸扬扬、声声不息。大家争先恐后、手脚麻利，完事以后尽快离开，谁都不想也不能多待一分钟；一群接着一群、一个紧接着一个，进进出出，循环往复，直到最后一个洗漱完毕，这才恢复一天难得的宁静。师生同浴，虽是同性，但仍有几分不雅的尴尬；更有甚者，学生之间乃至师生之间，常常因为先来后到的原因而起纷争，使得师长的脸面与自尊降低到了极点。

仙溪桥:1975 年建

老一辈教师参加建桥的场景

于是,拥有一套自己的独立居室成了很多老师的梦想。那时候,房地产市场刚刚兴起,除了公有制单位分房外,有经济能力买房的主要是私营企业主,即那些先富起来的人。而工薪族的个人月收入一般在 100 元左右,有些高收入部门可接近 200 元。尽管当时佛山市区的房价每平方米还不到 500 元,直至 1989 年,地处佛山市南海桂城和广州市五羊新城的房价才达到每平方米 600 元,但是,对大部分工薪阶层而言,仅仅靠个人的工资收入买房,那简直是天方夜谭,大家的月收入只能勉强维持日常生活的基本开支,银行又不可能贷款给私人,所以,能否住上套房,就只有依靠单位解决了。为了解决教师住房问题,学校制订了住房分配方案,但可分配住房严重不足,且准入条件十分苛刻,以致很多老师到最后也没分到渴望已久的房子。

图书馆

礼堂(体育馆)

兽医楼:1996 年体育馆拆除,体育部迁一楼

东区农学系 85 级学生宿舍

日复一日,年复一年,生命在无止境的失落中渐渐陷于萎靡,然而,我没有忘却那些充满青春气息的激情与梦想。在经历了无数个失眠的夜晚之后,我终于明白自己真正需要的乃是一个能够实现自我价值的机会,倘若机会不能自动降临到我的头上,那我就要努力去寻找它,甚至创造它,一如《我的未来不是梦》歌中所说:

你是不是像我曾经茫然失措
一次一次徘徊在十字街头
因为我不在乎别人怎么说
我从来没有忘记我
对自己的承诺

1985 年 11 月，兽专教工团总支组织青年教工到东莞虎门参观、秋游时合影

我刚参加工作就担任农学系 85 级 2 班的班主任，
图为 1986 年 5 月带学生到肇庆七星岩春游

二、一个大胆的设想

1987 年 9 月，新学年伊始，一天傍晚，我正在宿舍洗衣服，姚远刚踢完足球便来串门。闲聊中我们谈到刚刚过去的暑假生活。姚远说："假期回了一趟母校华南师范大学，听同学说，暨南大学生物系自行车协会暑假期间组织本系大学生骑自行车自费到海南岛采集生物标本，前后仅仅用了 20 多天，既完成了专业实践，又实现了环岛旅游，真是两全齐美的事情。”我听后羡慕不已，脑海里浮现出一望无际的大海、金黄色的沙滩和翠绿的椰林。诚然，这样的活动不仅能促进专业学习，而且极富挑战性，对个人体能无疑是大考验。

“我们也行！”我不禁脱口而出，“明年的暑假，骑自行车到北京或其他什么地方旅游。”

“对啊！去海南岛才 400 多公里，路也好走，这不算什么。”姚远显然也兴奋起来。

就这样，你一言、我一语，越说越起劲、越说越有味，感情的闸门一下子打开了，如久旱的禾苗得到了雨露滋润，我们内心的激情与冲动相互交织着，尽情地描绘着美好的蓝图。

我俩还想到了朝夕相处的李满光，他是学历史专业的，对我国历史文化和各地的风土人情都比较了解，而且大家的志趣相投，是无话不谈的好友。

于是我们一起去找李满光。听完我们的想法，李满光连声说：“好！好！太好了！”真是一拍即合。接着，我们叫来刚刚从华南师范大学体育系毕业的唐海全，告知我们的想法，并诚恳地邀请他加入。唐海全也兴奋地拍手叫好。大家沉浸在欢快热烈的气氛之中。

这就是最初的四人筹备小组，也如此形成了一个核心集体，而这个核心集体为考察队以后团结一致、奋发图强、排除万难、达到最后的成功起到了至关重要的作用。

此时，体形高大魁梧的李满光突然站了起来并大胆地提出：“骑自行车到大西北去，那里既神秘又充满诱惑，而且路难走，富有挑战性。”听完李满光的一席话，我的心灵之门瞬间被打开了，仿佛迎面吹来一股难以阻隔的暖流，令人心旷神怡。由于李满光所勾画的蓝图清晰可见，我们都异口同声地表示赞同。于是，大家要求李满光尽快制定出详细的考察路线图并计算出全程的公里数。而李满光不负众望，仅仅花了两天时间就绘制出考察队行进路线图并计算出全程约为 14200 公里（由于当时缺少必要的资料和工具，与后来实际行走的总里程 17600 余公里相比，少算了 3400 多公里）。

兽医系主任张敬伦副教授定居澳大利亚，他临行前设宴，我有幸受邀。这些老一辈的老师于 1958 年参与创办了佛山兽医专科学校。摄于 1987 年秋

与体育室主任曾新龙在宿舍楼合影。摄于 1989 年 1 月

随后，针对考察队的名称、具体行程安排等问题，我们先后开了 8 次小组会议。大家决定将考察队命名为“广东高校青年教师考察队”。我和李满光综合大家的意见，分别撰写出详细的考察计划书，经过集体反复研究、讨论和修

改，最后形成考察计划书定稿。考察计划书的内容包括考察目的、准备工作、任务清单、出发时间、每天的行程安排、经费预算等。

考察计划书定稿后，我们考虑到当时人们对考察活动有不同认识，为了避免外界阻力，尤其是避免考察计划中途流产，全体队员一致认为，在次年出发前的所有行动都必须秘密进行。为了保证考察计划书的内容不被过早泄露，只有找可靠的人打印。由于当时全校只有三台打字机，其中学校科研处有一台，我思前想后，决定找学校科研处的打字员小郑，当我把考察计划书的原稿交给她的时候，叮嘱她一定要保密，在晚上打字，绝不能让其他人看到稿件。过了几天，我取到油印好的计划书，立刻将底版蜡纸烧掉了，以免泄露。

有了正式的考察计划书，就有了行动的指南。出发前的各项准备工作就这样按计划有条不紊地展开着。准备期间的具体工作包括：

青年教工在仙溪湖畔的后山野炊。1986 年秋

1. 筹措考察经费：前期将信件和考察计划书一并寄给各个企业单位，后期则亲自到企业单位面谈。

2. 成立考察队专家指导委员会：聘请相关专业的专家，对考察队各方面的工作进行全方位的指导。

3. 向相关部门通报考察方案：包括广东省人民政府、广东省高等教育局、佛山团市委、相关的高校和媒体部门。

4. 考察队基本生活设备与后勤保障：主要由全体考察队员自行准备出发以后的生活必需品、药品、自行车及维修保养的零部件、防身自卫工具等。我们决定聘请我校青年教师蒋应雁为后勤保障的联络人，负责考察队出发后的所有联系工作，以及代领队员在考察期间的工资后再寄往前方，以作为考察队的后续经费。

5. 体能和野外生存技能训练：提高队员的力量、耐力、攀登和自卫搏击能力；野外救护、户外常见病应急处理、食物获取、方向辨别、营地搭建、野兽侵袭应激以及自行车维护等。

与 87 级学生毕业留影。摄于校园主干道，图的左侧为讲师楼，左后侧是饭堂，右侧是小卖部、总务科、财务科和保卫科

摆在我们面前的最大困难就是考察经费问题，尽管全部预算不到 3 万元，但当时我们一个月的工资加上各种津贴只有 100 元左右，且由于工作年限短，只有一两年,平时根本没有积蓄,仅靠个人的经济能力来筹集考察经费的确非常困难。鉴于这种情况,我们试图寻求企业赞助摆脱考察经费上的困顿。于是,大家分头找来珠江三角洲各地区的电话号码簿,按照所提供的通信地址,分别给有实力的企业写求助信,同时也一并寄去考察计划书,希望得到考察经费的支持和帮助。然而,我们充满期待地等了 20 多天,却石沉大海、杳无音信。

后来,我们意识到要想得到企业单位的赞助,仅靠信件联系不会有任何结果,只有亲自找上门去,才有可能获得企业对考察的支持。于是,我们分别到 30 多家企业谋求赞助,遗憾的是,竟没有一家企业愿意给我们出钱。究其原因,一是不相信我们能够按计划路线走完全程;二是担心队员在考察途中一旦出现安全问题需要赞助单位来承担责任。经过多方努力,但最终无功而返。

大半年时间过去了,眼看着离出征之日只剩下 3 个月的时间,为了不使考察计划胎死腹中,我们不得不放弃寻求企业赞助经费的想法,而决定自费考察,哪怕是沿途乞讨、打短工来维持生活,都必须按计划的行程路线走完全程。于是,我们重新调整了部署,大伙儿分头去找亲朋好友借钱,同时变卖稍微值钱一点的家当。

我把最值钱的家当——收放机卖了 320 元。到最后,四个人倾尽所有总算凑到了 2000 多元,可以勉强维持考察队的前期费用,但必须坚持走到乌鲁木齐。而后续经费则由蒋应雁老师代领我们每人每个月 110 元的工资后,寄往考察队从途中发回的信件所提供的前方省、市级的团委代收,待我们抵达后凭证明到所在地的团委取出汇款单,然后再到邮局支取款项。

在 200 天的考察行程中,考察队省吃俭用,经费开支共计 8000 多元(其中包括蒋应雁、罗伟强、严顺章、曾怀光、栗立军等好友在我们出发后的资助)。为了节省经费,所到之处我们首先找当地的政府机构或部队,以争取对我们在食宿方面的接待;实在没有办法,就只能以干粮充饥,在露天搭帐篷安营扎寨。尽管我们每天都定额开支,但途中仍然多次出现了经费中断的情况,由于后续经费衔接不上,为了生计我们不得不典当自行车、照相机,……真是"在家千日好,出门万事难"啊!

三、造访黄进教授

为了获取考察途经沿线各方面的知识和经验，我们聘请了暨南大学经济学院院长王光振和经济学家张元元教授、法学院法学家端木正教授；中山大学地理系主任、旅游地理学家黄进教授；广州体育学院教务处副处长陈树华教授和体育理论专家饶纪乐教授；广州市自行车运动协会秘书长陈光等 20 多位领导、专家组成“广东高校青年教师考察队专家指导委员会”，具体对考察队的各项准备工作进行全方位的技术指导。

当时，让我们感到困难的除了考察经费的筹措外，就是对西北地区的人文地理、自然环境的知识掌握得太少，甚至可以说是空白，尤其是对西藏高原的地理地貌、气候条件和民俗特点更是充满了一种神秘感，就连介绍西藏的小册子也很难找到，也不知道上哪里去找，至于怎样去应对高原反应，高原病是什么就更不清楚了。我对西藏的了解只局限于知道喜马拉雅山的珠穆朗玛峰是世界最高峰、藏族人喝酥油茶这些简单的信息。不过，我还记得读大学时，运动生理老师曾在课堂上讲过高原训练的情况：为了提高运动员耐久力，在比赛前，把运动员拉到高海拔地区在缺氧条件下训练一段时间，由于运动员适应了高原缺氧变化而使其血氧量升高，再到平原地区参加比赛时，耐久力便得到显著提高。其他队员跟我知道的差不了多少。

黄进教授

姚远是个有心人，由于他学的专业是教育心理学，专业的习惯使他具有严谨和细致的品性。他喜欢搜寻各种与考察相关的信息，甚至到处打听想要知道的事情，最后终于打听到了我国著名地理学家、中山大学地理系主任黄进教授曾经三进西藏进行科学考察。

于是，我们专程前往中山大学找黄教授取经。当我们贸然敲开黄教授的家门，开门的人正好就是他。由于黄教授不认识我们，显得有些紧张，我们赶紧自报来历并一脸诚恳地向他请教，这才打消了他对我们的疑虑。

丹霞地貌学科创始人、中山大学教授黄进（左三）

黄教授将我们三人让进了屋里，随即，我把考察计划书呈递到他的手里并请求指教。黄教授从茶几上拿起老花眼镜戴上，他首先看了考察路线图，显得神情凝重并异常惊愕地说："啊！你们走这条路线（新藏线），那是不可能的，你们知道那是一条怎样的路线吗？"

"不知道！"我们异口同声地回答。

"你们靠什么保障，有医疗救护支援吗？"

"没有，我们是自费考察，只能靠我们自身解决。"我说。

黄教授接着说："那不行！你们选择的这条路线是五条入藏路线中最长而且是最艰险的路段。此段路是荒无人烟的无人区，平均海拔高度 5000 米以上，最高海拔高度为 6500 米。由于高寒缺氧，一旦患上感冒，如果得不到及时医治会很快转为肺水肿、脑积水，抢救不及时就会导致死亡的。”

听到黄教授的这一席话，瞬间，我感到从未有过的恐惧，即将面对死亡的威胁，使人不寒而栗，怎么就没想到高原缺氧会死人呢？我们几个人面面相觑，气氛一下子凝重了。

过了一会儿，倒是李满光打破了此时异常沉闷的气氛坚定地说：“我们四个队员都是25岁左右的年轻人，在大学读书的时候就是运动员，平时也很喜欢运动，身体素质很好。”姚远补充说：“如果到时我们的身体感到不适，如呼吸困难，就带氧气瓶过山。”

为了降低发生危险的概率，黄教授建议我们改走青藏线（青海格尔木—西藏拉萨）。青藏线虽然也是高海拔地区，与新藏线相比较可要低得多，而且这条线全程800多公里都是柏油路，非常好走，来往的各种车辆也不少，假如队伍在行进途中遇到什么危险的事情，也能够得到过往人员的及时救援；同时，还可以大大缩短行程时间。如果我们接受黄教授的建议，那将意味着放弃此次考察线路中最有价值的路段——西藏阿里地区原生态的民族风情，而探险性考察的意义也会大打折扣。出于上述考虑，我们没有接受黄教授的建议，最后还是坚持走新藏线。

黄教授见我们去意已定，再做劝说已无济于事了，便叮嘱我们：“你们可采取边适应边移动的方法，就是说，先在高原地区的山脚下安营扎寨住上几天，使身体渐渐地适应缺氧环境，驻扎的时间越长，身体就越适应高原缺氧。然后，再往更高海拔的地区移动一段距离并驻扎几天，使身体重新建立适应。与此同时，积极与当地驻军取得联系，请求后勤生活和医疗救护支援，这样可以保证队员因高原缺氧而引发高原病时能够得到及时有效的救治。”听了黄教授的建议，我们不约而同地表示赞同。接着，我对黄教授说，我们原来的想法也是这样，所到之处必须首先找部队联系，以取得其对我们各方面的帮助。这是确实的，在后来的考察途中，尤其是在人烟稀少或者无人区的日子里，倘若没有当地部队同志的帮助，我们根本无法生存。当年，无论我们处于何种险境，大伙儿总是说，只要找到了部队，就会有希望，就有安全感，就没有办不成的事。一路走来，对驻扎在高原兵站、机务站、哨卡上的子弟兵给予我们的无私援助，虽然已时隔多年了，每当我忆起往事，心灵深处的感激之情依然如故。

“为保证队员因高原缺氧不至于引发高原病，你们一定要随行配带氧气袋，当出现头痛、呼吸困难的情况下能够及时吸氧；并带上预防高原病的常用药物，如感冒药、红景天等以作备用。”就这样，曾三次进藏的地理学家本着缜密的思考和丰富的经验向我们提醒道。李满光向黄进教授表示：“我们一定按照您的建议分段驻营，以使身体逐渐适应高原缺氧环境，并随身配带氧气袋以防不测，不作无谓的牺牲。”黄教授听了李满光这番话，原本严峻的脸上终于露出了笑容，然而进一步强调说：“阿里地区有1000多公里的无人区，就是说，那些地方由于自然环境恶劣，高寒缺氧，不适合人在这些地域长期居住，没有永久定居点，只有游牧的藏民以家庭为单位展开季节性放牧而设置的临时住所，且随时迁移，尤其是每年的10月下旬至第二年4月的冬季，大雪封山，道路被大雪覆盖，外出放牧的藏民也早已返回聚居的村庄，那段路也就成为名副其实的无人区了。因此，你们一定要在10月下旬走出阿里地区，要不然，就只能等到次年4月开春时积雪融化后才能走出来。”

黄进教授问我们：“你们以前搞过自行车旅游吗？”

“没有，这是第一次。”

“那你们就是缺少骑自行车旅行的实际经验。”

“是的，我们的确在这方面没有经验。”

“那你们不妨先选择其他路线，譬如像东南沿海一带的地方，其自然地理环境、气候条件相对比较容易适应，等搞过几次这样的活动，积累了丰富的长途骑车旅游的经验之后，再到偏远地方去。”

到了告别的时候，黄教授依然像老父亲一般叮嘱我们说：“进藏后，如果遇到高原缺氧确实过不去，千万别硬闯，生命安全才是第一位的，留着健康的身体，以后再从长计议，来日方长嘛！”一时间，我们几个都觉得前途未卜而显得神情凝重，尽管口头应允了黄教授的叮嘱，但要放弃既定计划却是于心不甘啊！

从黄进教授家里出来，大家没了往日的兴奋，我第一次感受到临战前对死亡的恐惧。路途遥远与艰难并不可怕，可怕的是大自然的无情，无情到足以把我们吞噬或毁灭。胆怯之心使我第一个提出了改道的意见，就是采纳黄教授的建议，避免走新藏线而改道走青藏线。由于队员当时对青藏高原自然环境的了解几乎是空白，对高原缺氧所带来的后果也只是刚刚从黄教授口中知道了一些，也是第一次听到高原病的发病机理，作为权威专家的意见我们没有怀疑的理由，所以，我提出改道的意见也同样得到姚远和唐海全的认可。看起来，他们内心也颇为复杂。

后来，唐海全见大家迟迟没有行动，以为我们开了头就泄气了，他再也按捺不住地责问我："要行动啦，不能就这样不干了吧？事情是你们发起的，现在又不管了，究竟想怎么样？"我真的不知道如何向他解释，但非常理解他当时的心情。我和李满光又何尝不希望早点出发，只是苦于无计可施。

眼下，黄进教授告知我们原先对西藏未知的情况，尤其是高原无人区气候条件的恶劣，使我们必须面对高寒缺氧的死亡威胁，因此，应该对原定路线进行重新考虑：是直闯无人区还是改道避让？一时间还真让人难以取舍。姚远、唐海全和我的意见是改道，而李满光则认为："走新藏线是全程最有价值的部分，那段路迄今为止还没有人以骑自行车的方式完整地走过。至于高原反应问题，我们从低海拔往高海拔地区经过较长时间的骑行后，身体已经随地势的逐渐升高而慢慢适应了，而且，我们抵达那里后，首先跟部队取得联系，能够得到相应的后勤保障支持。与此同时，我们还要见机行事，不能蛮干，以消除不必要的牺牲。"李满光有理有据的一席话，拨开了我们心中的阴霾，又重新唤起大家的斗志和勇气，对高原缺氧的恐惧也渐渐地没了。直至后来，当我们按原定的行程路线走完全程，顺利凯旋，我常常想：这样的活动，按常人的思维方式而过于理智地做足功课，也许会半途而废；而我们靠自己的力量不仅完成了它，而且每个人都安然无恙，被许多人称之为"创举"，归根结底就是因为我们是一个志同道合的团队，有共同的目标，而且始终坚持着一个信念，那就是：我们一定要成功，而且一定能够成功！这一点我们从未怀疑过，更没有动摇过。

我们还先后与中山大学、华南师范大学、暨南大学等一批高校的青年教师针对考察方案进行广泛的联系和宣传，并从中吸收了两位对考察活动有强烈要求的青年教师增加为考察队员，他们是分别毕业于中山大学社会学专业和北京大学经济学专业的硕士研究生。这两个人不仅年龄与我们相当，而且都有过社会调查的经历，其中一人还在一年前骑自行车穿越过"丝绸之路"，只是由于途中遇塌方而未能进入西藏拉萨。这样，在考察筹备阶段，考察队员原定由 6 人组成,然而,就在临近出发时,他俩由于自身的种种原因而退出了考察队,最后由我们 4 人承担了全部考察任务。

广州地区高校的领导和专家对我们的考察活动给予了高度评价和积极的肯定。如时任暨南大学经济学院院长王光振教授说:“你们代表了新时代的青年教师大胆实践、勇于探索的精神风范,把广东改革开放取得的先进经验带到西部去,既是宣传员,又是开拓实践的践行者。无论是对社会宣传教育效果,还是丰富自己的人生经历都是应当鼓励和肯定的。”再如广州体育学院的饶纪乐教授对我们的评价是:“中国非常需要像你们这样可以舍生忘死,敢于向大自然挑战生命极限,用行动去诠释体育旅游探险的真实内涵,讴歌了青年一代奋发向上的时代精神,这是一次不可多得的创举。但是,你们一定要确保安全措施,有多少人出去,就要有多少人回来。”这些长者的肯定和嘱咐就是对我们最好的精神鼓励,也由此激励我们战胜一切困难的坚强决心。中山大学、华南师范大学、暨南大学的校办还分别给考察队开具了“考察证明”。

在取得广东高校界的广泛关注和支持后,我们随即将考察计划书呈递给广东省高教局,负责接待我们的领导表示:“这样的活动很有意义,我们表示大力支持。但是,你们一定要得到所在单位的同意,避免造成不良影响。”第二天,我们四名队员将考察计划书递交给学校党委,并正式提出考察申请;莫书记审阅了考察计划书后表示,此次活动意义重大,学校将给予大力支持,并要求我们必须安排好各自的本职工作。于是,莫书记指示校办给考察队开具了“考察证明”。当时,我们感到有了学校领导的支持,心里就更加踏实了,从而消除了我们的后顾之忧。后来,广东省高教局领导也非常关注此事,还专门打电话到我们学校,向校领导询问考察队的有关情况。

紧接着,我们又积极与佛山团市委联系,团委的同志非常热情地接待了我们,对考察活动的价值和意义大加赞赏,并给我们写了“考察证明”。

我们经过较长一段时间从多个渠道进行广泛联系和宣传,社会各界对考察活动有了更多的关注。《南方日报》《羊城晚报》、广东人民广播电台和广东电视台等媒体单位均作了报道。不少青年教师和媒体记者出于对考察行进路线中的西部地区人文地理的好奇和向往,对考察活动表现出极大的兴趣和热情,纷纷表示要求加入考察队,但考虑到此次探险性考察的特殊性,尤其是体能要求极高、心理承受力接近极限，需要坚定的信念和必胜的信心，光有热情和勇气是远远不够的，所以，我们没有同意接纳新人加入考察队。也有些人尽管觉得自己的体能难以胜任长途跋涉的艰辛，而未能如愿以偿地成为考察队员，但仍然主动承担了后勤联络或新闻报道工作，以实际行动来支持此次的考察活动。

四、秘密准备着

经过一系列的准备之后，下一步的工作重点就放在体能训练和后勤生存保障的准备。

考察准备期的体能训练场：菠萝街尾的仙溪湖畔

唐海全找到了靠近仙溪湖岸边的一座旧式平房作为体能训练场所。房子背靠仙溪湖，房前有一块开阔地，左侧紧挨着一大片菜地，右侧 80 米处才是教工住宅区。此房原是学校临时工的住地，共有 3 个较大的房间，其中一间堆放着杂物，从周围的环境来看非常幽静和隐秘，不太容易惹人耳目，是理想的训练场所，大家一致决定将此处作为训练场地。姚远和唐海全第二天就搬了进去，在这里，大部分时间我们都在进行体能强化训练和出发前的各项准备工作。

在完成日常教学工作之余，我们上午集中学习野外生存知识，主要通过队员的集体讨论，提出问题，探究式地相互切磋，如救护、自行车维修技能等；下午则着重进行体能和自卫能力训练，训练内容包括环湖越野跑、强渡仙溪湖、力量举、攀爬、自由搏击，等等。

为了节省日常伙食开销，全队队员集中用餐，每天两人一组值日，负责买菜做饭；全部炊具只有两个电饭煲，再加上各人自带的饭盆。吃饭的时候也是大伙儿最放松的时候，大家围绕出征准备各抒己见，许多好点子正是在吃饭时提出来的。如姚远提出自己设计帐篷，这样不仅非常实用，而且便于携带；他还提议考察队员统一穿上印有标识的队服。我则提出每个人带上一支竹标枪出征，标枪既可以在空旷且没有任何固定物时用来搭帐篷，也可以用来防身。所以，在出发时，我们每一个考察队员的自行车横杠上都绑着一支标枪，可以一物两用。

当时，我们 4 个人当中有 3 个人已经有了普通的“五羊”牌自行车，就差李满光还没有。由于经费捉襟见肘，只能花 30 元买了一辆非常破旧的自行车。此车如果在今天早就进废品收购站了，虽然零部件完整无缺，但车身的电镀层早已脱落，钢圈、把手和三角架都被蚀得斑斑驳驳，车体呈黑褐色。我骑上去试了试，感觉车身有点摇摇晃晃，似乎承受不了我这 120 多斤的体重，不过当时我想，我们已经非常熟练地掌握了自行车的维修技术，把此车推回去进行维护，将关键零部件换过后应该还是可以承载着李满光进行长途跋涉的。于是，我骑上车一路摇一路晃，小心翼翼地从佛山市区骑回了学校。

他们几个人见到车，一个个神情惊诧，姚远异常疑虑地说：“这么破旧的车，行不行啊？”而唐海全则绕车转了一圈，叫我将车顶固定，然后用力推拉，发现车架左右摆动，便说：“老王，你怎么买回这样的车，用手一拉都摇摇晃晃，怎么能承受得住老李那么大个的重量骑着它上大西北啊！”

“是破烂不堪，但换上好的零部件就好骑了。”我说。

“对，车身还是可以的，重量又那么轻，用料也不错，是辆老式的‘飞鸽’牌自行车，还是天津货，且正好给我们提供拆装和维修自行车的实践操作机会，将它修理一番并调试好，骑它上昆仑山应该不成问题。”李满光接着说。

看到李满光如此有信心，大伙儿也就不再多说什么。

为了节约开支，我们决定携带可供4人合用的帐篷。于是，大家到广州天河体育中心的看台后面，那里的户外运动用品销售商店或许可以碰碰运气。当年不像现在，上互联网搜索就能找到自己想买的东西，而且，那时户外运动在我国才刚刚兴起，国内生产的户外用品为数极少，而进口产品占据了大部分市场，所售帐篷不仅价格昂贵且一般只能住两个人，折叠起来太大也不便携带。最后，姚远提出自己设计自己做，不但省钱且实用，捆扎起来绑在车架上就能携带了。

那几天，大伙儿凑在一起便谈论做帐篷的事情。设计帐篷总的原则是：帐篷的大小面积要能够安置四个人睡觉和摆放行李，可以防止蛇蝎及蚊虫进入，对开两个窗户，前后开两个拉链门，篷顶为金字塔形状并用手指般粗的尼龙绳穿过，方便起固定作用；底座的四个角各穿上尼龙绳，可捆绑在自行车上。在选料方面，大伙儿当时只知道那种蓝、白、红三色条纹相间，就是通常大家所熟悉的“蛇皮袋”一样的化纤编织面料。

几天之后，姚远设计好了帐篷草图并计算出布料所需的数量。经过大家的反复推敲，一个既实用又省钱，而且携带方便的帐篷制作方案终于确定下来。

接着，姚远买回来一批制作帐篷的材料和工具：条纹纤维编织面料、手指般粗的尼龙绳、5厘米长的钢针、拉链、窗纱以及到补鞋档才能买到的用来补鞋的粗线，等等。我们四个人用了一个星期的时间，手工缝制一针一线地将帐篷做好了。当把帐篷撑起来摆在地上，我们的“家”就这样诞生了！大家欣赏着眼前共同完成的作品，满心欢喜地钻进帐篷里好好感受一番，非常好，非常实用！待大家享受够了再把帐篷折叠起来，恰似两个叠加在一起的大枕头，有10多斤重，把它驮在自行车上长途奔波也很方便携带。姚远对它珍爱有加，便抢先提出由其负责携带上路；在以后的日子里，我们这个移动的“家”就由姚远贴身护卫，紧随着队伍走遍了万水千山，为我们遮风挡雪、安营扎寨立下了汗马功劳。

日常药品是我们后勤保障准备工作的重点，为了节省开支，我向大家提议尽量使用公费医疗份额，到校医院开出旅途所需的常用药品。于是，我找到了校医院的负责人陈医生并说明情况，他对我们的行动十分赞赏并表示全力支持。翌日上午9点多钟，我来到校医院，将事先写好的药品清单交给了陈医生，他非常爽快地按照我所提供的药品清单抄写到处方纸上，并亲自到药房对分拣药品的护士说："这是特批给考察队赴大西北考察的专用药品，就按单发药。"

我将药品取出来足足装满了一个行李袋。大伙儿见我把这些药品背回来很是高兴，在经费捉襟见肘的情况下，这无疑给予了我们莫大的帮助，每当想起这些，我们至今仍心存感激，难以忘怀！

考察队赴东莞模拟训练，受到罗卫强（右二）的热情接待

可以说，我们一旦踏上征途，在没有外界后勤保障支援的情况下，所有的生活用品都必须靠自己随身携带，因此，轻便、实用和一物多用成为全队的首选。个人装备包括自行车、一个可装 5 公斤饮用水的塑料桶、饭盆、挂式车灯、竹标枪、笔和笔记本、毛巾牙刷、毯子以及长短袖运动衣各一套。集体用品主要有帐篷、自行车维修工具及零部件和打气筒、药品、指南针、照相机、地图册、牙膏、香皂、针线包、火柴以及食盐和白糖等。

当各项工作已准备就绪，我们按原定计划于出发前一周进行了最后一次模拟长途骑行训练，目的地选择单程距离 90 多公里的东莞市，主要是测试队伍的骑行速度和耐久力，同时检验身体机能的生理和心理变化情况。

出发前的 1988 年 5 月，王刚军、唐海全和吴永良 3 名教练，带领学校田径队赴深圳教育学院参加“广东省首届专科学校田径运动会”，比赛成绩取得历史性突破。分别取得乙组团体总分第二名和女子团体总分第一名的佳绩。表现尤为突出的是兽医系 85 级刘富来独得 3 块金牌，并打破 1500 米、5000 米和 10000 米 3 项省大学生男子乙组最高纪录

全队于当天黄昏抵达莞城并顺利地找到了好友罗卫强。一见面，他欣喜若狂地大声呼喊：“兄弟们，我们终于见面了！”接着，兴奋地与我们一个个拥抱致意。大家沉浸在久别重逢的兴奋之中。罗卫强说：“我收到你们的来信，获悉你们准备骑自行车赴大西北考察，这些天我一直非常兴奋，期待着尽快见到你们。如果不是我一年前调到东莞，大家仍然在一起工作，那我肯定会加入你们的队伍一同奔赴大西北，这是人生一辈子的大事，是一次了不起的壮举！”

那天晚上，罗卫强盛情款待了我们，大伙儿激情豪迈地喝下了一杯又一杯的壮行酒。祝愿声声不断、经久不息，令人难以忘怀。

我们在东莞住了一晚，于次日上午向罗卫强道别后按原路线骑车返回。一路上，队员们由于平时训练有素，体能状态极佳而没有丝毫的倦意，大家的情绪不断高涨，期待着出发的日子早日来临。

出发前的一个月。我和唐海全以教练的身份带领学校田径队赴深圳市参加“广东省首届专科学校田径运动会”，获得乙组团体总分第二名、女子团体总分第一名。每个参赛队员都取得了奖牌，有些队员还获得多块奖牌，其中一位队员还创造了三项省大学生田径运动会的最高纪录。此次田径比赛所取得的成绩，是我校办校 30 多年以来所取得的历史最好成绩。这一催人奋进的成绩，不仅被全校师生传为佳话，而且也预示着考察队的大西北之行必将旗开得胜。

随着各项准备工作的不断推进，出发的日子一天天临近，当初我们的“秘密行动”渐渐地也就不再是什么秘密了。

考察队出发前一天的 6 月 2 日，我给学生上完本学期的最后一节课，完成了这学期的全部教学计划。下课前，我向全班学生作了简短的告别，并宣布了我们将于第二天奔赴大西北的消息。一时间，站成四列横队的同学们，那 30 多双眼睛里闪烁着异样的光芒，显得非常的惊诧和疑惑：他们似乎想说什么，可一时之间又不知说什么好。有些学生情不自禁地走上前来跟我握手祝愿。而我也找不出什么合适的话来安慰他们，只是一边拍他们的肩膀一边说：“老师一定会平安回来的，请同学们放心！等考察队凯旋后，我再好好地跟大家分享我们的考察见闻和一路上的经历。”我的话音刚一落，同学们都争先恐后地你一言、我一语地问这问那，因为，他们有太多的不解，有太多的疑惑，直到下课，他们依然久久不愿离去。

五、终于出发了

1988 年 6 月 3 日，是值得纪念的日子，也是我们终生难忘的日子。这一天，我们考察队一行 4 人将于早晨 7 点 30 分出发，正式开启探险之旅。当天，

《南方日报》《羊城晚报》、广东人民广播电台均作了报道。

天未亮我就醒来，按原来的约定，起床后的第一件事便是叫醒住在隔壁的李满光。我打开房门一看，从李满光的窗户透出淡淡的黄色灯光，我以为他已经起床在收拾行装，就径直地走到了他的窗前，只见他正伏在台灯下不知在写什么。便问："老李，写什么呢？""写几句话。"李满光回答完后便打开了房门，他随即将一张写满了字的白纸往大门上贴。我一看便明白，这是他留在这间屋子的心声。

畜牧系85级的曾光

畜牧系85级的胡克科

李满光的举动使我触景生情，我情不自禁地返回自己的房间，往书桌边坐下，拿来纸和笔。此时，我百感交集、思绪万千，是啊！这一走，生死未卜，是该留下点只言片语。瞬间，眼前又一次浮现出母亲那慈祥的面容，她望着我的眼神饱含了多少的牵挂和不放心！写着写着，渐渐地，我的眼睛发酸，眼眶也湿润了，任凭泪水滴落在"临别的留言"上。就要走了，内心深感愧疚，刚参加工作没几年，本应该为家里分担一份责任的时候，自己却走上一条本来可以不走，但又决意要走的艰险之路，怎么也不忍心让父母再为儿担惊受怕。然而，事已至此，决心已定，去完成一项自己设定的使命，况且这件事情已众所周知，几多期待，开弓没有回头箭，只有一直朝前走，不停地向前再向前。

时至今日，时间虽然已经过去了30多年，可当时的情景依然历历在目，令我记忆犹新，仿佛就发生在昨天而无法忘怀。

我把刚写好的临别留言郑重地摆在桌子的正中间，起身准备和李满光一起到饭堂吃早餐，然后推车前往姚远和唐海全的住地集结。

"王老师！王老师！"门外似乎有人在叫我，我打开门一看，原来是我的学生85级的曾光和胡克科。曾光说："王老师，我俩来送送你们，也没有什么好东西给你们，这些早餐是给老师带到路上吃的。"听完这一席话，我才注意到他们两人的手里各端着电饭煲内胆，里面装满了刚从饭堂打回来仍在冒着热气的早餐糕点。顿时，一股暖流涌向全身，一时间竟找不到合适的词语来表达对他们的感谢。接着，胡克科对我说："王老师，你们一定要保重，我们马上就要毕业了，等你们回来后，就按我俩从不同的地方寄来信上的通信地址给我们回信好吗？这样我俩也好放下心来。""一定写，一定给你们报平安。"我回答道。此时，我的心里倍感慰藉，师生兄弟般的感情是在平日里逐渐建立起来的，有学生的挂念，是老师十分骄傲的事情。以至半年后，考察队胜利归来，我一打开房门，在一大堆信件中，我首先拆开他们俩分别从海南岛和清远市寄来的信，获知的工作情况已经是5个月前的事情，但仍然使我非常高兴，为了履行当初的诺言，回来的当晚，我就分别给他们回了信，告知我们已平安返回的消息。直到7年后的1995年，我才与胡克科再次相见，那时，他带着妻儿一家三口专程回母校探望我。而与曾光再次相见则是整整过了10年，那是他回校参加校庆的时候。

7点30分，我们4个队员统一身穿后背印着"广东高校青年教师考察队"字样的蓝色队服，每辆自行车的车架上都绑着一支2米多长的竹标枪，车把前面挂着一个塑料篮子，并装着可盛5升水的白色塑料桶，车尾架上用橡胶条捆绑着30多斤重的行李袋。打头阵的是李满光的那辆车，车把上插着白底红字的"广东高校青年教师考察队"的队旗，我们几个则紧随其后，考察队就这样推车向校门口方向前进。车队行进在校园里的林荫道上，整个队伍显得格外醒目;此时也正好是早餐时间,前往饭堂用餐的学生川流不息,他们看到车队的行装和熟悉的面孔显得既诧异又兴奋。学生中,有的向我们挥手致意、有的热烈地鼓掌、有的则加入我们的车队里,结伴而行边走边问:“老师你们去哪里?去干什么?”“我们去大西北,去新疆、西藏。”一会儿,车队两边就聚集成两条长长的人流,学生们簇拥着我们的车队走走停停徐徐地向校门口移动。

车队来到校门口,这才看清许多青年教师正等候着送我们上路。他们是:蒋应雁、林水平、蔡林祥、严顺章、王锦南、栗立军、黄箭、张远新、严国伦、詹雪峰等,都是平日里与我们朝夕相处,一同谈天说地、一同打球和一同搞各式各样的活动时就雷厉风行、同心协力去干的一群好同事、好伙伴。他们都是得知我们的出发时间后自发组织来的。大家兴高采烈、祝愿声声不断:“勇士,一路平安!”“壮士,一路顺风!”蒋应雁还嘱咐我们:“你们要是真的在路上碰到过不去的险境,不要硬闯,就回来。”

我们考察队一行 4 人一一与各位好朋友握手拥抱告别;蒋应雁,我们都称他为“老蒋”,则执意要陪同我们向广州进发。从此,考察队拉开了远征大西北的帷幕。

考察队的后勤总管蒋应雁陪送考察队至此地——广州花园酒店

出发了,终于出发了! 多少个日日夜夜期盼的日子终于来到了。队员们个个都显得特别兴奋,生龙活虎,久蓄的郁闷情绪一下子释放出来,心灵深处那坚实的翅膀拍打着向前奔驰；就像一群长时间圈养的鸭子见到了湖泊，放出笼就兴奋得只顾往水里飞扑。一路上，车队的行装不时引来路上行人的驻足观望和阵阵喝彩，全队在“老蒋”的陪护下进入车水马龙的广州市环市路，转眼间就来到了广州花园酒店，全队才停下来。

在花园酒店门口的花基旁边，我们与“老蒋”做最后的道别，此时，他似乎有说不完的话。我们走出了好一段路，他仍然站在那里不停地向我们挥手，当车队到拐弯处快要看不见了，我再回头眺望，他依然还在挥手，直到被如织的车流挡住了我们的视线。

第二章

出发篇

CHUFA PIAN

考察队一行4人从佛山兽医专科学校(现为佛山科学技术学院仙溪校区)出发,沿京广线一路向北,翻越南岭来到两湖丘陵地带,进入中原的郑州,再转向西行,途经广东、湖南、湖北、河南4省,历时32天,行程2321公里。

一、到达佛冈县鳌头镇

在广州花园酒店门口告别蒋应雁以后,车队一路向北骑行。随着车轮滚滚向前飞奔,夏日炎热的高温使我们的体能消耗很大。到了中午时分,队员们也该休整和补充食物,以使体能及时得到恢复,于是,我们就在路边的小吃店吃午饭。姚远负责管理伙食开支,他根据考察队的经费情况,计划好了每天全队的生活开销额。为了省钱,他只点了最便宜的3块钱一碟的炒芥菜,而大家体力消耗非常大,每个人都吃了3碗米饭,最后连芥菜汁和大蒜都全部吃光了;就是说,我们4人吃这顿饭所花的饭钱比菜钱还要多,以致结账的时候,店家一脸的不高兴。

也就在吃午饭的时候,考察队临时作出决定:为避免队员因中午近40℃的高温而中暑,中午延长休息时间,而在气温相对较低的上午和下午3点到晚上11点两段时间多赶路。

为了节省经费,在伙食开支方面,最好的办法是自己做饭吃,这样既能使大家吃饱又可以吃好。考察队这半年来一直都是集中办伙食,每天有计划地进行伙食开支、自己动手买菜做饭,现在只不过需要根据实地情况,尽量向当地人借炊具并就地取材生炉子,粗煮粗食而已。于是,当车队经过从化县城时,我们分别买了些米和菜准备晚上自己生火做饭。

天黑前,我们来到佛冈县鳌头镇,我一眼就看见公路左边有个锯木场,心想在那里可以弄到木柴用来烧火做饭。于是,我大声喊大家停止前进,将自行车停在路边由李满光看着,就独自进入锯木场。

我跟一位上了年纪的师傅说明来意,希望得到其帮助,他非常热情地答应借给我们炊具并提供柴草,然后招呼大伙儿在外面的空地上烧火做饭。在大家的齐心协力下,不到一个小时,一顿美餐就做好了,这样既经济实惠又可以放开胃口吃个够,我们边吃边聊,一种莫大的满足感油然而生,我实实在在觉得这就是快乐,这就是幸福!

大家满心欢喜地饱食了美餐之后已是晚上 10 点多,我们将借来的炊具洗刷干净后还给那位师傅,并一再表示感谢。他说:“你们出门在外,很不容易,我只是给你们提供了一些方便,这不算什么。”听了他的一席话,我顿感一股暖流涌入心田。在接下来的考察日子里,经常会遇到这样纯朴、热情的普通百姓对我们提供无私帮助,时至今日,许多情景仍常常浮现在我的眼前,使我百感交集,充满了快乐与感恩之情。

告别了锯木场师傅,我们打开车灯,推着自行车,披着雾气缭绕笼罩下的夜色,穿过一段 3 公里长的蛙叫虫鸣的田野,来到一条小河边。这里,有成片的沙滩和流淌的河水;在沙滩上搭帐篷,而旁边的河水便是天然的浴场,时值盛夏,在此安营扎寨是再好不过的理想场所。

出征第一晚,考察队在佛冈鳌头镇的河边扎营。图为王刚军早起的样子

随即,我们将自行车推到一片干燥的沙滩上。阵阵凉风吹来,好不舒服!大家一齐动手扎营,先将两支标枪插在沙滩上固定,之间相隔 4 米的距离,然后把帐篷顶部两端的尼龙绳绑在标枪上,再用 4 部自行车分散放倒在沙滩上充当帐篷底座的固定物,最后用帐篷 4 个角上的尼龙绳分别绑在自行车上,一个简单实用的帐篷就这样搭好了。

接下来便是下河洗澡啦。来到陌生环境，出于安全上的考虑，我们俩俩一组轮换着到河里洗澡。我和唐海全先下河，李满光和姚远则留守营地以防止不速之客的摸营。在我快步往河水奔去的时候，迎面吹来凉爽的风，它轻轻地抚摸着我的脸颊，当整个身体浸泡在清凉的河水里，那潺潺流动的河水轻柔地拥抱着我疲惫的身体，顿感这是一天之中最放松、最享受的时刻。

从这一天开始，睡觉前，我们都必须完成当天最后的功课——将一天中所发生的事情记录下来，因此，在以后的考察征途里，我们每个人每天都写日记，从未间断，哪怕因种种原因落下，如途中病倒、深夜迷路，或凌晨仍在找吃的，都想办法在稍微安顿下来之后尽快补上。这一晚，我们 4 个人在帐篷里，盘腿围坐在点燃蜡烛的周围，静静地写着第一天的日记……

我们一觉睡到大天亮。一早起来，姚远提议说："这里是我们考察队第一晚的宿营地，应该拍张照片纪念。"经他这么一说，立刻得到大家的一致响应；接着，李满光很快便从旅行袋中取出照相机，并一一给大伙儿拍了照片留影。

二、深夜被警察包围

第二天上午 8 点半，我们收拾好行李，又起程上路了。

虽然昨天骑了 110 多公里，可我并未感到累，再看看其他队员，个个精力充沛，都将自行车蹬得飞快，看来平时有针对性的强化训练颇有成效。11 点 20 分，考察队到达佛冈县城。

来到县政府招待所，但由于招待所的经营权已被承包，我们得不到免费接待，饭钱需要自己掏。于是，我们买了每人一份一元钱的菜票，饭可以随便吃，没有限制，尽管菜不多，可饭管够，真是太好了！我放开胃口吃了 3 大碗饭、喝了 3 碗汤，将肚子吃得饱饱的。大伙儿一致认为，这顿饭便宜且量大，以后解决食宿问题，就选单位食堂和招待所，这样更实惠一些。

午饭后，招待所免费给我们一个房间午休。

下午 3 点 40 分，队伍又出发了。当骑行 15 公里、在佛冈县水头镇过一点的地方，姚远的自行车前轮胎被扎破，全队只能停止前进，用了一个小时补胎后，大家才重新起程。

经过径头镇，已是太阳西下的夏令时 8 点多。黄昏时节，我们在镇上买了些米、黄瓜、西红柿和8个鸡蛋，然后找到附近的一所小学，这里的朱老师得知我们的情况后，非常热情地帮我们找来柴草，拿来炊具，大伙儿一齐动手下锅炒菜、做饭，好一派热闹而忙碌的场面，等我们吃完晚饭后，天已经完全黑下来了。

迎着夜色，我们推车行进了40分钟，来到太平镇向路人打听到附近有条河，我们决定就到河滩上搭帐篷宿营。

队伍推车往前行走了一段沙土路，经过一座近百米的水泥桥，再往右一拐，借着雾茫茫、蒙蒙的夜光和河水反射泛出的粼光，我看见离桥头80多米远的河床上有一片灰白色的沙滩，我们一下子兴奋起来，便加快脚步推着自行车从河堤上顺着小道往河床的沙滩下行。

佛冈观音山王山寺风景

大家将自行车放倒，首要的事情便是搭帐篷，在大伙儿的同心协力下，仅仅用了5分钟，营地就搭好了。如同昨天一样，我和唐海全先下河洗澡，李满光和姚远留守营地看护。

夏日的夜晚，我尽情地泡在清凉的河水里，洗去烈日蒸晒了一天、黏在身上的臭汗污渍。享受着那蒙蒙夜色下的安静与舒爽，聆听从田野传来的唧唧虫鸣与青蛙的吟唱。舒服，真舒服！

我从河里返回营地，换上干净衣服，将洗好的湿衣服挂在帐篷顶部的尼龙绳上，随即便坐在帐篷旁边的沙堆上抽烟。

出于对陌生环境的警觉，我面向河堤，一眼望过去即可看到从河堤顶部直至桥头。朦胧之中，我似乎觉得河堤上有什么在晃动，起初还怀疑自己因过于紧张而引起的心理作用，几秒钟之后，我定了定神，眼睛紧紧盯住河堤上面，是有晃动，而且这次它还会往桥头快速移动。呵！可能是乡下的家狗吧？到堤坝上闲逛，我这样自我安慰，免得自己吓唬自己。

不过，还是不太放心刚才蒙蒙夜色下的不明之物，本能的警惕性或者好奇心驱使我继续观察河堤上的动静。又晃动了，这次我敢肯定是人头，而且有3个人头并排在一起，还有人影从桥头上跑来。这时，我感到危险已经来临，必须马上将这突如其来的情况向大家通报，商量对策，可此时又不能被堤坝上的人觉得我们已发现了他们，于是，我若无其事地、慢慢地来到李满光身边，并对他说：

“河堤上有人头闪动。”

“在哪里？”此时他仍在洗澡，便问。

“就在河堤上。”我说。

“快告诉老唐和老姚。”他边说边快步往营地走，慌忙之中擦了擦身上的水后穿上短裤。我又分别将这一情况告诉了唐海全和姚远。

这时候，我们4个人已聚集在帐篷旁边，相互小声交头接耳，一致肯定河堤上的是人，而且他们也在注视着我们。就这样，一方在上，一方在下，好像各自坚守着阵地，双方都未采取进一步的行动，形成相互对峙的局面，这种情况相持了15分钟左右。突然，李满光问：

“老唐！枪在哪里？”

“枪在这里！”唐海全应声答道。

瞬间，我给弄糊涂了，惊异地细声问道：

“老李，我们哪来的枪？”

“就是搭帐篷的标枪。”他压低音调回答。

呵！这时我才反应过来，原来李满光将搭帐篷的“标枪”说成是“枪”。而唐海全则立马心领神会地接住了李满光的话，使周围的人听起来真的以为我们有枪，而起到对对方的震慑作用。

李满光继续说：“吓唬吓唬他们。”唐海全也忙帮腔：“把他们吓住，就不敢贸然行动了。”

“不过，也不知河堤上是什么人，是小鬼来摸营，还是歹徒妄图抢劫，情况不明，要尽快搞清楚。”姚远此时不无疑虑地说。

“是的，不用怕，我们有4个人，也有防身用具，还有2米多长的标枪。”我心想。

“看来，相互对峙不是办法，不能总是这样耗下去，打灯照过去看看什么情况，好不好？”李满光向大家征求意见。

“好，好！”我们几个都一致同意。

于是，我转身从帐篷里拿来车灯交给李满光，他接过车灯打开开关向河堤上射了过去。我们还来不及看清对面的情况，一束非常强烈的光柱从河堤上喷射过来，照得我们睁不开眼。紧接着，“你们是什么人？你们是什么人？”一边喊话一边从河堤上跑下来四五个人。这时，李满光打着的车灯照在他们身上，尽管散发的是泛黄的灯光，可我这才看清楚站在对面离我们10多米远的几个人的真面目：个个都身穿草绿色警察制服，腰间挂着手枪，每个人手里都拿着一把装四节大号电池的长把手电筒，其中一个还挎着冲锋枪。呵！原来是警察，我这才恍然大悟，一颗悬着的心一下子放了下来。

“我们是老师，是从佛山来的！”“我们有证明！”“也有身份证！”我们一个个都争先恐后地大声应答。

当听到回答，并确定了我们没有拿凶器，不构成任何威胁的情况下，他们这才朝我们走来，并且将手电筒强烈的光束从我们的身上移开。

“是老师？有身份证吗？”其中一个领头的问。

“有！有！有！”我们急忙异口同声地答道。

“那拿出来看看。”他接着说。

“好！请等等，我们去拿。”我们几个说完便回到帐篷找身份证；同时，我也叫李满光把佛山团市委开的证明一并拿给他们看，这样能更好地证明我们的身份。

这些警察逐一查看了我们的身份证，尤其是仔细看了团委开的证明之后，紧张的气氛才逐渐放松，其中一位微笑着说：“呵！对不起！误会了，你们是从佛山过来的老师，那怎么在这里过夜呢？”

“我们到大西北考察，途经这里；本来我们是找镇团委的，可由于太晚团委的人已下班了，没有人接待我们。考虑到现在是夏天，天气炎热，在河边露营也很凉爽，所以就到这里来了。”我们几个人急忙解释道。

“原来是这样，那刚才你们说的‘枪’是怎么回事？”

“我们说的‘枪’，是指体育器材‘标枪’，它是我们考察队在野外露宿的时候用以支撑固定帐篷；还有另外用途，就是在紧急状态下，如真遇歹徒抢劫或野兽袭击，标枪可以用来防身。”唐海全边说边走到帐篷跟前，手扶顶住帐篷的标枪说。

“那刚才把我们当作‘歹徒’了？”有个警察开玩笑地说。

“差不多！当时在朦胧之中，我们看见河堤上有好几个人头晃动，有人还往桥头跑去，看上去非常紧张，是怎么回事？”我应答之后反问他们。

“由于当时对你们的情况不明，特别是听到你们有‘枪’，我们一下子紧张起来，并马上采取措施，派人回去多叫些人过来，再带上武器以防不测。”那个领头的警察向我们解释说。

“你们也同样把我们当作了‘危险分子’？”唐海全说。

“是的！是场误会，不过这段时间治安不太好，这一带比较复杂，晚上过夜，你们要看好自己的财物，防止小偷摸营。总之，要小心一点，尤其是你们要去大西北，风餐露宿的，一定要注意安全。”警察叮嘱我们说。

“好！非常感谢你们的提醒，我们始终将安全放在第一位，避免不必要的损失，这样才能有效地完成考察任务。”李满光的话音刚落，姚远和我们几个都连声表示感谢！

最后，几位警察跟我们告辞时均表示歉意，我想他们也太客气了吧！

警察没走多远，营地又热闹起来，大伙儿重温今晚戏剧性的事情，余甘未尽，令人回味无穷。原来是一场虚惊，太有意思了。刚出来才两天，就被警察误以为是“歹徒”而遭包围，幸好双方没有发生冲突，要不然，后果不堪设想，想起来还真有些后怕。

三、南岭难行路

早上我第一个起床，眼前是一片霞光，初升的太阳洒满了潺潺流水的小河滩，照耀了彩色的帐篷，格外醒目。

我一看手表，时间已经是夏令时 7 点半了，赶紧叫醒他们，抓紧撤营上路。

队伍往前走，在一个偏僻的山丘上路边，有位大爷在卖豆腐花，我们每个人吃了两碗再加 1 元钱的饼，就算是早餐。这与刚才空腹骑车赶路完全不同，头昏眼花、额头冒冷汗的症状消除了。由于身体补充了足够的能量，血糖水平上升，队员们都将车轮蹬得飞快，常常是你追我赶、交替领骑，个个似乎都有使不完的劲。上了一个又一个山坡，而下坡则是一直往下冲了 30 多公里，颇有轻骑士的自我感觉，爽极了。

唐海全推车上到了狮子岭顶

接下来，便一直都是上山路，车子骑不了，我们只能推着自行车往上行走。头顶烈日，推着承载四五十斤重的行李，体力消耗很大。3 公里的上山路，我们足足花了 40 多分钟才上到山顶，这便是南岭有名的狮子岭。

山顶上有家小饭馆，老板对我们的到来显得既热情又慷慨，虽然我们没有在他那里吃饭，可他还是满足了我们的要求，帮我们把每个人随身携带可装5升水的塑料桶都灌满了开水。离开小店时，我们向老板一再表示感谢。

下山了，狮子岭的下山路是陡坡，且凹凸不平，布满碎石，致使飞快行驶的自行车常常是跳跃着向下滑，好似小船在茫茫的大海里任凭风浪颠簸，摇曳前进，乘风破浪，可也使人肠胃翻滚、头昏脑涨，令人作呕。

下午1点钟，我们来到翁源县翁城镇，并直接找到镇团委所在地。首先见到了团委的徐副书记，我们表明希望得到团委在食宿方面的接待；此时，尽管午饭时间已过，可他还是非常爽快地陪着我们到外面的饭馆吃饭，并且点了五菜一汤满满一桌菜给我们享用。说实话，在体力消耗如此之大的南岭路上，这顿饭对我们来说太丰盛了，也太及时了，的确是雪中送炭。

吃完午饭已是下午2点40分，徐副书记又将我们安顿到招待所午休。房间虽然简陋了点，但对于地处南岭山区的接待能力来说实属不易，况且我们也只作短暂的午休，无须太过讲究。对此，我们第一次领略到了地方干部的实在、憨厚和热情，这使我们感到很温暖。在以后的沿途考察中经常出现类似的情况，那些地方干部给予了我们很多实实在在的帮助。至今，每当想起那些曾经帮助过我们的地方干部，他们的音容笑貌，依然非常熟悉、历历在目，内心总是心存感激。

我睡了一会儿午觉就醒了，见他们几个仍然熟睡着，整个上午大家都累坏了，我不忍心喊醒他们，就让他们多睡一会儿吧。于是，趁此时的安静，我将上午的经历写下来，在崎岖的山路上骑行50公里，这已经很不易了。

为了错开盛夏的骄阳，队伍于下午4点再次出发。接近6点钟的时候，李满光的后轮车胎爆裂，拆换轮胎花费了1小时，直到晚上7点，全队才继续上路。

沿途，我们一直是走（北）京广（州）线国道，而南岭是必经之路且是最艰难的路段。这段路，盘山公路蜿蜒而上之后又顺势而下，山连山，重重叠叠。推车上山3公里考验的是耐久力；而骑车下山简直就是驾驭马车，飞快的车轮好似挣脱缰绳的烈马向前奔驰，也是3公里的下山路，双手必须死死抓住刹车闸才能控制住车速，如果刹车稍有不慎或者失灵，那将会连人带车一起冲向万丈深渊。

但凡想起我当时经历的那一幕，就会毛骨悚然，后背发凉，在鬼门关走了一遭。

那是在下山途中，我骑着负重近50斤的自行车向下滑行，开始的时候只是觉得刹车的力量不够，虽然双手紧紧抓住了车闸，可只是加大了一点摩擦力，使车速减缓了一些。但随着自行车一直向下俯冲时间的延长，车速不断叠加致使速度越来越快，此时仅仅依靠双手捏紧车闸来减速已经起不到多大作用。也就在当时，公路呈180°向左回转盘山而下，我骑的自行车处于左侧是盘山而下的公路，正前方和右边则是悬崖峭壁，过快的车速根本来不及向左急转180°，眼看就要连人带车冲下悬崖，在这千钧一发之际，求生的本能瞬间从大脑中枢发出指令：车闸几乎失灵，必须依靠双脚拖曳地面达到减速制动的作用。于是，我把双脚用力往后伸向地上，随即立刻发出“嗖、嗖、嗖”的摩擦声。尽管我接触地面的鞋尖急剧发热，但自行车仍未及时降低速度。

翁源大峡谷

这时候，离悬崖边只有最后10米了，急中生智，我闪电般地将整个身体倒向左侧，随即便发出沉闷的一声巨响，人和车旋即重重地摔在布满碎石块的地上；人和车分离，我顺着向前的惯性在地上翻了三个跟头，顿感天旋地转，倒在地上动弹不得，过了老半天还回不过神来。

我心想，虽然摔得很惨，伤了好几处，膝盖上的伤口都可以看到白色的骨头，但毕竟还是捡回了一条性命，这是不幸之中的万幸。

已近黄昏，天色也渐渐暗了下来，我忍着摔伤后的剧痛从地上爬起来席地而坐。先定了定神，然后用手按压颈部和腰部关节这两个最重要的部位，尤其是检查关节有无错位，在确定尚未伤及颈腰关节、总体无大碍之后，从地上爬起来并在路边等他们过来。此时多么希望尽快见到队友，帮忙将倒在地上的自行车扶起来，因为这时我一点都使不上劲。可足足站了 5 分钟仍不见其他队员，于是，我硬撑着扶起自行车，用大腿夹住前轮，再两手抓住把手，然后前后反方向用力，强行拉正歪了的把手。再试图转动脚踏板，但发现脚踏转动臂向内弯曲变形，脚踏板经链条带动车轮每转动一周就会与车架碰撞一次，发出“嗒！咣”的金属撞击声，还好，还能转动。我重新捡起被抛出七八米远的行李包，并用尽全力将其抱上车尾架上捆绑好。由于人已受伤，车已破损，我只能强忍疼痛，一跛一瘸地推着自行车继续往山下走去。

原本十几公里的下山路，如果是一般的山路，骑上自行车一溜烟就可以滑到山脚。现如今却车损人伤，不仅路面上布满了参差不齐、大小不一的碎石，而且凹凸不平，坑坑洼洼，推着自行车每向前一步都倍感吃力。

这条国道是通往湖南的上京路，也是长途运输线，这段路全是盘山而上用泥土和石块铺就而成。南来北往的大型运输车辆将路面上的泥石土反复碾压，一到下雨天路面积水导致泥石土松软，在车辆碾压的重力挤压下石块翻上来，再经雨水长时间反复浸泡而成泥石分离，形成现在公路底下是泥土、上面是大小不一的石块；甚至随处可见被过路的车辆挤压成一个个形状各异的小石堆。每当汽车驶过，石堆就会发出“噼啪！噼啪”相互碰击的轰鸣声，并伴随着迎面扑来使人睁不开眼睛、喘不过气来的扬尘。同时，路面上的石块在汽车轮胎的挤压下，因车胎橡胶的弹力将石块向四周弹射，将自行车撞击得“咣咣”直响，也常常打到我的腿和脚，几处撞伤的部位好几天还瘀血青紫呢。

直到天完全黑下来，我才将自行车推下了山，而他们仨早已在山脚下的路边等候我一个多小时了。见到他们，我心里就有了依靠，就找到了家，就有了安全感。当我把一个多小时前在半山腰险些发生车毁人亡的情况告诉他们时，大伙儿都为我担惊受怕，都说是不幸中的万幸。在这危险之地，我们相互鼓励、相互告诫，一定要多加小心，确保安全。千里之行，才刚刚开始，前面的路还很长很长，任重而道远啊！

又重新归队，我踏实了许多。环顾四周，黑压压的一片，透过微弱的天色，眼前是茂密的森林。要想在黑暗中行走，我们只能通过辨认白蒙蒙的公路大胆地推车前行，并从两旁排列有序的高大树木中穿梭而过。大概走了两个小时，我们从树林的远处望去，透过林子闪烁着黄色亮光。顿时，大伙儿兴奋起来，终于遇到人家，可以找到吃的了。但走近以后才看清楚，它其实是一盏散发着暗黄色亮光的路灯，从周围环境来看，我们估计这一带可能是个林场。在这前不着村、后不着店的林区，走了两三个小时还看不到一个人，此时已是晚上 10 点多钟。晚饭还没有着落，大家又饥又累，连话都懒得说。就这样，我们彼此都默默无语地又走了一大段路之后，终于看到了一排平房，队员们一下子提起了精神，向前推车的速度也明显加快了。随即，我们就来到这排房子中间的大门口，左侧在路灯的映照下写着“铁龙林场”四个醒目的大字。

穿越崎岖南岭路，眺望群山依然信心百倍

顺着大门往里望去，里面还有一排房子的门口对着场部大门，中间的那间屋还亮着灯光。我将自行车靠在墙根，径直地向亮着灯的房子走去，透过窗户看见里面有个中年男子，便喊了两声：“师傅！师傅！”

他接应道："唉！谁啊？"隔着窗户，我们面面相觑。

他一脸疑惑地问："你是……"

"我们是从广州过来的大学老师，去大西北考察经过这里，今晚我们想在这里安顿下来，希望得到你们的接待。"我回答说。

他听明白我的自我介绍后，随即打开房门招呼我进屋。我说还有另外三个同伴在外面，他要我叫大家都进来。于是，我将他们三个人都叫进来。

经过一番交谈得知，眼前这位中等偏瘦身材的人是铁龙林场的蓝股长，看上去45岁左右，当看了李满光递给他的证明，搞清楚了我们的身份和目的之后，他非常热情地询问我们需要提供哪些方面的帮助。此时此刻，我们最需要的是吃饭和住宿，所以我也就很直接地提出这方面的要求，而且我还强调，这么晚了，我们还没有吃晚饭，大家早已饿得难受，希望他能够帮我们解决吃饭问题。蓝股长听完以后欣然答应并非常热情地带我们去找饭馆。

铁龙乡(1993年乡改镇)远景

没走多远，蓝股长便带我们来到一家看上去有些简陋的小饭馆，也就摆着三张桌子。他跟饭馆老板说，我们几个是大学老师，从广州过来到大西北考察，骑自行车途经这里已经很晚了，还没有吃饭，要尽快给我们做饭吃。原本就要打烊关门的馆子，很快又热闹了起来。不久，餐桌上就摆上了好几样家常菜，我们也顾不了太多的斯文，放开胃口，享受着丰盛的晚餐，一碗饭下肚以后，我才觉得体力有所回升，大伙儿的情绪也渐渐地高涨起来，太好了，这顿饭真是我们的及时雨！

蓝股长见我们饭吃得差不多了，身体元气已经恢复，就提议为考察队接风洗尘，喝酒助兴。那再好不过了，这正合我们的意，随即得到了大家的积极响应。于是，大家举杯豪饮、畅所欲言，场面热烈。虽然蓝股长和我们只是初次相见，可大家就像久未见面的老朋友，一见如故。乘着酒兴，他从林场的经济发展、职工的生活现状，到自己的家庭情况无所不谈。当然，他对我们的考察行动也非常欣赏、大加赞许。桌面上，酒喝干、再斟满，颇有不醉不休的豪迈之势。

大伙儿喝酒、畅谈直到第二天凌晨1点钟才结束。接着，蓝股长说："今晚你们到林场招待所住宿，怎么样？"我们欣然答应后，他随即领我们来到铁龙乡招待所。

接待我们的是招待所的王所长，看上去他的年龄与我们相仿。王所长给我们提供了热情而周到的服务，在这里，招待所可能经常有接待任务，房间的设备条件很好，生活用具齐全。最让我感到高兴的就是淋浴间配有电热水器，我们这几天的长途跋涉，全身上下肌肉酸痛，能洗个热水澡放松身体，再美美地睡上一觉，那是十分令人舒服和满足的事情。

四、在黄土、沙尘和石头道上前行

铁龙乡招待所王所长陪同我们吃完丰盛的早餐，为表达对王所长盛情款待的感谢之情，队员们热情地邀请他和大家合影留念，除此之外，我们找不到更好的酬谢方式。

8点半，我们跟王所长握手告别以后，向相距60多公里的韶关市进发。刚走出2公里，眼前是一条向前延伸、路面坑坑洼洼、高低不平、碎石满地的道路。唉！这样的石头路不知还要走多远？盯着这样的路，我心里一下子凉了半截，没办法，只好硬着头皮推车向前行。

道路上，那些川流不息的长途运输车和拖拉机，在震耳欲聋的轰隆声中从我们的身边飞驰而过，旋即，烟尘四射、尘土迎面扑来，如果躲闪不及时，就会使人睁不开眼睛，呼吸瞬间被堵塞。因此，每当车辆即将靠近，队员们出于本能的自我保护而立刻转身，背向那些几乎与我们擦肩而过的重型车辆。同时，衣袖捂面、紧闭双目，静待五六秒以后再慢慢睁开眼睛观察四周。此时，尘土飞扬，漫天黄土尘埃弥漫天空，10 米之内根本看不清任何东西，队员相互之间，也时常被大卡车的轰鸣声伴随着突如其来的尘烟所阻隔。就在我们进入马坝境内，本来其他队员已经走在我的前面，可我错以为他们仍然在我之后，致使我在公路边上傻傻地等待他们几个 20 多分钟。后来觉得不对劲才独自继续往前，过了半个小时，老远就看到姚远、李满光和唐海全在前面等候我，这才明白，原来是那些汽车驶过之后，借着浓密的黄尘遮掩，他们一个个地从我的眼皮底下穿了过去。

考察队员与韶关乳源铁龙乡招待所王所长合影

我们重新聚集在一起，彼此都觉得很可笑，似乎都成了“出土文物”，个个从头到脚、从自行车到行李，全都撒满了一层黄白色的灰尘。就这样，队伍迎着沙尘暴般的山路艰难地前进，足足花了 4 个小时才走了 30 公里，并于下午 1 点半到达曲江县城。

此时的时间很不是时候，等我们找到团县委时工作人员已经下班，接着再找到县政府招待所，我们对一位值班的女服务员说明来意，由于其权限所致，她只能给我们开个房间午休。上午大家在恶劣的环境中长途跋涉，体力透支，身体已十分疲惫，也顾不了吃中午饭，只是草草地将脸上的灰尘和臭汗洗掉，便躺下睡觉。

午觉之后的 3 点半，考察队继续上路，由于从马坝至韶关 13 公里的路况条件较好，我们只骑行了 30 分钟就到了韶关市郊，在途中路边小店喝了些啤酒并吃了几块饼也算补回一顿午饭吧，不然，大家只能空着肚子骑车。随后，队伍骑车穿过韶关市区，经过了三座桥便继续北上。

一出韶关市区，路况依然像马坝一样，缺少养护，碎石成群、高低不平，汽车一过便是尘土飞扬。很快，我们一个个又变成了熊猫脸，从晒黑的脸颊和四肢裸露出古铜色的发达肌肉来看，就像一尊尊威武的铜像一般。

在路上，唐海全骑的自行车前轮内胎被石头扎破漏气，这次只用了半个小时就修好了。算起来效率比昨天快了一倍，也就是补胎次数多了，技术随之熟练，工作效率也大大提高了。

直到晚上 8 点 45 分，天已经完全黑下来，考察队来到乳源县桂头镇，镇政府招待所免费给我们提供住宿，但晚饭需要自己解决。我们把自行车和行李推进房间后，就迫不及待地到外面找吃饭的地方。大家由于今天的体能消耗很大，午饭又只是简单地打点了一下，吃饭的时候，平均每人吃了 3 碗饭仍然不够，后来又添了 3 碗，这才使大家的肚子填饱了。

五、翻越南岭的九峰山、狮子山和小更山

8 点 5 分，太阳早早地升上了高头，依然散射着灼热的光芒，我们又迎来挑战新的一天——征服九峰山。

大伙儿吃过早餐，体力十足，在骑行了一段柏油路之后，考察队进入乐昌县城。在那里，我们逗留了一个半小时，买了一些食品和日用急需品，如干粮、白糖等，以储备在山区之时的给养。10 点半，我们向南岭的最高峰九峰山方向推进。

正午 12 点，队员们头顶夏日的骄阳向九峰山冲击。一眼望去，盘山公路

蜿蜒而上，乌黑的柏油路被烈日晒得热气腾腾，散发着刺鼻呛人的气味。我们在这样的公路上骑行，尽管极其使劲而车轮却转得非常慢，同时还要接受高温持续的灼烤，脚踏载着 40 多斤重行李的自行车爬坡，我感到越来越吃力，不到 5 分钟，豆大的汗珠直往下淌。随着公路向前延伸，坡度也逐渐加大，自行车再也无法骑行，只能推车而上。公路也由柏油路转成了土路，拳头大小的鹅卵石和碎石子铺满了整个路面，到处是高低不平的泥沙土。我们对这种路况再熟悉不过了，前两天与之较量，付出了极其艰辛的代价；我看着眼前望不到头是路却又不像路的道路，容不得多想，只有朝前走才能出头。

考察队头顶烈日向山顶进发。每向前迈出一步都要小心翼翼，为避免摔倒，眼睛必须盯住脚下的乱石阵，双手抓紧自行车把手向前用力推，车轮才能向前滚动，如果遇到成堆的沙石，还要左手扶车把，右手紧握自行车三角架用力往上提，同时，必须左脚踏上石堆，右脚后蹬发力，这样手脚并用协同用力才能将自行车提过土石堆。因此，走这样的路不仅推进速度缓慢，而且十分费劲。陡峭的上山路迫使我们每向前推行 200 米就要停下来休息一会儿，以致付出了极大的体力，由于各个队员的耐久力不尽相同，致使队伍前后拉开了很长的距离。

那时，我似一个形单影只的独行侠，只有自行车为伴，可它不会说话，但听到车轮与沙石摩擦发出“嚓！嚓！嚓”的声音。偶尔也能碰见公路两边山上作业的伐木工人，他们只是居高临下俯视着我，尽管我向他们举手示意，可他们一个个面无表情，依然远远地望着我。当时，我多想找人说说话，如果能张开嗓门大声喊喊山就更舒服了。以至有时我情不自禁地朗诵几句既熟悉又豪气冲天的名诗，或者干脆向着大山大声喊几声：“中国！男……子……汉……”“我……来……啦……”这样能够自我激励、振奋精神，给又沉又累，原本只顾埋头一步一步、机械地朝前迈的两条腿增加些许力量。

盘山公路依然布满石头，我不仅要在这样的路况上独行，还得忍受毒辣的太阳对身体的烤晒。此时，水壶里的最后一点水也喝完了，这还是省着喝才勉强维持下来。很快，我感到口干舌燥、脚下发软，再抬头远望那蜿蜒而上的公路，它一直延伸至九峰山的山顶，心想，什么时候才是个头啊。

也时常听到由远而近长长的“轰隆！轰隆”声，是马力强劲的大型货运卡车，它急促地从我身边驶过的时候，司机与其同伴便会对我大声呼喊："加油！加油！"每当听到他们的呼喊声，我的精神就会为之一振，猛然抬头，向他们挥手致意，并向他们回应："谢谢！谢谢你们！"有时也有大卡车渐渐靠近我停了下来，司机则从高出一个人头的驾驶室探出头来问我：

"你们是从哪里来的？要去哪里啊？"

"我们上大西北，去西藏。"我说。

"就骑这样的自行车去吗？"他们一脸的诧异。

"对，就骑它去。"我回答。

姚远艰难地推车，终于抵达了九峰山山顶

他们听后立即竖起大拇指，并连声称赞："好！好！勇士，你们是真正的勇士！"

第一次听到萍水相逢的人称我们为"勇士"，我真是有些受宠若惊的感觉，当时我也没有觉得自己怎样，也许在别人眼里，我们这样的行头就是勇士，这样的人就应该受到称赞。以至从那时候开始，无论是考察途中所接触到的那些人，还是我们安全返回之后那些听说我们故事的人，都会产生对考察队的惊叹、敬佩和赞美之意。每当听到这些如雷贯耳的称谓，我一般都会报以微笑和谦逊的回应。说老实话，虽然嘴上这么说，但心里还是美滋滋的。回忆考察的整个征程，那些艰难的岁月，那些九死一生的历险，对我们来说，这样的称谓也的确当之无愧。最后，我们 4 人分两批登上九峰山山顶。大家再回眸刚刚跨越的上山路，相互诉说着刚刚经历的艰难曲折，百感交集，一种前所未有的征服感油然而生，就像李满光说的那样："不爬过九峰山这南岭最长、最高的山峦，就等于没爬过广东的山，就不是地道的广东人。"我想，九峰山是南岭最具代表性的山岭，广东人理应亲身去感受、去体验其独特而艰难的魅力。

对自行车骑手来说，下山本来是非常舒服的事情，如果路况好的话，可以随自行车的下滑，一路放松地欣赏南岭的美景。只可惜，路面依然是乱石成堆，常常是骑上一阵又要下来推车，虽然烦人，但比起上山所付出的体能消耗已轻松多了。

才从山顶下落 2 公里处，姚远的自行车后轮外胎被尖锐的石块刺破了，补胎花了 35 分钟后才重新起程。

眼看就要下滑到山脚了，我的自行车前轮撞到一块拳头大小的石头上，顿时，我从车上摔下来，借着往前的惯性，出于本能的自我保护，在落地的瞬间，我下意识地低头含胸，并在地面碎石堆上翻了两个前滚翻，结果是右手掌根上被擦掉了厚厚的一大块皮，擦伤处立即发麻疼痛难忍，随即，从伤口处渗出鲜红鲜红的血。眼看就要天黑了，我忍着疼痛随便处理一下伤口之后，又继续赶路了。

黄昏，考察队翻过了九峰山而到九峰镇，我们找到镇政府的工作人员并说明来意之后，办公室安排我们到招待所食宿。今天算起来我们足足花了 8 个小时才从九峰山钻出来，走了 70 公里路程，大家一致认为，在这样极其艰难的路况下，能走这么远的路已经非常了不起，大伙儿都十分高兴，这就是广东高校教师，尤其是青年教师的新形象。

前一天，由于九峰山道路的恶劣，致使自行车一路颠簸，许多零部件早已松动和移位，有的车还摔倒过，导致车身受损。为了尽可能使自行车少出状况，加快行进速度，整个上午，全体队员各自检修自行车，这是第一次对自行车大检修。直到中午1点，我们在山脚下吃过午饭后，准备向狮子山麓进发。

狮子山，位于韶关市乐昌县东部，仅盘山公路就有20多公里。狮子山是通往湖南境内的必经之路，也是连接广东与湖南的咽喉要道，其地理位置历来都是兵家必争之地。

吃过午饭之后，针对盛夏的烈日，为冲击漫长的狮子山盘山公路而储备足够的体能，我们与饭馆老板交涉，将各人携带的5升容量的饮水桶灌满开水。同时，依据前两天的经验，山区的旅途有很多不可预测性。比如，在什么时候吃饭，在什么地方可以找到吃的，这对我们来说都是不确定的。那种在体能极度消耗下可又不能及时补充食物的滋味，现在想起来都后怕。因此，为防备长途跋涉饥饿难忍的困境，姚远按大伙儿的建议到杂货店买来方便面，并分发给每人一包以作备用。

南岭九峰山风光

狮子山的上山路依然崎岖、凹凸不平和乱石成堆，陡峭的公路右侧紧贴着山岭盘绕而上，左侧则是悬崖峭壁。由于昨天翻越了九峰山，体验过长途跋涉、体能极致消耗的感受，所以对今天的行程我心中有数，大家也做好了吃苦的准备，最起码今天要翻越的狮子山比昨天所走的九峰山路程短得多。

今天也许是吃饱了饭，身体能量储备充足，同样是上山和下山依旧是那样的艰辛，可我并不感到十分疲劳，或许是昨天经历了体力的高峰体验，无论是精神上的承受能力，还是体能上的适应能力都达到了更高的水平。

当考察队翻过了狮子山的时候已是天黑时分的 8 点半了，我们找到了乐昌县庆云镇政府。那些基层干部对我们的到来表现出了极大的热情，免费招待考察队食宿，使得考察队在自然条件极其恶劣、经济条件极度短缺的情况下，始终保持高昂的斗志，从不怀疑自己，一直朝前走。其原因之一，就这次考察活动而言，无论是新朋还是老友，是他们为我们伸出了援助之手，并提供了各种物质上的支持和帮助，及时地为我们排忧解难，这种雪中送炭的善举，我们至今都难以忘怀。

就在即将向广东作短暂告别的前一天晚上，大家洗过舒服的热水澡，使长途跋涉劳累了一天的身体得到放松。我静下心来，回顾这几天走过的南岭之路，我们翻越了南岭广东境内沿京广线公路的狮子岭、小更山（铁龙山）、九峰山和狮子山；其中九峰山和狮子山是南岭最长、最高的山峦，也是路况最复杂、最难走的路段。越过这 4 座山岭，我们整整用了 4 天时间，这在我们首次挑战体能极限的过程中，全体考察队员第一次经受住了考验，生存的意志力和耐久力得到了全面的锻炼，为后续的征途奠定了体能基础，进一步增强了我们胜利完成全程考察的信心。

六、穿过郴州直奔耒阳

早上 7 点，我们告别了广东的最后一站——乐昌县坪石镇庆云乡，开始向湖南境内进发，5 个小时后，抵达宜章县。

等找到了县政府招待所，这里的工作人员已经下班了，我们得不到接待。大伙儿稍作休息之后，就在招待所，各人将自己的饮水桶灌满开水。而后，在下午 2 点钟，我们又顶着盛夏的烈日上路了，柏油路被火热的太阳晒得熔化了，就像烂泥一样，散发着刺鼻难闻的气味，令人作呕。汽车驶过，车轮与地面的摩擦声好似在撕扯破布，发出“啪啦！ 啪啦”的响声；而我们所骑的自行车轮子更像是在烂泥中吃力地向前滚动。下坡的时候，随着自行车轮子的飞速转动，黏附在车胎上的柏油碎屑也同时飞溅四射，使得我的鞋子、袜子甚至小腿上都是黑柏油，连自行车身上也沾了不少。那黑乎乎的柏油所黏附的部位形成斑斑黑迹，洗也洗不掉，终将留下永久的纪念。在头上太阳晒、脚下油气蒸的高温条件下骑行，我渐渐地感到胸闷、头昏脑涨，难受极了，这是高温中暑的症状。再看看骑在前面的他们，大家都在奋力向前，谁都没有被落下。此时，尽管我骑得十分吃力，但仍然作最后的坚持，继续前进。最后，我们来到公路边上的一个村子，在村口的一家士多店门前停了下来。准备到店里买饼干吃，以补充早、午两顿饭的不足。

就在大家坐在小店门口休息并吃着饼干充饥的时候，从村子里走出来一群小孩，其中走在前面一个十三四岁的少年用竹棍挑挂着一条灰黑色的乌梢蛇，这条蛇看上去将近 2 米长、足有 3 斤重，已经死了。此时，他们正往河边的方向走去，这分明是想把刚打死的蛇扔到河里。我知道，湖南人是不吃蛇的，如果把这条蛇给我们，对广东人来说，那将是一顿美餐。

于是，我大步走向那个少年并跟他打招呼，然后向他提出：

“你把蛇扔掉，不如给我算啦。”

“要它干什么？”他反应很快地问我。

“拿来吃。”我说。

“卖给你 20 元！”他机灵地向我开出了价钱。

白云蓝天下的耒阳

“太贵了，这是条死蛇，反正你都要把它扔了，就送给我吧！”我再一次向他提出请求。

“那就给5元好了。”他似乎觉得我说得在理，但又不想白白送给我，便将价钱大大降低。

“给你3元。”我再一次向他讨价还价。

最后，终于以3元钱成交。

我提着买来的蛇往回走，见队员们心领神会地朝我笑，此时大家都为刚才的事情高兴，这意味着今晚大伙儿有口福，能够吃上一顿美味的蛇餐了。我告诉大家，用黄豆与蛇肉一块儿煲汤，不仅蛇汤鲜美可口、营养丰富，最适合我们每天体能消耗都很大、急需补充营养以恢复体力的情况。为此，眼下的主要任务为煲蛇汤，大家对此充满期待。

接着，考察队继续往前骑行了2公里来到廖家湾，见路边摆着两个肉铺，我赶紧叫姚远买了2斤半猪肉（连骨带皮每斤2.4元），又到附近的摊档买了2斤黄豆、2斤大米和一把青菜。李满光还提议，晚上有肉吃，再喝喝酒就更好了，于是，根据我们的经济情况，买了一瓶60多度的“南湖春”酒。然后，我们决定去找镇政府，看能否得到接待或者帮助加工这些食材。当我们找到镇政府招待所并把来意向工作人员说明以后，他们非常热情地接待了我们，并将我们安顿在紧靠一排平房后面的露天空地上。由于是夏天，这块露天空地既可以搭帐篷，又能够生火做饭，还方便我们加工带来的蛇。

于是，我们找招待所的厨房师傅帮助，一位纯朴、憨厚的大叔非常热情地给我们拿来炊具、黄豆、大米和一些木柴。我们4人各司其职，埋锅造饭。李满光把蛇挂在墙上剥皮加工，姚远和唐海全负责生炉子做饭，我主要是忙前忙后打打下手。大家一边烧火做饭，一边谈笑风生，好一派欢笑忙碌的场面。

随着木柴炉火的不断燃烧，锅里也渐渐冒出了蒸汽，黄豆蛇肉汤的肉香味扑面而来，闻到了这天然独特的野腥味，它的诱惑力真是难以抵御，使得我们几个急不可耐地拿汤匙将锅里的蛇肉捞上来，查看其有无被熬烂，不过，每次都令人失望，大伙儿越是想吃肉喝汤，蛇肉就越是筋道。经过漫长的等待，大概过了一个半小时，蛇肉总算勉强可以吃了。此时，大家饥肠辘辘的困顿终于得到了释放，可以尽情地大口喝汤、大口吃肉了。

李满光拿出“南湖春”白酒，他往每人的饭碗里倒上小半碗，瞬间，酒香四溢，闻起来可香啦，博得大家赞不绝口。唐海全也看着贴在酒瓶上的标签说：“这酒有68度，很够劲呵！”此时，大伙儿早已饥肠辘辘，闻着眼前的美酒飘香，哪能抵挡得住这美味佳肴的诱惑，都迫不及待地忙于吃肉喝汤，这一刻，真是美不胜收，大家的脸上充满着久违的满足感。

一会儿，我觉得肚子里有料了，由于及时补充了食物，体力很快得到了恢复。大家也被阵阵酒香撩拨得豪情满怀，都迫不及待地要喝酒，可我一旦喝下去，顿感喉咙一阵发热，似乎有一团火球沿着食道一直滚动到肚子里，火辣辣地烧灼。我们大家都觉得这种酒度数太高，酒劲特别大，喝不惯，直到最后还剩下大半瓶。另外，由于蛇肉欠火候，熬得不够烂，吃起来不是很过瘾，但大伙儿对蛇汤的鲜美却是赞不绝口。我们一致认为这顿饭真值，不仅便宜、有营养，而且大伙儿都放开胃口吃了个够、吃得爽。这也是考察队出征以来第一次真正意义上的野炊，它让人的基本生理需求得到最大限度的满足，是旅途辛劳的一次额外馈赠，令人十分愉悦与享受。

七、游览南岳——衡山

车队翻过南岭进入湖南后，沿国道经郴州、耒阳、衡阳于第10天进入南岳衡山。这一路走来，大家每天面临的是一日三餐能吃上饱饭、夜求一宿可以遮风挡雨的安身之所。但由于经费拮据，我们从一开始就只求吃饱，不求吃好，在途经路段快到饭点时，一是将出发前佛山团市委书记刘海给我们开的考察证明，给见面的人员查看以求接待，提供基本的生活帮助，这使我们可以节省一些费用，第二天还可以吃上不错的早餐，但这种机会不是很多。二是没人接待，靠自己花钱找便宜的小餐馆，只要不限饭量就行，但常常由于我们的体能消耗太大，饭量惊人，不仅招来异样的眼光，而且还可能引发不少麻烦，那都是司空见惯的了。之前遇过几次，由于我们每个人的饭量大，店家不是嫌弃我们饭钱比菜钱还多，就是生怕我们吃多了饭，毕竟是小店做些小买卖，饭做得不多，因我们的到来，影响了其做生意的计划准备，有时，甚至还因我们饭吃得多而引起争吵，过后我们想起来都觉得好笑。

6月中旬的湖南，白天的天气已经非常炎热了，车队在国道上穿行，大卡车从我们身边驶过夹带着一股黄土气流迎面扑来，队员们个个看上去都是灰头土脸的模样，十分可笑。车队常常行进在被烈日烤得似烂泥的柏油路上，随着车轮向前转动带起的柏油也飞溅到腿上和衣服上，身上到处是黑点点的柏油。为了躲避猛烈的太阳对我们体能造成不必要的消耗，我们将骑行时间调整为早晚多赶路，中午 12 点至下午三四点则停下来休息。由于路况很差，大部分土路都布满了形状各异的石头，道路也凹凸不平，这使我们的骑行很吃力，有时前轮刚从坑里拔出来，后轮又驮着人和近 50 斤的行李再次猛地砸进刚才的坑里，震得屁股剧痛，肠子也快要翻起来了，那难受劲真想吐一口从胃里冒上来的酸水，随着顶心顶肺的那口气似乎一下子接不上来。

游南岳衡山。每逢农历初一、十五、二十八、三十，信徒都要上山礼佛

我们常常趁着傍晚太阳徐徐落下，为了多赶路，即便到了饭点也依然还在蹬车骑行，头也昏了，腿也使不上劲了，实在难忍也必须坚持、再坚持。由于各人的体力不同，这时候车队的整个距离将会拉得很长，直到天色完全黑下来看不清路了，大家才能聚在一起商量当晚去哪儿搭帐篷过夜。不是找河边可以方便洗澡，就是找附近人家以求一块宝地可以搭帐篷安营，还可以弄到吃的。经常是半夜敲开了老乡的门，把老乡吓得够呛，有时还把我们当作破门抢劫的歹徒呢！

我们于黄昏时分经过衡阳市区，买了一些日用品就匆匆赶路了。不在市区住宿的原因，主要是市区住宿的费用开销大，已近暮色，气候凉爽可以多走几十公里的路，争取尽快找到离衡山最近的地方宿营。

那天，当暮色降临后，天下起了淅沥小雨，我们穿着雨衣冒雨向衡山的方向骑行，约走到距衡山还有 20 公里的店门镇，发现路边有家小学的供销社亮着灯光，我和姚远随即敲开了供销社的房门，开门的是位中年男子，他以警惕的目光盯着我俩，右手还握着一把剪刀，脸上表情显得很惊恐。也难怪，地处这偏僻的山区，半夜突然闯进几个风尘仆仆的大汉也实在够吓人的。

当我们说明来意并表明身份之后，他才从惊慌中缓过神来，接着便很热情地将我们带到教室之间的一条露天通道上，他说这块空地可以给我们搭帐篷；我问他，这附近是否有水源，大热天我们走了一整天，全身脏兮兮的，想洗洗澡。这位憨厚老实的大哥便带我们走到教室台阶下的一个口径约 40 厘米宽、30 厘米深的小水坑，透过手电筒光可见清澈的山泉水，但水量太少，根本不够我们 4 个人洗澡，最后，大家只好随便擦擦身体便搭帐篷睡觉了。

第二天清晨 7 点，我们起床收拾好帐篷，全队继续向 29 公里处的旅游胜地南岳衡山推进。

车队于 9 点 40 分到达衡山招待所，我们先将自行车和行李放好后，随即徒步前往距离 1 公里的衡山景区。凭考察证明，当地管理员免费让我们游览衡山。

衡山又名南岳、寿岳、南山，为中国“五岳”之一，位于中国湖南省中部偏东南部，绵亘于衡阳、湘潭两盆地间，主体部分位于衡阳市南岳区、衡山县和衡阳县东部。衡山的命名，据战国时期《甘石星经》记载，因其位于星座二十八宿的轸星之翼，“变应玑衡”，“铨德钧物”，犹如衡器，可称天地，故名衡山。

衡山是中国著名的道教、佛教圣地，环山有寺、庙、庵、观 200 多处。衡山是上古时期君王唐尧、虞舜巡疆狩猎祭祀社稷，夏禹杀马祭天地求治洪方法之地。衡山山神是民间崇拜的火神祝融，他被黄帝委任镇守衡山，教民用火，化育万物，死后葬于衡山赤帝峰，被当地尊称为南岳圣帝。道教“三十六洞天，七十二福地”，有四处位于衡山之中，佛祖释迦牟尼两颗真身舍利子藏于衡山南台寺金刚舍利塔中。

衡山主要山峰有回雁峰、祝融峰、紫盖峰、岳麓山等，最高峰祝融峰海拔 1300.2 米。衡山主体部分介于北纬 27°4′—27°20′、东经 112°34′—112°44′，呈东北—西南走向，北起衡山县福田铺乡，南迄衡阳县樟木乡，西起衡阳县界牌镇，东止衡阳市南岳区，长 38 公里，最宽处 17 公里，总面积 640 平方公里。

我们上山用了 5 个小时，攀登了 12 公里直到山顶，下山则用了 3 个小时。我们一路下山，迎面碰到许多人，有的三五成群，有的一家老小十几口，他们穿一身红色、黄色或黑色衣服，头上扎着与身上衣服相同颜色的头巾，极像太平军的一身装束，顺着山路一眼望过去，人流的场面极为壮观。他们手拿或肩扛一包包供品，有香火、鞭炮和煮熟的大块猪肉，有的人还在胸腹前面贴着一大块红布，上面写着类似吉祥如意的字样。开始我还以为这些人是少数民族，后来经向路人打听，才知道他们也是汉族人，只不过当天是佛爷的诞生日，按老祖宗流传下来的风俗习惯，逢农历初一、十五、二十八、三十都有许多附近虔诚的百姓上山进香、上供参拜，这种风俗至今已流传了 1000 多年仍经久不衰。

下了衡山，我们回到招待所，吃完晚饭后于 6 点 30 分继续向衡山县方向前进，并在天黑时到达衡山教育局招待所。

八、寻梦韶山

去湘潭的一整天都下着雨，泥泞的道路坑坑洼洼，大家穿着雨衣骑行很是费力，与其说是骑车，倒不如说是推车，而且推一阵还得停下来将车轮上的烂泥刮掉，要不车轮都给黄泥沾住转不动了。因道路泥泞、路滑，我们每个人都在骑行中摔倒过好几次，姚远甚至是连人带车滑转 90°后摔在地上。我还好，一般是人车分离，车摔在地上，人却被甩出三四米远而尚未摔倒。

紧接着，我们便找到位于射埠乡的湘潭县第八中学，校长看了李满光递给他的考察证明，便明白了我们想在学校搭帐篷借宿，于是，这位校长很热情地将我们带到一间办公室，说：“我们只能提供这里给你们搭帐篷了。”

此时，恰逢学校晚自习的下课时间，已经围过来不少十四五岁看热闹的学生，一时间，办公室门口的过道上都挤满了一群神情好奇的孩子在注视着我们。

第二天早晨 6 点我们就起床了。吃过校长招待的早饭之后，我们于 7 点半告别了热情的师生，前往韶山。

从射埠到韶山有 50 多公里，我们于中午 12 点抵达韶山区。映入眼帘的是一座很别致的 5 层楼房，外墙备有高档精美的装饰，并悬挂着“中共湖南省委机关委员会”“湖南省委党校”等单位的招牌。这里交通便利，高等级的柏油路纵横交错，有韶山火车站、汽车站、韶山宾馆，各种大小旅店和饭馆比比皆是。

位于湘潭县韶山冲的“毛泽东同志故居”，距长沙市 104 公里。故居有 1 间客房、1 间厨房、3 间卧室和 1 间杂房共 6 间。1893 年 12 月 26 日，毛泽东在此出生。故居是 1950 年按原形修建

再走4公里便来到了向往已久的革命圣地韶山——毛泽东同志故居。这里曾经是我中小学时代从书本、报刊和电影上所熟悉的地方,年少时的梦想圣地就在眼前,此时,庄严而神圣的心情油然而生。前来参观瞻仰的来自全国各地的人们和国际友人络绎不绝,他们的脸上洋溢着甜蜜的微笑。我们这些生长在红旗下的年青一代,回想起在刚上学的第一课就是学习“毛主席万岁”,我记得那时的描红本就是首先描摹“毛主席万岁”5个大字,毛主席的名字早已浸润在我们的生命记忆里,影响深远、感情至深、永不磨灭!

我们参观完之后,于下午1点30分告别了韶山前往长沙。车队抄小路骑行了50多公里便到达长沙市郊,并在此搭帐篷露宿,准备第二天再进入长沙市区。唐海全的堂叔一家就居住在长沙市区,小唐已提前写信联系并告诉堂叔说,这段时间我们在经过长沙时要去造访他们。

第二天,我们早早进入长沙市区,并直接找到唐海全堂叔的家里之后,大家先将随车行李卸下,随即骑车于上午8点钟前往湖南省博物馆。我们向工作人员出示考察证明后,他们便同意我们免费参观马王堆一、二、三号墓的各种出土文物。

九、在长沙的一天

马王堆汉墓在湖南省长沙市区东郊4公里处的浏阳河旁的马王堆乡,是西汉初期长沙国丞相、轪侯利苍的家族墓地,1972—1974年先后在长沙市区东郊浏阳河旁的马王堆乡挖掘出土三座汉墓。三座汉墓中,二号墓是汉初长沙国丞相轪侯利苍,一号墓是利苍之妻,三号墓是利苍之子。马王堆三座汉墓墓主下葬年代不同。二号墓墓主轪侯利苍约下葬于吕后二年(前186年),三号墓墓主利苍之子下葬年代是西汉文帝前元十二年(前168年),一号墓墓主利苍之妻下葬年代可能还要略晚一些。一号汉墓出土的女尸,时逾2100多年,形体完整,全身润泽,部分关节可活动,软结缔组织尚有弹性,几乎与新鲜尸体相似。它既不同于木乃伊,又不同于尸蜡和泥炭鞣尸。是一具特殊类型尸体,是防腐学上的奇迹,震惊世界,吸引不少学者、游人观光。女尸经解剖后,躯体和内脏器官均陈列在一间特殊设计的地下室内(汉墓陈列馆现设在湖南省博物馆院内)。

墓葬的结构宏伟复杂，椁室构筑在墓坑底部，由三椁、三棺及垫木所组成。木棺四周及其上部填有木炭，木炭外又用白膏泥填塞封固。墓葬内的随葬品十分丰富，共出土丝织品、帛书、帛画、漆器、陶器、竹简、印章、封泥、竹木器、农畜产品、中草药等遗物3000余件。此外，墓葬中还出土有保存完好的女尸1具以及中国迄今所能见到的，最早的方剂书籍帛书《五十二病方》。

参观1972—1974年出土的马王堆汉墓，时逾2100多年(前186年)，此墓为长沙国宰相轪侯利苍、利苍之妻、利苍之子的三座墓

马王堆汉墓的发现，为研究汉代初期埋葬制度、手工业和科技的发展及长沙国的历史、文化和社会生活等方面提供了重要资料。

与此同时，我们还参观了第一次在长沙展出的“绿色长毛龟”，据讲解员介绍说，这只被科学家发现的是雄性长毛龟(只有1只)，后来通过人工饲养而繁殖，展出的还包括饲养了3年的“绿色长毛龟”，它具有很高的观赏和药用价值。

我们参观完马王堆从博物馆出来之后，便到菜市场买菜回小唐的堂叔家做午饭自己吃。大家下午睡了2个小时，边休整边等叔叔他们下班回来。

唐海全的堂叔一家对我们的到来非常热情，与他们共进晚餐之后，我和李满光、姚远3人到长沙市民政学校，找我的大学同学廖清斌，其学校坐落在井湾子，离市区6—7公里，骑自行车40分钟便到达。很不凑巧，他前天到武汉开会去了，只有夫人李红在家，他俩于今年“五一”节结婚。李红对我们的到来非常热情，大家一同回首大学时光，尤其是她与李满光同届毕业，学的都是历史专业，自然就有更多的共同话题。同时，她还留我们在其两室一厅的新家住了一晚。

十、岳阳印象

从汨罗起程前往岳阳的路途，由于下着小雨，队员们只能披着雨衣前进，那队形看上去就像《林海雪原》进山剿匪的小分队，以单车轻骑的勇士风范行进了118公里，于晚上9点钟抵达古城岳阳。

岳阳楼

人们都说离家难,可对我们来说,获得每天的安顿就更难了。我们找到岳阳市一中,校长安排我们住在招待所,但费用需要自己支付。由于招待所当时入住的是参加"全国第四届屈原杯龙舟赛"的运动员,又是大宿舍一样的铁架床,人员繁杂,我们谢绝后再找到市实验小学搭帐篷过夜,此时已经是晚上 10 点半。

岳阳在我的印象中只有岳阳楼,虽然到武汉读了 4 年大学,坐火车经过这座古城也有 16 次,但只是看到岳阳楼的一个外景罢了。今天,当我们进入城西才真正领略到它与其他城市的不一样,这里到处散发着古朴的文化气息;而到城东看到的则是现代化的建筑群,一排排颇有中国现代建筑风格的楼群规划整齐,街道笔直而且宽畅,两旁还用一排绿色植物隔开分为机动车道和人行道。当我们骑车穿过街道时,看到那些观看龙舟比赛的人们,也都在陆续地清洗被雨水淋湿的衣服。车队在街道继续前行,穿过川流不息的人群进入城北,我生怕错过观赏道路两旁的美景,恨不得多看一些古色古香的建筑群和古城的风土人情。

在岳阳楼附近,浸润着中国古老遗风的酒楼比比皆是。在圆木柱上挂着三角形或者长条形的"酒"字旗格外醒目、迎风招展,仿佛是在迎接远道而来的客人。今天是农历五月初五端午节,按中国人的传统习惯要吃粽子;我们也很想在古城吃上一顿带有岳阳风味的粽子,可惜我们由于长途跋涉实在太饿了,来不及去找粽子吃,就到饭馆炒菜吃晚饭,好在今天途中吃午饭的时候也吃过粽子了,但不是在古城吃就有些逊色了。

岳阳城的人们穿着入时,既有现代派之风,又内含朴素、自然美的鲜明特色。由此看来,几千年历史沉淀的文化底蕴是主要影响因素,古城人热情、健谈,跟你说话总是面带微笑,传递出生生不息的中华优良传统的热情、好客的文化气息。我们初来乍到,一切都是那样的新鲜,尤其是古建筑和风土人情给我留下了深刻的印象。

夏季的早晨,朦胧的古城披上了一层淡淡的雾气。那赶早的市民刚刚从温床中觉醒,脸上还带着一丝倦意,他们纷纷从家里走了出来,要做的第一件事情就是到个体的包子、油条、豆浆铺吃早餐。而我们也刚刚来到这陌生的都市,操着跟那些市民一样的动作,吃着包子、油条,喝着豆浆……

1988 年端午节，考察队抵达岳阳并在东湖观看“第四届全国屈原杯龙舟赛”

初升的太阳透过朦胧的古城，雾气也慢慢散去了，坐落在洞庭湖畔的岳阳楼格外清晰，黄色的琉璃瓦古建筑，赏心悦目，高高的围墙，长长的青石台阶和一排排青绿的杨柳，加上那一汪洞庭湖水的衬托，把岳阳楼装饰得更加令人神往。再加上各个朝代文人墨客的题词，更是把岳阳楼铸造得底蕴深厚。喜欢古文化的游人，可以在这里尽情地领略到古文化瑰宝的魅力。此时，我站在岳阳楼上，眺望着烟波浩渺的洞庭湖，自己似乎也进入仙境一般而觉得飘飘然，可以忘掉人间的一切烦恼和痛楚……

岳阳楼耸立在湖南省岳阳市西门城头，紧靠洞庭湖畔，自古有“洞庭天下水，岳阳天下楼”之誉，与江西南昌的滕王阁、湖北武汉的黄鹤楼并称为“江南三大名楼”。

岳阳楼始建于东汉建安二十年（215 年），距今已有 1700 多年历史，其前身相传为三国时期东吴大将鲁肃的“阅军楼”，西晋南北朝时称“巴陵城楼”，中唐李白赋诗之后，始称“岳阳楼”。此时的巴陵城已改为岳阳城，巴陵城楼也随之称为岳阳楼了。北宋范仲淹脍炙人口的《岳阳楼记》更使岳阳楼著称于世。千百年来，无数文人墨客在此登楼览胜，凭栏抒怀，并记之于文，咏之于诗，形之于画，工艺美术家亦多以岳阳楼为题材刻画洞庭景物，使岳阳楼成为艺术创作中被反复描摹、久写不衰的一个主题。

岳阳楼共修复过 33 次，清朝修复工程较大，现在的岳阳楼为 1984 年重修，沿袭了清朝光绪六年(1880 年)所建时的形制。登岳阳楼可浏览八百里洞庭湖的湖光山色。

从昨天的端午节开始，一连 3 天在岳阳市的南湖举行"全国第四届屈原杯龙舟赛"。今天一早我们就来到赛场，南湖四周早已挤满了来自不同地方成千上万的观众，场面浩大、热闹，特别引人注目的是来自各企业单位和大专院校精心设计的龙船，船上有艺术体操运动员的动作造型表演，有八仙过海的仙人图，有形象地再现当年屈原投入汨罗江、百姓为他祈福祭天的各种造型，还有五彩缤纷的旗帜和彩色气球组成声势浩大的热闹场面。

从龙舟比赛的出发地开始，成平行直线排列在水面上的水线是龙舟比赛的赛道。龙舟比赛项目分为男女 1000 米、500 米比赛；每队两排共 20 人划桨，舵手、鼓手、锣手各 1 人共 23 人参加比赛。另外，在 10 点半还举行了花样滑水、花样跳水表演。

我们原定下午 1 点钟离开古城前往湖北，可由于李满光的自行车坏了，修理了 4 个小时之后已是下午 5 点半了，队伍只能在岳阳吃过晚餐之后，冒雨前进了 7 公里，就在途经的一所乡村小学搭帐篷宿营。

十一、母校情怀

吃完早餐，我们参观了位于湖北省咸宁市 12 公里处、著名的汀泗桥纪念塔，这里是 1926 年北伐时期，叶挺独立团跟 2 万多人的吴佩浮部队作战的所在地。为纪念阵亡将士，当地群众于 1929 年修建了纪念碑(即由共产党员和共青团员组成的国民革命军第四军独立团阵亡将士纪念碑)。我们在此留影后，于上午 9 点 45 分前往武汉。

车队于傍晚 6 点抵达武汉市，我们把考察队的队旗竖起来绑在车架上，车队从武昌城排成一列纵队进入洪山区，许多行人及坐在公共汽车上的人都投来好奇的目光。此时，我最为激动与自豪，因为我既是旗手，又是阔别了 3 年之后以这样的方式重返武汉，队伍于18点30分进入我的母校——华中师范大学。

汀泗桥纪念塔

我们进入校门后，推车行进在长长的上坡道上，脚下又踏上了熟悉的柏油路，道路两旁又高又大的法国梧桐树依然是那样的亲切。几分钟之后，车队来到学校图书馆门口旁边，我远远就看见给我们上举重课的魏大鹏教授（体育系主任），此时他正在书报栏下看报。“魏老师！魏老师！”我提高嗓门向他喊了两声，随即他闻声向我看来，见我们与众不同的装束，他先是一怔，后来认出我是他的学生之后，便转身快步地向我们走来，我也赶紧迎上去与他热烈握手问好！当他得知我们去大西北路过武汉，专门来母校看望老师，他便说：“那你们去找系里或找体育系罗志光书记，让他们安排一下。”接着，他便催促我们说：

“你们抓紧过去找他们，现在快到下班时间了。”随后，我们便跟魏老师匆匆地握手告别。

不过，我们没有马上去找体育系，当时我想体育系已搬到南湖，相距有好几公里，如果我们现在过去之后，系里的办公人员都已经下班了，不如明天上班时间再去找他们。紧接着，我们便沿着图书馆正门对面的小道向大礼堂的方向推车走去。走在这条非常熟悉、有100多米长笔直的小道上，又勾起我大学时候的许多回忆……小道两旁的桂花树林子不仅桂花香飘四溢，而且还是每年举行一次环校园长跑比赛时各参赛人员的休息地。约5分钟后，我们便来到大礼堂门口，这里原来是专门用来文艺演出、集会的地方，现在已变成了学校学生会。

华中师范大学图书馆

随后我打电话找到了学校团委陈慰萍老师，她是我上大学时学校团委负责文工团的指导老师。我在华中师大上学时，在一年级上学期的期末、快要放寒假的时候，就与马襄城约定好了，等寒假回家时我俩将各自的乐器在返校时带来，待下学期学校文工团招人的时候，我们一起去报考。由于我俩在上大学前，他在郑州市少年宫乐队拉大提琴，而我在梅州市文工团乐队担任小号演奏员。我们都酷爱音乐，所以，等下学期学校文工团招收新团员的时候，陈慰萍老师将我俩一起录取了。在以后的大学生活里，我们参加了学校文工团的各种文艺演出活动，如纪念“一二·九”运动的大合唱，在“桂子山歌声”校园歌唱晚会上的器乐合奏、小号独奏，有时还要在话剧《金子》演出时担任场次布景呢。总之，我们的校园文化生活既丰富多彩，又充满着青春浪漫的艺术气息，以致毕业后的3年来，我一直都非常怀念大学生活，因为它留给我们太多美好的记忆，实在让人难以忘怀。

1981—1985年的华中师范大学文工团乐队（前排右一马襄城、右三王刚军）

陈老师还帮我们找到校团委唐副书记，然后由唐副书记带我们到学校招待所休息。我们洗完澡后已经是晚上8点多钟了。

随即，我领着李满光、姚远和唐海全去拜见我们的田径课和生物化学课的老师古宣乔和李思健夫妇，他俩还是我们的梅县老乡呢，上学时，我还经常到老师家里吃饭。

一见面，大家都很高兴。久别重逢之后的气氛非常热烈，彼此都有说不完的话。过了一会儿，古老师就做好了一顿丰盛的晚餐，让我们尽情地享用。从对母校的感情来说，毕业 3 年来，我渴望成功，时常回想起大学时代的峥嵘岁月，内心就久久不能平静。3 年一别，该带给母校什么？而今天，我从千里之外带回来一支准备征战大西北的考察队。这次重返母校，我要大声疾呼：为了心中永不磨灭的梦想，向前！向前！永远向前进！

十二、武汉的一天

重返故地，迎来第一个早晨，与往常一样，第一件事就是带大家去吃早餐。我凭从前的印象，找了华师的两个食堂，都因昨晚大家睡的时间长，起床晚而吃不上早餐，后来就到学校后门口的小摊档吃烧饼和豆腐花。

81 级 2 班住同一宿舍的同学在教学楼前合影：前排左起：李岩、杨良伟、顾斌、王健、王刚军；后排左起：杨光辉、肖洪、马襄城、魏家俊、陈导群。摄于 1982 年 10 月

上午，他们3人先回招待所休息，我则骑车到南湖找体育系的领导、老师和我的下铺王健及其他几位同学。走到桂子山，就碰到教我们艺术体操课和负责教育实习指导的刁老师，她见到我很高兴，并非常关心我的个人生活，尤其关心个人婚恋问题，当她得知我仍没有女朋友的时候，便一再叮嘱我要好好考虑这个问题。从此次赴大西北考察到其他同学的情况，我们足足谈了半个钟头才分别。

刚走出50米，又见到当年我的田径教练沈大中老师，记得当年在他手下训练，严格而气氛活跃，备战大运会，参加男子4×100米接力比赛的4个人选，他很信任地叫我去选人。我的毕业论文还是他指导的呢。

住同一寝室的81级足球专项班同学合影：左起：杨良伟、胡晓华、张为、江国毅（班长）、管明、耿国宏、张新（团支部书记）、朱伟光、王刚军。摄于1984年11月

接着，沈老师说，你的同学王健来了。我转身望过去，王健正骑着自行车过来了，快到跟前，我大声地喊了一声："王健！"随即，他看到是我便跳下车。我们久别重逢自然都很兴奋地相互问好，我叫他帮助我们找房子住一晚，他欣然答应了，并带我去看一处二楼的单人房。当他打开房门，我看到里面摆放着

2张铁架床,有3张铺位,墙上的灰水还未干,水泥地板上还残留着刷墙后的白灰花点。他说:“这间房子是学校分配给我准备结婚的用房。现在还在收拾,很简陋,你和其他队员将就住一晚吧。”我说,非常感谢!这里不仅可以住,还能够洗澡,条件已经很好了,比我们在外面搭帐篷强多了。

午饭之后,我们冒雨到黄鹤楼参观。

黄鹤楼位于湖北省武汉市长江南岸的武昌蛇山峰岭之上,海拔61.7米,为国家5A级旅游景区,享有“天下江山第一楼”、“天下绝景”之称。楼高5层,总高度51.4米,建筑面积3219平方米。黄鹤楼内部由72根圆柱支撑,外部有60个翘角向外伸展,屋面用10多万块黄色琉璃瓦覆盖构建而成。

黄鹤楼位于武昌蛇山顶,始建于三国时代吴黄武二年(223年),原用于瞭望长江军情。现存景观于1985年重修

黄鹤楼是武汉市标志性建筑,与晴川阁、古琴台并称武汉三大名胜。蛇山又称黄鹄山、黄鹤山。黄鹤楼是我国江南三大名楼之一,始建于三国时代吴黄武二年(公元223年),唐代著名诗人崔颢在此题下《登黄鹤楼》一诗,使它闻名遐迩。以后各代屡毁屡建。仅明清两代,就被毁7次,重建和维修了10次,因有“国运昌则楼运盛”之说。清光绪十年(1884 年),黄鹤楼为一场大火焚毁。至 1985 年,新建的黄鹤楼又屹立在长江之滨。

我站在黄鹤楼上,透过蒙蒙细雨,远眺长江之水,仿佛就在昨天……武汉是我学习和生活了 4 年的地方,她孕育了我乐于挑战、志存高远的品性。在我大学毕业时就立下誓言:少则 3 年,多则 5 年,我要成功做件大事。而今天,我总算了却了这桩心愿。尽管 3 年来,武汉城市也在发生变化,可这里的人们依然是那样的亲切与熟悉,此情此景,令人百感交集、思绪万千……

十三、难忘的日子

一大早,昨日见过的同学王健就来敲门,他说带我们到桂子山餐馆吃早餐,等大伙儿洗漱后,王健领着我们步行了 5 分钟便来到餐馆门口。

1983 年 11 月,81 级王刚军、栗丽、曾丽萍、魏家俊、董杰、曾文、李岩参加“湖北省大学生田径运动会”,此次王刚军以 10.83 秒获得男子乙组(体育专业)100 米冠军

王健给我们买了一些油条、豆浆和热干面；吃到后来，他看到我们每个人差不多喝完了豆浆，便又给我们每人多加一碗，另外还给我们多买了些油条和热干面。直到最后，光是我们4个人吃早餐用过的碗碟就摆了一桌子，足有20多个，服务员看到这样的场面感到很惊讶，她用武汉话说："吃那多，吓死人了！"她哪里知道，我们每天的运动量有多大。

1983年10月，王刚军在校运会上以11秒的成绩获得100米冠军，并打破79级黄浩创造的11.1秒纪录。图为100米决赛，右起：顾斌、谭建平、王刚军、陈海平、曾怀光

吃完早餐之后，我对王健说，你去给学生上课，我想到南湖看看系里的场馆设施，并找找系里的领导。而李满光他们3人则先回住地。于是，我首先来到体育系办公室，见到了罗志光书记、李副书记、王主任和严主任，没过多久，在同一层楼又见到教了我们一年体操课的何锦芳老师，久别重逢，大家都很高兴。当我把这次考察计划及行程路线告诉他们之后，大家都很感兴趣，并对我们的考察计划大加赞赏，认为这是一次壮举。罗书记还客气地对我说："你们前天回到母校应先找系里，体育系会给你们解决许多困难。"并一再问我到武汉后有何困难等。他还热情地对我说，要我提供一些资料，帮助我们把这次的考察情况向报社、杂志社报告，加大宣传。正当大家谈得非常尽兴的时候，罗书记提议大家到楼下的球类馆门前拍张合影留念。

我与系领导拍完合影之后，何锦芳老师又邀请我到旁边新建的体操馆参观。何老师将体操馆的大门打开，随即使人眼前一亮，宽敞明亮的馆内摆放着各种先进的体操器械。这不禁使我想起我们上学那会儿的条件，我跟何老师说，这比当初我们上体操课的条件来说真是有天壤之别，那时的体操房还是旧伙房改建的，面积也很小，不到20个人上课就显得很拥挤了。他说，这体操馆的设备和规模都是目前全国师范院校最好的。我说这样的教学条件太好了，真令人羡慕。

华中师范大学体育系81级足球队：前排左起管明、徐昌明、张新、陈晓华、朱伟光、张为、胡晓华；后排左起：耿国宏、王刚军、陈老师、张老师、陈教授、体育系主任魏大鹏教授、曾建辉、江国毅、足球班主任翟民卫老师。摄于1984年11月

为了感谢系领导对我们全体考察队员的关心，我回到住地之后，就向姚远他们3人讲述了我到体育系联系的有关情况以及系领导对我们的关心。大家一致认为，体育系的领导对我们如此重视，我们大家应该一起去体育系见见领导，这样我们可以获得更多帮助。

于是，我带领队员们又专门返回到体育系拜见罗书记和系领导，他们见到了考察队全体队员非常高兴，并热烈地与李满光、姚远和唐海全一一握手，表示非常欢迎大家的到来。

3 年一别，体育系发生了翻天覆地的变化，办学条件比 3 年前我们那个时候好了许多倍，真是今非昔比。看到这些变化，我由衷地从内心里感到高兴。

与系领导共进午餐时，领导还专门安排了体育系的两位学生会干部作陪。每当我们吃完一碗饭，师弟们就会很客气地争抢空碗，帮大家添饭。这在领导面前，我感到受宠若惊，真不好意思了。

1984 年春天，到邻校武汉大学观赏樱花。左起：竹建德、陈导群、谢保顺、蔡鄂、王刚军

罗书记对我说："你是我系的校友，组织这次赴大西北的考察活动，既是一次体育探险活动，也展示了青年教师不畏艰险的体育精神，这很适合体育系的老师和同学学习和了解。"他接着问我，能否面向体育系全体师生作一场考察报告。我回答说，这次考察的重点在西部地区，我们从出发到现在主要还是赶路，收集到的考察素材并不多，最多也只能介绍一下我们经过一年时间的考察筹备情况,而最精彩的部分还是在后面。我建议说,等我们成功完成考察,走完全程之后再作考察报告,介绍的内容就很丰富,也生动得多,因为那都是我们自己的亲身经历。罗书记和在场的几位领导都一致认为我的意见很有道理,表示赞同。午餐后,我们向系领导辞行并握手告别,他们热烈地祝愿我们考察成功,一切顺利!

1988 年 6 月 20 日,考察队受到华中师大体育系领导的热情接待。左起:体育系书记罗志光、何锦芳(体操老师)、宋副主任、严主任、刘聪(82 级)

下午 1 点 30 分,我告别了母校,带领全队前往位于武昌区阅马场的武昌起义纪念馆参观。

武昌起义军政府旧址又称红楼,位于湖北省武汉市蛇山南麓、阅马场北端。原是清政府抵制革命共和、串演“预备立宪”,于宣统元年(1909 年)所建的“湖北省咨议局”大楼,此楼 1908 年筹建,1910 年落成。1911 年 10 月 11 日,辛亥革命武昌起义成功,即在此组成中华民国鄂军都督府(即湖北军政府),宣布废除清朝帝制、建立中华民国的第一号布告和通电就是在这里发出的。旧址建于1910年，占地6000平方米。大楼主体建筑为红色楼房，高2层，面阔73米，进深42米，砖木结构，坐北朝南，上层顶端正中有教堂式望楼。门窗线条精巧，外壁饰禾穗、莲花图案。浮雕古朴、典雅。大楼后有两层楼房，两侧各有一排红色平房。正前方出口处装有铁栅大门。两侧为门房，由上半部装有铁栅的红色矮墙自门房两侧平伸，与左右平房连接，围成方形院落。院门外正前方立有孙中山铜像。1981年10月，在此建立辛亥革命武昌起义纪念馆，举办辛亥革命历史展览，对外开放。

参观武昌起义纪念馆

后来，我们又返回黄鹤楼补拍一张因昨日下雨而耽误的纪念照片。全队于下午 4 点钟离开武汉向孝感方向前进。

傍晚，我们在武汉市郊的燕岭小学搭帐篷借宿。

今天行程 50 公里，20 天共行程 1423 公里。

十四、进入中原——河南

告别了我的母校华中师范大学之后，队伍经过 2 天时间通过了风景秀丽的孝感市，再从武胜关走出了湖北省，于第二天正午 12 点进入河南省的第一个乡李家寨，并以每人 7 角钱一份的午饭自费在乡政府招待所用餐。

由于太阳猛烈，我们在招待所午睡到下午 3 点钟才继续赶路，不久便穿过了信阳市区。直到晚上 8 点半，大家实在不想走了，今天也赶了 110 多公里的路，就决定找地方安营扎寨。于是，我们找到靠近路边的甘汉小学，准备在此宿营。

许昌博物馆

铁塔公园

当学校的门卫明白我们的用意之后，便热情地将我们引进一间教室说：“你们就在这里搭帐篷吧。”借着从窗外透进的朦胧月光，依稀可见那些桌子、凳子似乎很不整齐;当姚远点燃从旅行包里取出随身携带的两支蜡烛,才看清楚教室的泥巴地板高低不平,破旧的桌子有高有矮;凳子有的是木板凳,长短不一,还有竹凳,显得参差不齐,后面还有用几块泥砖头垒成的三四张小凳子;左右的4个大窗户只用一层白色透光的农用塑料薄膜封盖住整个窗户,但它早已是破烂不堪了。

看着眼前教室的这般模样,大伙儿的心里很难受。看样子这些凳子有些可能还是孩子们从家里带来的,这就是我国贫困地区乡村小学现状的缩影。那时全国各地的山区、边境地区乡村小学的条件可能还不如这里。我们都是教育工作者,真真切切感受到振兴教育,必须是以发展国家经济为基础,从这个意义上说,改革开放,发展经济才能提高基础教育的整体办学条件,才能更好地为孩子们提供良好的学习环境,这是历史赋予我们这一代人的神圣责任,更是义不容辞的光荣职责,我们必须奋发图强,作出自己应有的贡献。

我们进入河南省驻马店地区的西平和许昌一带,那望不到边的大片平原,玉米已长出了近2米高,地里一个个成熟的大西瓜真惹人喜欢。庄稼地里排列整齐用来灌溉的大水泵,全靠它们抽取地下水来浇地,沿途可见农民用大水管从地下抽水浇地,有些地由于缺水,还来不及抽水灌溉而出现了大片裂缝,看来当下的旱情非常严峻。

我们于晚上10点钟,找到距许昌县城11公里的石桥镇十里铺小学搭帐篷宿营。

入住十里铺小学,给我们开门的是唯一留守学校的老师,这位女老师告诉我们,她的名字叫王桂花,还有一个读初中三年级的儿子陪伴。当她得知我们是广东人,就说:“你们广东人有每天洗澡的习惯,学校的手摇管子井由于天旱没有水了,要到附近的村子挑水回来给你们洗漱。”接着,她便叫其儿子去挑水。

这位少年看上去有1米6多,透过小油灯的亮光,只见他脸上挂满了乐意的微笑。随即,他便挑上铁桶出去了。过了好一阵子,他吃力地挑回来两小半桶清水,我们纷纷为他乐于助人的行为表示感谢!

王桂花老师看到儿子挑水回来了,便催促我们说:“由于只有一个脸盆,你们一个个轮着去洗漱吧。”接着,我们就依次忙碌起来;当轮到我洗漱了,我将洗过脸的脏水习惯地往门口倒掉，王老师看到后说："咋倒掉呢?""倒掉的是洗过脸的脏水。"我还以为她看错了并回答说。"你洗过了还可以给他们洗，洗过脸的水还能擦身，擦了身的水还可以洗脚，最后才倒掉。"她显得有些生气地说。接着她又说："这两桶水还是我儿子从五六里远的村子挑来的，都有三四个月没下过雨了，现在旱情很严重，你们可要省着点用。"听到她带着责备口气的教诲，我才明白过来，内心非常懊悔，连忙说："对不起！对不起！我没想到水是那样的金贵。"其实刚才倒掉的一点点洗过脸的水已经很浑浊了，哪里还能想到给其他人洗。

一早起来，我们一边收拾帐篷、行李，准备上路，一边聆听着慈母般的乡村教师对我们的叮咛。尽管这所小学的校舍还很简陋，可王老师对我们好似对她的学生那样，总担心会漏掉什么，生怕该说的事情没有说到位，语言朴实、情真意切。他们母子俩一起送我们到校门口，准备分别时，她眼睛里充满着一种牵挂和恋恋不舍，要求我们留下通信地址，并一再嘱咐我们一路上大家要相互照应、注意安全。此情此景，我们彼此间还真有些不舍，直到我们已经走出了好一段路，他俩仍站在门口一动不动地注视着我们，久久不愿离去，这种情和意实在让人难以忘怀……

为了尽快抵达开封，我们准备抄小道过去，选择走许昌—尉氏—朱仙镇—开封的路线。

十五、朱仙镇、开封府

昨天下午4点50分，我们在尉氏县委招待所自费吃了晚饭。饭后，我们见天色尚早，就接着往前赶路，天黑之后，在靠近路边的芦关镇一所乡村小学搭帐篷过夜。

一大早，我被孩子的说话声吵醒，刚微微睁开眼，便看到一群孩子正围着我们红、蓝、白相间条纹的帐篷指指点点，他们可能看到这彩色的帐篷很是好奇。而我们还在帐篷里面睡大觉。我赶紧叫醒他们几个，一看表，时间还是清晨5点，但这时的天已经大亮了。

原来，这些是住在附近村庄的孩子，他们回校准备上早课。趁着学生还没有上课，我们赶紧收拾行李匆匆离开。

再行进15公里，我们来到了有中国四大名镇之称的朱仙镇。此时，人们才刚刚从睡梦中醒来，我们先到镇政府，见到一位同志早起刷牙，在交谈中得知，朱仙镇在明中期至清初最为繁盛，镇区面积约5平方公里，人口有20多万。由于当时的朱仙镇为水陆交汇，南舟北车从此分向，十分繁荣。但自清雍正以来，朱仙镇河床升高，水运断绝，加上战乱，穷困凋零，使镇上百姓搬迁，历经沧桑，现在只剩下三四万人，回民3000多人。

我们在此吃完早餐后，骑车到当年岳飞出兵之地的岳飞庙、清真寺(在亚洲颇有盛名之寺)和关帝庙游览。可这三个地方都在修复之中。从旧址来看，有1000多年的历史。

朱仙镇岳飞庙

朱仙镇目前的经济较落后，人们大部分从事小本生意谋生。朱仙镇的建筑大部分保持了中国古建筑的特点，许多地方还残留着经历了几百年的青砖灰瓦房。

朱仙镇岳飞庙位于朱仙镇岳庙大街，系中国三大岳庙之一，始建年代无考，今址是明景泰元年(1450年)重建，几经拓修，形成规模宏大的古代建筑群。

朱仙镇岳飞庙由东西两个院落组成，西院为岳飞庙的主体院落，东院为岳飞庙碑林(亦称别院)。西院为三进院，依次建有山门、拜殿、大殿、寝殿，两侧由东西厢房、五子祠、五将祠等建筑群组成。进入山门直通庙道，过庙道直通拜殿，拜殿面阔三间，拜殿直通大殿，大殿面阔五间，进深三间，绿琉璃瓦顶，青砖砌墙，飞檐挑角，雕梁画栋，大殿飞檐斗拱，主架为木质结构，明间金檩上写有“大明天启二年(1622 年)壬成八朔甲子日”一行字，清晰可辨。大殿前方东西两侧立有岳飞手迹碑:《送紫崖张先生北伐》和岳飞手迹碑:《满江红》。后院由岳飞寝殿、五将祠、五子祠组成。东边系 300 多块石碑组成的碑林。

9 点半，我们告别了朱仙镇前往古都开封。

队伍进入开封市后，我们首先找到团市委，办公室一位同志接待了我们并将大家安顿在市委招待所，但食宿自理，1 房 4 床，每晚价格 18 元。

龙亭是北宋皇帝居住的宫殿，位于古都开封府

下午，我们找到开封市园林处，负责同志给我们开了证明，让我们免费参观龙亭公园、铁塔公园和禹王台。只有身在开封府，才能真正感受到中华文化的悠久历史和博大精深，从开封的古建筑群来看，不愧为八朝古都。

昨晚，大家都在忙于写日记，很晚才睡，到今早 7 点半才起床。直到 9 点钟，我们前往相国寺和禹王台公园参观。

开封是河南省地级市，简称汴，古称东京、汴京，为八朝古都。位于黄河中下游平原东部，地处河南省中东部，东与商丘相连，西与郑州毗邻，南接许昌和周口，北与新乡隔黄河相望。开封是中原经济区的核心城市之一、河南省中原城市群和沿黄“三点一线”黄金旅游线路三大中心城市之一。

开封已有2700多年的历史，是首批中国历史文化名城，中国八大古都之一。历史上的开封有着“琪树明霞五凤楼，夷门自古帝王州”“汴京富丽天下无”的美誉，北宋东京开封更是当时世界第一大城市。

开封是世界上唯一一座城市中轴线从未变动的都城，城摞城遗址在世界考古史和都城史上少有。开封亦是《清明上河图》的原创地，有“东京梦华”之美誉。

相国寺始建于北齐天保六年(555年)，位于著名文化历史名城、八朝古都开封的市中心。该寺历史悠久，是我国汉传佛教十大名寺之一，在中国佛教史上有着重要的地位和广泛的影响。

相国寺位于河南省开封市内，是我国著名的佛教寺院之一

相国寺历史悠久，是我国古代著名的佛教中心之一。这里原为魏公子信陵君无忌的故宅。北齐文宣帝天保六年始创建寺院，称为建国寺，后毁于战火。唐长安元年(701 年)，僧人慧云来汴，托词此处有灵气，即募化款项，购地建寺。动工时挖出了北齐建国寺的旧牌子，故仍名建国寺，唐延和元年(712 年)，唐睿宗李旦为了纪念他由相王即位当皇帝，遂钦赐建国寺更名为“相国寺”，并亲笔书写了“大相国寺”匾额。

唐宋两代是相国寺的鼎盛时期。尤其是北宋时期，相国寺屡有增修，成为全国最大的佛教寺院，全寺占地 500 余亩，辖 64 个禅院、律院，养僧 1000 余人，其建筑之辉煌瑰丽，有“金碧辉映，云霞失容”之称。同时，相国寺的住持由皇帝赐封。

禹王台公园

禹王台又名古吹台，位于中国河南省开封市城区的东南隅禹王台公园内，最早叫“吹台”，为纪念春秋时晋国音乐家师旷，取名“古吹台”。古时吹台很高，明朝时期有 10 米高，周长百米，后由于黄河泛滥，泥沙淤积，仅高出地面约 7 米，现为省级文物保护单位。禹王台南台阶下面入口处是一座门楼式牌坊，上写“古吹台”三个大字。古吹台的建筑，在明清时期曾进行过多次修葺。看到的这三个大字是清乾隆二十七年(1762 年)河南地方官何焆书写。禹王台古建筑群是 1981 年重新修葺的,经过修葺后主要建筑有禹王庙、三贤祠、水德祠和御书楼等。宫殿式的水德祠和三贤祠为后世续建。

三贤祠建于明正德十二年(1517 年),为纪念唐代著名诗人李白、杜甫、高适同登吹台而建的祠堂。唐天宝三载(744 年),李白(44 岁)、杜甫(34 岁)、高适(39 岁)兴会吹台,慷慨怀古,饮酒赋诗,留下了《梁园吟》等脍炙人口的名篇。水德祠也建于明代,祭祀历代治水名人,以配享大禹之功德。

十六、难熬的一天

我们准备 12 点半之前前往郑州,可临走的时候,因前一晚吃东西太杂,我的肚子很难受,之后,在勉强行走到晚上 6 点多因疼痛加剧,随即在附进就医,以免耽误行程,未听医嘱留院观察,强撑着在不远处的小学搭帐篷过夜。

半夜,刮起一阵阵大风,把帐篷吹得摇摇晃晃,冷风从窗口往帐篷里吹了进来。此时,我感到全身热得发烫,心想这可能是药效在起作用……直到第二天早晨 4 点半,被李满光、唐海全的叫喊声惊醒。我睁眼从窗口望去,有个模糊的身影站在帐篷门口,他俩从帐篷走出来,吆喝其站住,并用手电筒照过去查看此人,过了一会儿,他俩并未发现这个人偷了啥东西,就放他走了。

约过了一分钟,唐海全才发现有一双旧皮鞋放在帐篷门口,而他的运动鞋却不见了。他马上反应过来,便顾不上穿鞋,光脚向那个人直追过去,追到 150 米的地方才将其拦截住。紧随其后,李满光也及时赶到了,并强令这家伙把衣服脱下来检查,当他一件一件往下脱,最后才发现,这家伙竟把我隔天晒在外面的运动短裤、队服以及运动袜全都穿在身上。姚远也把那个人的旧皮鞋提过来,并叫他将唐海全的鞋换过来。后来,唐海全跟我们说:“那个人跑得很快,脚上穿着的就是我的鞋。”而后,他们三人将其押解回帐篷旁边进行审问。

当他们审问那个人的时候,我这才从帐篷里钻了出来,看清此人 30 岁左右,一副可怜相,无论大家怎样审问,他只是比画手势,而不开口说话,难道他是个哑巴?我们从他身上搜出了 6 元钱和 2900 元的借款单。后来,也问不出什么,我们也只能把他交给前来看热闹的几位农民处理。

将“小偷”处理完之后,天也慢慢亮了,我们收拾好东西,于 5 点半出发向相距 21 公里的郑州方向进发，队伍于 7 点半到达郑州市区。

大家首先在路边吃早餐，吃的是小米粥、油条和花卷。

二七纪念塔位于河南省郑州市中心二七广场，为纪念“二七”大罢工而建。纪念塔于 1971 年兴建，塔高 63 米，共 13 层，为并联的两个五角形，俗称“双塔”

接着，我们问了几个路人，穿过几条街道，便来到位于郑州市纬一路的《河南日报》报社的大门口。由李满光出面，跟报社的门卫说明情况后，门卫要求先登记，然后让 1 个人进去找新闻处，其他人则在门口等候。过了约 40 分钟，李满光出来后对大家说：“是一位 30 岁左右的女记者接待了我，并在下列方面作详细记录，队员姓名、年龄、工作单位、考察研究课题、考察的宗旨、目的、路线、行程公里数、预计考察总时间，以及到高原时的适应措施和经费来源。准备用简讯形式上报。”这些李满光都作了如实介绍与陈述。

而后，我们在郑州市区的街道上缓缓而行，在郑州市的标志性建筑二七纪念塔参观拍照。之后就朝密县的方向行进，前后在此只停留不到 2 小时。到第 29 天，共行程 2073 公里。

十七、龙门石窟

早晨 5 点钟，我们从南寨庄小学出发，行程 10 公里来到属于全国重点文物保护单位的白马寺。白马寺位于洛阳市东部 12 公里，《西游记》对此寺作过描述。此时太早，还没有游客，我们先把自行车及行李交给保管处保管后，在白马寺门口拍张集体照，然后再到小食店吃完早餐后，我们 4 人即入寺参观。

9 点半，我们到达洛阳市，稍作停留后继续西进。队伍于 11 点半抵达离洛阳市南部 12 公里的龙门石窟。

洛阳白马寺

龙门石窟位于河南省洛阳市，是世界上造像最多、规模最大的石刻艺术宝库，被联合国教科文组织评为“中国石刻艺术的最高峰”，位居中国各大石窟之首。

洛阳龙门石窟

龙门由大禹治水时所开凿，鱼跃龙门的传说亦发生于此。其石窟则始凿于北魏孝文帝年间，盛于唐，终于清末。历经10多个朝代陆续营造，长达1400余年，是世界上营造时间最长的石窟。建造时采用了大量彩绘，今多已褪色。石窟密布于伊水东西两山的峭壁上，南北长达1公里，东西两山现存洞窟像龛2345个、佛塔80余座，造像11万余尊，与莫高窟、云冈石窟并称“中国三大石窟”，后加麦积山石窟称“四大石窟”。

龙门石窟是中国古碑刻最多的一处，有古碑林之称，共有碑刻题记2860多通，其中久负盛名的龙门二十品和褚遂良的伊阙佛龛之碑，分别是魏碑体和唐楷的典范，堪称中国书法艺术的上乘之作。龙门全山造像11万余尊，最大的佛像卢舍那大佛，通高17.14米，头高4米，耳长1.9米；最小的佛像在莲花洞中，每个只有2厘米，被称为微雕。

龙门石窟造像多为皇家贵族所建，是世界上绝无仅有的皇家石窟。龙门石窟使石窟艺术呈现出了中国化的趋势，是中国石窟艺术的里程碑。又经历天竺、新罗、吐火罗、康国等国家营造，发现有欧洲纹样、古希腊石柱等，堪称全世界国际化水平最高的石窟。

龙门石窟是我国古代四大石窟艺术宝库之一

龙门石窟的雕刻作品是在不同朝代中完成，有大小不等的佛像，各个朝代佛像的风格不尽相同。整体来看，山壁上的洞穴安放着各种佛像，但不少佛像被破坏相当严重，有的佛像没有了头、有的没有了手指，还有的整个被盗走，其中有 2 个高大的雄狮雕像被盗放在波士顿博物馆。石窟被各朝各代的帝王修建都是出于为统治者歌功颂德、树碑立传，其所花费的人力、物力相当巨大，其中单是万佛寺就修建了 34 年、花费了 80 万个劳动日。

我们参观完龙门石窟，吃过午饭之后，队伍再前行了 10 公里，在距洛阳市 7 公里、路边晒谷场旁边的树荫下午休睡觉。车队于下午 2 点半穿过洛阳市区向新安县挺进，于 5 点半到县委招待所自费吃晚饭。接着，我们继续摸黑赶路 20 公里，最后在洪阳中学搭帐篷住宿。

十八、嵩山少林寺游记

早晨5点30分，队伍从牛店庄小学起程，路过打虎亭古墓，随即，我们在里面转了一圈，由于时间太早，工作人员还没有上班。从简介得知，此处有一号、二号、三号墓。1963—1966年挖掘，据挖掘的文字推测是1200年前的古墓，是国家重点文物保护区。我们只停留了7分钟，就继续往前行进，随着地形的逐渐升高，太阳也慢慢从东边爬了上来，这里比南方大约早40分钟天亮。在这段公路上，是大起大落的山连山，我们大部分时间都花在推车上，前进的速度非常缓慢，到达登封县嵩山时已是中午11点半。由于天气炎热，步行推车的体力消耗很大，才走了26公里，我就喝掉了近2升水。

少林寺大门

嵩山是三教的策源地，对三教的形成和传播都起到了极大的作用。嵩山是佛教名山，佛教文化丰富而灿烂。法王寺，创建于东汉，是中国最早的佛教寺院之一，比洛阳白马寺仅晚 3 年，比少林寺早 420 年。中岳庙始建于秦，原名太室祠，曾有“飞甍映日，杰阁联云”之美称。中岳庙是道教圣地之一，有“道教第六小洞天”之称，嵩山道教中轴线建筑共十一进，全长 1.3 里，面积 10 万多平方米，是五岳中现存规模宏大、保存较完整的古建筑群。中岳庙的四岳殿台在五岳中独树一帜，渗透着“五岳共存，五行俱全”的宗教观念。嵩山是儒家文化影响很大的地方，在中国国内名山中这种情况比较少见。儒家文化在漫长的岁月里，经历了四个阶段，即先秦原始儒学、西汉神化儒学、宋明理学、现代新儒学。嵩阳书院，位于嵩山南麓，它与当今河南商丘“睢阳书院”、湖南“岳麓书院”、江西庐山的“白鹿洞书院”，并称为“宋初四大书院”。嵩阳书院是宋明理学教育中心之一，在中国文化史中占有重要地位，其旁不远处的崇福宫，是宋代安排不合时务的名儒的宫观，范仲淹、司马光、程颐、程颢、李纲等均在此受过“管勾、提举”之职。

少林寺位于嵩山少室山北麓五乳峰下，建于北魏太和十九年(495 年)。据传，印度名僧菩提达摩禅师曾驻锡于此。唐初，少林寺十三棍僧救过秦王李世民，贞观年间(627—649 年)重修少林寺，唐代以后僧徒在此讲经习武，禅宗和少林寺名扬天下，千百年来少林僧人潜心研究佛法与武学，使得佛教文化在中国广为传播，影响日渐深远，少林武术更是中华武术的瑰宝. 蜚声海内外。与少林寺题材相关的电影、电视剧经久不衰，反映了现代人对少林精神的喜爱。现存建筑有山门、方丈室、达摩亭、白衣殿、千佛殿等，已毁的天王殿、大雄宝殿等已修复。千佛殿中有明代“五百罗汉朝毗卢”壁画，壁画约 300 平方米。

少林寺是世界著名的佛教寺院，是汉传佛教的禅宗祖庭，在中国佛教史上占有重要地位，被誉为“天下第一名刹”。因其历代少林武僧潜心研创和不断发展的少林功夫而名扬天下，素有“天下功夫出少林，少林功夫甲天下”之说。少林寺为北魏孝文帝元宏敕建，印度僧人跋陀在此落迹传教。由于印度高僧菩提达摩在这里首传禅宗，后来禅宗发展成为佛教中的重要宗派，所以，少林寺被称为禅宗祖庭。禅宗祖师达摩在传教过程中留下了“一苇渡江”“面壁九年”的故事，确立了“明心见性，一切皆空”的修道禅法。

我们进入少林寺大门，只见左右两侧排列着30多米长的碑石，其中镌刻着唐太宗御书的碑石最为珍贵。寺院内还可看到武僧专门练武的厅堂，其青砖地板由于历代武僧站桩练武已形成有序排列的凹陷，这是武僧长期刻苦修炼而留下的痕迹。寺内还专门附设少林各种拳术的部分动作雕塑并作简要说明。

少林寺塔林

在少林寺参观游览至下午2点半，我们前往洛阳市偃县。一出嵩山坳，长长的陡坡顺势而上，整个车队缓缓前进；黑云压顶，狂风呼啸，超级风力将自行车吹得直摇晃。由于我们在逆风中行进，很吃力，下午6点钟到达偃县县委招待所吃饭时，才走了30公里。

吃过晚饭，我们继续向洛阳方向推进3公里，在南寨庄小学借课室搭帐篷睡觉。

十九、挺进三门峡

我们于6点半离开洪阳中学前往三门峡，赶了14公里在一家饮食店刷牙洗脸、吃早餐，8点钟重新上路。

随着队伍向前移动，山峦的地势逐渐抬升，弯弯的山路变得陡峭难走，大家只好推车上坡，而后再下坡，上上下下交替。此时，天空飘着小雨，我们冒雨前进，寒气侵人，我的手臂也直起鸡皮疙瘩。在雨天顶风骑车很是费力，体力消耗也很大，早上吃进肚子里的几根油条也早已消化掉了。到了中午，感觉身体又冷又饿，可一眼望去，除了山路上来来往往跑动的汽车和偶遇的零星农民，就是山连着山，连房子都看不见，要想吃上一顿像样的饭菜看来很难。

我们只能继续赶路，这山路的上坡路段很长，时常上了前面一个坡，接着又要上下一个坡，似乎总有上不完的坡在等着你去通过。小雨始终下个不停，还好，终于上到坡顶了，当骑车往下滑时，由于我们都只穿着短衣短裤，冷风吹进来将裸露在外的四肢肌肉冻得僵硬、不听使唤，手指的协调性、灵敏性下降，这都是身体长时间受冻所造成的生理性短暂障碍。

艰难的脚步伴随着推动的车轮不停地往前移动，只有抓紧找到能提供吃饭的场所，才能解决饥寒交迫的问题，一直坚持到中午12点，我们终于来到一个村庄附近的公路旁的小食店，吃上了热乎乎的拉面、烧饼和麻花，结束了这饥寒的煎熬。由于一直在下雨，大家中午就在小食店休息一会儿。上午我们行进了67公里，这实属不易。

下午3点钟，我们刚出发，李满光的自行车内胎漏气，便先找到路旁可以避雨的地方补胎。利用补胎的时间，我顺便到旁边的农家窑洞参观学习，跟大叔说明来意之后，他热情地给我介绍了窑洞的建筑特点和造价等。30分钟后，李满光的自行车胎补好了，随即，我们冒雨赶路。由于是一路下坡，自行车滑行了20多公里，然而李满光却迟迟未跟上队伍，我们估计他的自行车可能又出了问题，而修车工具扳手放在姚远这里，他只能带上维修工具掉头返回去找李满光，看是什么情况，我和唐海全则在路边的拖拉机修理房等候。大约过了

40 分钟,他们两人才骑车过来,原来李满光的自行车在之前补胎时,并没有留意到还有第二个漏气孔。

三门峡黄河大坝

傍晚 6 点半,我们直接找到三门峡市委招待所,并在那里吃晚饭,随后去找学校,准备借课室搭帐篷宿营。

然而,我们找了两所市区的学校都因放暑假,课室门锁的钥匙被班主任带走了,我们只能离开三门峡市区向西安的方向走,准备到顺道的路边找学校搭帐篷。

天一直在下雨,我们冒雨骑车,最后找到一所小学,住进教室里。

今天行程 94 公里,32 天共行程 2321 公里。

第三章

腹地篇

FUDI PIAN

1988 年 7 月 26 日，考察队告别长城，抵达中华民族的文化瑰宝之地——敦煌莫高窟；而后，在穿越 350 多公里荒无人烟的戈壁滩——星星峡（甘肃与新疆交界）之时迷失方向而误入中蒙边境地区，在离国境线仅 3 公里就要进入蒙古国之时，巧遇盐矿工人而迷途知返。重新修正方向后，进入新疆以瓜果之乡享誉天下的哈密市、阿凡提的故乡鄯善县和火都吐鲁番（其火焰山最高气温可达 78℃），于 8 月 6 日抵达乌鲁木齐。然后，直奔中哈边境地区伊犁，再翻越蓝天白云下的美丽天山进入南疆，日夜兼程地穿过 1000 多公里库车县，经中国最西端的城市——喀什，于 8 月 23 日抵达昆仑山脚下的新疆叶城。

考察队穿过前面的 8 个省份，历时 81 天，行程 7531 公里。沿古丝绸之路逶迤而入陕甘宁地区，亲身体察了祖祖辈辈生活在黄土地上的平民百姓的生活现状、经济发展、普通教育和历史文化，再穿越戈壁滩、沙漠地带抵达长城的最西端——嘉峪关。

队员们一路长途跋涉，历尽艰辛，饱尝冷眼、歧视和疾病侵袭之苦；尽管遭遇过歹徒的抢劫，但也受到当地驻军官兵和寻常百姓的热情接待。使得大家的意志力、生存能力和体能得到了前所未有的磨炼，为完成后面更艰险和不可预测的征途奠定了坚实的基础。

西部地区物产丰富，我们进入新疆时正是瓜果收获的季节，能够提供给大家充足的食物和营养，致使队员早已透支的体能得以恢复。与此同时，考察队员经过 81 天超长负荷的行程，随着沿途地势的逐渐升高，队员们对于进入高原地区有了半适应能力，我们在叶城整整休养了一周时间，在营养、体能和意志力上为冲击生命禁区——海拔 6400 多米昆仑山上的“死人沟”做好了充分的准备。

一、豫陕交界之行

早晨 6 点半起床，我们收拾好行李之后继续向西推进。

冒雨行走大约 8 公里后，在一个小镇停下来吃早餐，有油条、麻花、稀饭；此地距陕西省潼关县有 108 公里，我们决定今晚在潼关过夜。

雨不停地下，时大时小，看天气并没有转晴的迹象，假如就这样等下去是没有结果的，为了争取多赶路，我们披上雨衣进入茫茫雨水之中，向陕西省潼关县奔进。

我们走在河南与陕西的交界处，这一带山高路长，来往的汽车较多，常常是用几十分钟推车上坡转入一小段骑行吃力的平地，然后又是推车直到山顶。终于可以省时省力地下山了，车队顺着弯弯曲曲、陡峭的公路往下滑，自行车在重力的作用下，似挣脱了缰绳的野马向前奔驰。伴随着冷雨的迎面扑来，张开嘴巴就可以喝到从天而降的雨水，紧贴身体的雨衣还能挡住寒风。

豫陕交界的村庄

然而，在平路上骑车时，身体被雨衣包裹就像在蒸笼里闷热冒汗，头皮发麻，脸上的汗水和雨水一起流入嘴里，有时实在受不了了，就停下车把长袖运动衣的胸前拉链拉开，这样舒服一些；可下坡时，迎面扑来的强风又夹带着雨水，使人感到似冬天的寒冷。车轮在飞转，我们于中午 11 点 45 分来到了河南省的最后一站——灵宝县。

在这里，我们找到县委招待所吃了午饭，饭后休息的片刻，李满光到外面找到了一张 7 月 2 日的《河南日报》，在第一版上登载了考察队抵达郑州的报道，大家得知这一消息都非常高兴。

中午 12 点 30 分，队员们又冒雨继续西进，因为今晚要赶到陕西省潼关县住宿，下午还要骑行 70 多公里路。

下午面临的困难并未减少，雨继续下着，随着公路的地势逐渐升高，从地貌来看，这里就是黄土高原。有时可见穿一身典型西北黑衣服的老农，标志性地头扎白色毛巾、手拿旱烟袋，我们已进入陕西省境内。

走在山路上，除了机械性地推车或骑车，大家最开心的是到瓜农的地里挑选大西瓜，其价格便宜，才 2 角钱一斤。这里西瓜的形状大小跟河南的差不多，一口咬下去，那味道清甜、汁多起沙，既非常爽口、解渴，还可以快速补充我们体内血糖的浓度，所以，每当吃够一次甜西瓜，感觉体能特棒，骑车不觉得累，简直就是一种享受。

然而，这种最佳体能状态仅仅能维持 2 个小时左右，之后就逐渐下降。如果要保持体能，有条件的话就需要及时补充食物，尤其是碳水化合物，如主食类的米饭，采取持续给身体供应能量的措施，才能保持最好的工作状态，然而，对我们来说，这却成了理想化的事情。每天，我们都不得不为吃饭、睡觉发愁。

潼关村落

由于腿和脚一直在用力蹬踩自行车，长时间重复做机械性运动，使得大腿的股二头肌和股四头肌僵硬、酸痛，肚子也饿了。然而，越是面临窘境，困难与障碍往往越会在这个时候找你麻烦，这不，前面的上坡路足有 1 公里长，我们只能推着自行车缓慢往上移动，每前进一步，身体消耗的能量就随之增加。此时，我的肚子早已空空如也，能量供给不上来，全靠身体的体能储备和意志力才能维持当下的骑行。

这时已是下午 5 点半了，在雨天走山路，持续了 5 个小时，大家的体力大幅下降，出现了疲劳过度的情况。因此，为补充能量，提高工作效率，我和唐海全到路旁的小店买麻花和饼吃，先填一下肚子再说，而李满光和姚远则先行前进。等我吃完东西之后才感到全身发冷，就连内衣、内裤全都湿透了，外面穿的长袖运动衣也都湿透了。为了避免感冒，我俩将湿衣服换了才继续往前赶路。

等我俩到达潼关县时，李满光和姚远早已在路边的“川味饭店”点好了菜，他俩正边饮酒边等我们，大家高兴极了，今天面临雨天、走山路的境况，克服了因为饥饿能量不足导致的体力严重下降以及长时间工作的困难，连续骑车 11 小时，终于到达了潼关县。此时此刻，川菜味道极佳，烧酒醇香、度数也高，好酒好菜饱食一顿，大伙儿忘记了长途奔波的疲劳，举杯庆祝、自得其乐。

酒足饭饱之后，我们找到了潼关县政府招待所住宿，房价为一房 4 床，3 元一床。

今天骑车 11 小时，行进了 216 公里，33 天共行程 2537 公里。

二、抵达华山

今天很轻松，由于大家昨天决定今天午饭后再前往 40 公里处的旅游区——西岳华山，所以我们放心睡到 7 点钟才起床。我趁早晨头脑清醒把昨天的日记补上，姚远则外出买油条给大伙儿当早餐。

我们好久没有住旅馆了，既清闲又放松，一上午我都没有出门，难得有这样的时间和环境，安静之时，最好是写些东西。好长时间没有写信给亲人和朋友了，他们在遥远的故乡为我挂念，哪怕是我的一张明信片、一句话都会使他们感到放心与安慰。此次远征途中，我常常想起往事，想到亲人、朋友和昔日的同学，也回忆起自己这几年的过往，昔日的同学大部分都已成家、结婚生子，自己则仍在浪迹天涯。然而，我想只要认为值得去做的事情就要不顾一切去实现，这次的考察活动，也许是我人生中付出最大代价的一次创举，等成功完成此次活动之后，我必须解决好眼前的事情。百感交集、思绪万千的心情陪伴着我整个上午都在房间度过，直到大家说去吃午饭才下楼。

中午 12 点半，我们办完退房手续后，告别潼关前往华山。

西出潼关，自行车就在陡峭的山路上俯冲，那宛如长龙的公路两旁都是悬崖峭壁，迎面驶过上坡的大货车吃力地像一条母狮怒吼，而四勇士则骑着自行车似轻骑兵向前飞奔。就在车队行至半山腰时，突然听到一声“轰”的爆炸声，这一声从落在最后的李满光骑的自行车方向传来，我猜可能是他的轮胎爆了，但当时由于车速飞快，我只能滑到山脚下才停下来等待他们。

考察队抵达华山入口

等唐海全和姚远都下来之后，过了一段时间仍不见李满光下来，我们估计刚才听到的一声巨响，可能就是他的车胎爆裂发出的爆炸声。大家在山脚边休息边等候，约过了 15 分钟，才看到李满光推车下山，等他走过来一看，果然是自行车的内、外胎都炸裂出一个大口子，看来已无法修补了，只能将内、外胎都换掉。

我们陪老李推车到前面看看，找自行车修理铺换车胎，问了几家修理铺都没有合适的 26 英寸车胎可换，我们只能缓慢推车到华山口，找旅店先住下来再作打算。

经向当地人打听，登上华山最快都需要 10 个小时，这样上、下山加在一起就需要一天时间，因此，我们商定准备在此逗留两晚。于是，我们选择在通往华山的入口附近的旅店住宿，入住的小旅店为每晚每人 1.5 元，4 人共 6 元，不管饭。晚饭大家就在旅店隔壁的饭馆吃炒饭，但菜太贵了，还喝了四川产的大米曲酒。小旅店没有洗澡房，只能擦身。

今天行程 25 公里，34 天共行程 2562 公里。

三、攀登西岳——华山

7 点 30 分，我们首先到华山管理局申请免费游览华山的门票(2.50 元一张)，在获得批准免费登山后，从华山口开始攀登上山。

今天游客不是很多，9 点钟左右，有不少上了年纪的老人背着行李已下到山脚了，他们是昨天上山、今天一早下山。其他游人大部分是大、中学生，这时正值暑假，是大、中学生的黄金旅游季节。今天看来是比较理想的登山日，7 月华山的平均气温为 17.7℃。

华山海拔 2154.9 米，古称“西岳”，雅称“太华山”，为中国著名的五岳之一，中华文明的发祥地，“中华”和“华夏”之“华”，就源于华山。位于陕西省渭南市华阴市，在省会西安以东 120 公里处。南接秦岭，北瞰黄渭，自古以来就有“奇险天下第一山”的说法。

华山是道教主流全真派圣地，为“第四洞天”，也有中国民间广泛崇奉的神祇——西岳华山君神。共有 72 个半悬空洞，道观 20 余座，其中玉泉院、都龙庙、东道院、镇岳宫被列为全国重点道教宫观，有陈抟、郝大通、贺元希等著名的道教高人。

华山的著名景区多达 210 余处，有凌空架设的长空栈道，三面临空的鹞子翻身，以及在峭壁绝崖上凿出的千尺幢、百尺峡、老君犁沟等，其中华岳仙掌被列为关中八景之首。华山是神州九大观日处之一，观日处位于华山东峰(亦称朝阳峰)，朝阳台为最佳地点。

攀上陡峭的华山，徒手攀登都很吃力，何况是负重上百斤重的货物，对普通人来说是不可能完成的事。只见几个背夫背着一篓篓、一担担货物上山，手拿一根顶棍，他们每迈出一步都显得很沉重，然而从山脚背一次货物到山上花上 4 个小时，每走一趟可拿到 15 元工钱；加上下山时间，那么一天只能背一次货物,可他们在上山路上吃的仅仅是几个干馒头和烧饼。靠体力吃饭历来都是艰辛的,这些背夫唯一的本钱就是身体,他们艰辛地付出体力而支撑着家庭的一片天,这些对家庭高度负责的普通百姓,最令人敬佩!

队员沿千尺幢向上攀登

食物搬运上山是如此艰难,怪不得价格比山下要贵 2—3 倍(西瓜 7 角 1 斤、面条 1 元 2 两、西红柿 7 角 1 斤),就是说,山上的食物,人工搬运费比食物的成本还要昂贵。

华山最高峰是西峰。我们登至西峰山顶已是下午 2 点,在此吃 2 个饼和西红柿就当午饭了。

上山我们用了 7 个小时,比昨天听当地人说,登山需要 10 个小时少花了 3 小时。人们常说“下山比上山更难”,我的体会是上山更费力,而下山腿脚更难受、更省力一点。

我们下到山脚，行至距石门 50 米远有条小河，只见河水清澈而缓缓流下，我真想下去洗个够。看到眼前的这一番场景，大伙儿一下子忘记了登山的劳顿，不约而同地兴奋起来，都表示，如果能在这里洗个澡真是一件美事。此时，我观察一下四周的环境，小河离游人必经的小道还有一定的距离，周围有一些树木，可以隐隐约约地遮挡游人的视线。

队员登上华山西峰山顶后小憩

看来，这里是一个理想的天然沐浴场。我们住的小旅店没有洗澡房，昨天大伙儿走了大半天路可最后还洗不了澡。而今天，大家登华山上上下下也有 10 多个小时，身上流了很多汗，也急需洗洗澡，这可以去除身上的污垢并放松一下身体。如果这里有现成的河水都不洗，那回去可就只能擦身了。当下，大家都想在这里洗个舒服澡，虽然没有预先准备衣物，但大家一旦决定在此洗澡，就尽快脱衣下水了。冰冷的山水非常清澈，也很刺激身体，尽管使人清爽、放松，可不能洗太长时间，以避免身体过度受凉而感冒。

我们下山用了 4 个小时，于傍晚 7 点 20 分下到华山口。游华山前后用了 11 小时，这已经是很快的了。

我们昨天登华山，今天就准备离开。吃完早餐之后，由于前天李满光的车胎爆裂，他骑上唐海全的自行车，到10公里外的华阴县城买回自行车的内、外胎，并修整车胎。我们三人则在旅店的空当时间写日记，直到11点20分，李满光才最后将车胎换好，刚换上新车胎，他到外面试一试骑车的感觉，他说感觉很不错，大伙儿都做好了出发前的各种准备了。

于是，我们从旅店出来后，先到华山入口处的晋味饭店吃完午饭。然后再到西岳华山大门前合影留念。

唐海全登上华山西峰山顶时的英姿

四、游览秦陵、兵马俑

随后，考察队于中午12点半向西安的方向进发。当车队抵达临潼后，我们首先参观了被誉为“世界第八奇迹”的秦陵兵马俑。

秦陵位于西安市东37公里的临潼县城东骊山北面，秦陵的陵基为近覆斗方形，夯土筑成，陵基东西宽345米，南北长350米。土陵冢高43米，底边周长

1700 余米，筑有内外两重夯土城垣，象征都城的皇城和宫城。内城略呈方形，周长 3890 米，除北面开两门外，其余三面各开一门。外城为长方形，周长 6294 米，四面各开一门。

秦陵是 1974 年在一位农民掘井约 10 米时发现的，一号坑的规模最大，1978 年开放，呈长方形，长 210 米，宽 62 米，面积 14260 平方米。兵马俑是公元前秦始皇统治时期兵强马壮的再现，兵马俑方阵有穿短袍的前锋部队、步兵（包括跪射俑主体部队）、骑兵等。

秦始皇陵位于西安市东 37 公里处，在临潼县东约 5 公里的骊山北麓，距秦始皇兵马俑 4 公里。该陵似一个圆形的小山坡，用城墙围成；自秦始皇即位（前 246 年）开始修建，至公元前 210 年死后竣工，工程长达 38 年，征集工匠刑徒达 72 万人。其封土之高大，陵园之宏伟，埋藏之丰富，均属空前绝后

秦始皇兵马俑是世界考古史上最伟大的发现之一。秦始皇兵马俑坑是秦始皇陵的陪葬坑，位于陵园东侧1500米处。1974年3月，在陵东的西杨村村民抗旱打井时，在陵墓以东3里的下和村和五垃村之间，发现规模宏大的秦始皇陵兵马俑坑，经考古工作者的发掘，才揭开了埋葬于地下2000多年前的秦俑宝藏。1974年7月15日，省文物局派出秦俑考古队开赴发掘现场。随后，西北大学考古专业的师生也前来支援，他们在965平方米的试掘方内清理出与真人真马相仿的陶俑500余件，陶马24匹，木质战车6乘和大批青铜兵器、车马器。通过试掘和钻探，一号兵马俑坑总面积14260平方米，内含陶俑、陶马约6000件。1978年，法国前总理希拉克参观后说："世界上有了七大奇迹，秦俑的发现，可以说是八大奇迹了。不看秦俑，不能算来过中国。"从此秦俑被世界誉为"第八大奇迹"，目前已挖掘出3个俑坑。秦始皇兵马俑陪葬坑，是世界最大的地下军事博物馆。1987年被列入《世界文化遗产名录》。

秦陵兵马俑

在一号坑中已发掘出武士俑500余件，战车6乘，驾车马24匹，还有青铜剑、吴钩、矛、箭、弩机、铜戟等实战用的青铜兵器和铁器。俑坑东端有210个与人等高的陶武士俑，面部神态、服饰、发型各不相同，个个栩栩如生，神态逼真，排成三列横队，每列70人，其中除3个领队身着铠甲外，其余均穿短袍，腿扎裹腿，线履系带，免盔束发，挽弓挎箭，手执弩机，似待命出发的前锋部队。其后，是6000个铠甲俑组成的主体部队，个个手执3米左右长矛、戈、戟等长兵器，同35乘驷马战车间隔在11条东西向的过洞里，排成38路纵队。南北两侧和两端，各有一列武士俑，似为卫队，以防侧尾受袭。这支队伍阵容齐整，装备完备，威风凛凛，气壮山河，是秦始皇当年浩荡大军的艺术再现，具有强烈的艺术感染力。

秦始皇陵兵马俑坑共三个，呈“品”字形紧密排列，构成一组宏伟的地下建筑，面积共达2万平方米以上。1976年挖掘一号坑并盖成大厅，它长230米，宽62米，出土兵俑1087件，战车8辆；出土兵马陶俑约6000件，战车40辆，系一大型步兵方阵。每个兵俑重300公斤，战车重700公斤，全部用泥塑成，此工艺按当时条件实为奇迹；从痕迹看，塑造一个兵俑或战车是分段流水作业而成。二号坑有木质战车近百辆，骑兵和步兵混合编组的军阵。三号坑则似统率三军的指挥部。从俑坑还发现各种铜质兵器及金、铜、石质饰品万余件。陶俑陶马均为泥质灰陶，与真人真马大小相似，形象丰富生动，容貌神态逼真

兵马俑重现了2200年前秦始皇时代兵强马壮的强盛国势。

一号坑共埋藏兵马俑6000余件；二号坑是由4个兵种排列混合编组的军阵；三号坑则是统率三军的指挥部。

二号坑位于一号坑的东北侧和三号坑的东侧，呈曲尺形方阵，东西最长处96米，南北最宽处84米，总面积约为6000平方米。坑内建筑与一号坑相同，但布阵更为复杂，兵种更为齐全，是3个坑中最为壮观的军阵。二号坑建有1.7万平方米的陈列大厅，是目前我国规模最大、功能最齐全的现代化遗址陈列厅。秦兵马俑博物馆馆长袁仲一解释说："一来，为的是更好地保护文物；二来，因为把整个军阵全部清出地面，起码需要5—7年的工夫。这样做的好处是游客既可以参观到二号坑局部的风采，又可以亲眼看到二号坑的挖掘工作。"

五、进入古城西安

进入古城西安市，虽然只停留了一天，可我们不仅领略了文化古城、十三朝古都的中华文化，而且身临其境吸吮其历史悠久的文化气息，还参观了大小雁塔、华清池、碑林、陕西省博物馆。

西安地处关中平原中部，北濒渭河，南依秦岭，八水润长安。全市下辖11区2县，总面积10108平方公里。

西安，古称长安、镐京，现为陕西省省会、副省级城市，是国务院批复确定的中国西部地区重要的中心城市，国家重要的科研、教育和工业基地。西安是中国四大古都之一，历史上有周、秦、汉、隋、唐等在内的13个朝代在此建都，是联合国教科文组织1981年确定的"世界历史名城"。

西安是首批中国优秀旅游城市。西安的文化遗存具有资源密度大、保存好、级别高的特点，在中国旅游资源普查的155个基本类型中，西安旅游资源占据89个。西安周围帝王陵墓有72座，其中有"千古一帝"秦始皇的陵墓，周、秦、汉、唐四大都城遗址，西汉帝王11陵和唐代帝王18陵，大小雁塔、钟鼓楼、古城墙等古建筑700多处。

长安自古帝王都，西安拥有5000多年文明史、3100多年建城史、1100多年的建都史，是中国四大古都之一，中华文明和中华民族重要的发祥地之一，丝绸之路的起点。丰镐都城、秦咸阳宫、兵马俑，汉未央宫、长乐宫，隋大兴城，唐大明宫、兴庆宫等勾勒出"长安情结"。

西安目前已有两项6处遗产被列入《世界文化遗产名录》，分别是：秦始皇陵及兵马俑、大雁塔、小雁塔、唐长安城大明宫遗址、汉长安城未央宫遗址、兴教寺塔。新中国成立以来，世界上已经有200多位国家首脑和政要访问古都西安，包括联合国秘书长、美国总统、俄罗斯总统、德国总理、法国总统、英国女王、日本天皇、韩国总统等。

陕西省博物馆“龙史展览”吸引了众多中外游客，展品是各朝代以龙图饰物的工艺品，《黄帝骑龙图》是其中的精品；石刻展览厅展出74件古代石刻作品。一重达7吨的犀牛石雕尤为引人注目，唐太宗昭陵祭坛东西两边曾各有三座石刻马雕像，以唐太宗的坐骑为模型，其中2匹于1921年被美国人所盗，现藏于美国宾夕法尼亚大学博物馆，游人可观赏到余下的4匹石刻马雕像

华清池亦名华清宫，位于陕西省西安市临潼区骊山北麓，西距西安30公里，南依骊山，北临渭水，是以温泉汤池著称的中国古代离宫。周、秦、汉、隋、唐历代统治者，都视这块风水宝地为他们游宴享乐的行宫别苑，或砌石起宇，兴建骊山汤，或周筑罗城，大兴温泉宫。白居易、杜牧等诗人在诗作中均有提及。华清池因其亘古不变的温泉资源、唐明皇与杨贵妃的爱情故事、西安事变发生地以及丰厚的人文历史资源而成为中国著名的文化旅游景区。华清池融人文历史和自然景观于一体，景区仿唐建筑大气恢宏，园林风光别具一格。

华清池

“莲花汤”是玄宗皇帝沐浴的地方，占地400平方米，是一个可浴可泳的两用汤池，充分显示了至高无上、唯我独尊的皇权威严。池底一对约30厘米的进水口曾装有双莲花喷头同时向外喷水，并蒂石莲花象征着玄宗、贵妃的爱情。

“海棠汤”，俗称“贵妃池”，始建于公元747年，因平面呈一朵盛开的海棠花而得名。白居易《长恨歌》中“春寒赐浴华清池，温泉水滑洗凝脂。侍儿扶起娇无力，始是新承恩泽时”的杨贵妃在这花朵一样的浴池中沐浴了近10个春秋。

“星辰汤”修建于公元644年，是专供唐太宗李世民沐浴的汤池，池壁造型是南峭北柔，初步推测是工匠模拟自然界山川河流的造型修建的。传说原址上面及四周无遮物，沐浴可见天上星辰，故名。在星辰汤后面还有温泉古源。

华清池又名神女汤，是陕西有名的温泉，是享誉古今的旅游、疗养胜地。唐朝始在此兴建行宫。白居易诗“春寒赐浴华清池，温泉水滑洗凝脂”，描写的正是杨贵妃在华清池沐浴的情景

大雁塔位于唐长安城晋昌坊（今陕西省西安市南）的大慈恩寺内，又名“慈恩寺塔”。大慈恩寺是唐代长安城内最宏丽的皇家寺院，建于唐太宗时期，是太子李治为了追念母亲文德皇后而建，并由西行取经归来的玄奘法师担任“首任住持”。其间，法师督造了大雁塔。如今的大慈恩寺，是明代在原寺院“西塔院”的基础上修建而成的，现存的殿堂则多是清代建筑。寺院内中轴线上的主体建筑依次是大雄宝殿、法堂、大雁塔、玄奘三藏院。其中，大雁塔内和玄奘三藏院分别供奉着佛舍利和玄奘法师的顶骨，是大慈恩寺的“镇寺之宝”。寺院中轴线以东是塔园，园内的塔林，共有舍利塔九座，供奉着自清代以来本寺九位高僧的舍利子。唐永徽三年（652 年），玄奘为保存由天竺经丝绸之路带回长安的经卷佛像，主持修建了大雁塔，最初五层，后加盖至九层，之后层数和高度又有数次变更，最后固定为今天所看到的七层塔身，通高 64. 517 米，底层边长 25. 5 米。

大雁塔作为现存最早、规模最大的唐代四方楼阁式砖塔，是佛塔这种古印度佛寺的建筑形式随佛教传入中原地区，并融入华夏文化的典型物证，是凝聚了中国古代劳动人民智慧结晶的标志性建筑。

晚饭之后，招待所二楼舞厅乐队奏响了久违的舞曲。

对我们来说，舞会已有半年多没有参加了。今晚招待所二楼有乐队伴奏和歌星配唱的舞会。当听到华丽的钢管乐舞曲响起，我们激情振奋，大伙儿都玩得很开心，也的确放松了身体，激发了热情。第 38 天，行程 2586 公里。

大雁塔位于慈恩寺内，唐玄奘取经后在此评经、传经

离开西安前，我们匆忙买上几个烧饼以备在路上当午餐，队伍于中午 12 点钟，告别了古城又出发了。

行至郊外 15 公里处，我们在路旁一堆水泥板上坐下来，边休息边每人吃了 4 个烧饼就算是午饭了。然后再前进 14 公里，通过渭河（拟黄河）大桥进入咸阳市（距西安 29 公里）。我们还未穿过咸阳市区，突然发现姚远没跟上队伍，大家就地等候他，约过了半小时仍不见他过来，我只好重新绕过修路的烂泥路回去寻找。原来他在一家小店铺旁边，已经把后轮拆下来了，我问他：“后轮哪里有问题？”他说：“是后轴转动不了。”但此时，维修工具又远远不够用，因为大部分工具都放在李满光的行李袋里，并由他负责携带。那我只好又返回大家等候的地方，叫上李满光把工具拿过去帮姚远修理自行车，最后，我们3人花了1个小时才将车修好，车队又继续前进了。可是，走了不到2公里，姚远的车子又走不动了，只好又拆下后轮，把转轴换掉，这才彻底解决了问题。这时，我们的双手满是黑机油，而姚远的手、脚全都沾满了黑油，已改变了原来的面貌。这时候，时间已经是下午4点钟了，我们只能加快速度全速前进，把损失的时间补回来。偏偏在此时，大家都感到又累又饿，但路旁又没有饭馆，队伍只能继续往前走。而姚远和李满光说很累很饿停下来休息，叫我和唐海全先行到前面找饭馆，他们俩随后再跟上来。

西安碑林

我俩没走远，就见路旁边有家小餐馆，我一进门就闻到一股羊膻味，如果在平时的话，我早已扭头就走，可现在饥饿难忍，只能以填饱肚子为根本，就向店主要了2斤半饺子、2碗拉面。等他俩到来之后，大家一吃就感到不合口味，但没办法，这也是不得已而为之。

我们一直骑车到晚上10点半，找到乹陵中学，此校的几位老教师热情地接待了我们，并安排大家到会议室搭帐篷住宿。学校的条件差，4个人共洗一脸盆冷水，由于时间太晚了，大家都感到很累，便赶紧搭帐篷睡觉了。

六、宁夏六盘山上扒飞车

大家起床后，在回民开的小食店吃早餐：炸油饼和蛋汤。然后，向宁夏的六盘山方向进发。

从高店到六盘山有7公里，当我们行至5公里处遇到西北大学中文系85级的准大四学生肖力，他用暑假时间，也同样以骑行方式到新疆旅游30天，谈话中得知其原与同班同学一同出发，但同学第一天骑了100公里就受不了苦而返回了，留下他独自一人从西安出发继续前进。

队伍行至六盘山下，我的自行车前轮的气门漏气，接着又是姚远的自行车前轮的轴心断了，但此时，由于李满光和唐海全走在我俩的前面，已先行上山了，维修工具在李满光那里，没有工具我俩就修不了车，因此，我俩只能慢慢推车上山去找他俩了。

幸好山后有个村庄，老李和老唐在那里等候，等我俩与他俩会合后已经是中午11点钟了。姚远提议：为了接下来队伍能顺利赶路，眼看着也快到中午的饭点了，不如在这小村庄专门停下来，对各自的自行车进行全面检修。这几天大伙儿的自行车接二连三地出现各种问题，已经严重影响了全队的行进速度；同时，我们的自行车从出发到现在已走了近3000公里，况且大部分路况又很差，致使自行车的主要部件损耗很大，眼前急需全面仔细检修各部单车的零部件，该修则修，该换则换，消除单车的各种安全隐患。我们决定在此全面检查、修理自行车。

检修需要用到一把铁锤，这不常用到的笨重工具，我们没有随身携带，当下需要用，就必须去借一把回来。于是，我到离村口50米的一家车辆修理部借铁锤，这里的师傅很热情地让我交了 10 元押金，便借给了我一把铁锤。后来，我们花了 2 个小时，彻底排除了 4 部自行车的各种隐患，为后续提高行进速度作了一定的保障。最后，大家在这小村庄村口的一家日杂商店买米饼充饥，就算是一顿午餐了。

六盘山是 1935 年毛泽东主席率领中国工农红军长征时翻越的最后一座大山，毛泽东一首气壮山河的《清平乐·六盘山》，使之名扬海内外；将台堡记录了中国工农红军一、二方面军胜利会师的壮观场面，标志着万里长征的胜利结束；单家集作为毛主席率领红军驻扎和在回族地区开展革命工作及组织成立第一个回族红色政权“单家集回民自治政府”的地方，凝聚着红军和回族群众“回汉兄弟亲如一家”的鱼水深情；任山河则再现了解放战争时期打开解放宁夏南大门时悲壮的场面。

红军长征纪念亭位于宁夏六盘山峰顶，是 1935 年毛泽东主席率领中国工农红军长征时翻越的最后一座大山，毛泽东作词《清平乐·六盘山》

六盘山地处宁夏南部的黄土高原之上，呈东南—西北走向，平均海拔比贺兰山还要高，在 2500 米以上，最高峰是位于和尚铺以南的美高山，俗称“米缸山”，最高海拔2492米，山势高峻，在长期内外应力作用下，形成了强烈切割的中山地貌，海拔高，相对高度达400米以上。其中，凉殿峡相对高度达500余米，峡谷处悬崖峭壁极为险峻。同时，这些地势特征造成峡谷中溪流交错，水流每到陡落处便会飞泻成瀑或落地成潭，形成潭、瀑、泉、涧、溪等多种水体景观。六盘山是一个狭长山脉，是渭河与泾河的分水岭，山路曲折险狭。

下午2点35分，考察队全体人员推车开始穿越六盘山。4点50分，我首先到达六盘山山顶，并先登上“长征纪念亭”参观。我参观完之后，在下坡处等候他们三人。约过了10分钟，唐海全扒车到达了山顶，接着李满光也扒到一辆拖拉机上来了，姚远是最后一个扒车上来的，我们在六盘山顶会师后，我再次与他们前往“长征纪念亭”参观、留影。此亭为纪念毛泽东、周恩来在1935年红一方面军通过长征最后一座高山——六盘山而修建。

我们骑车下山，一路顺势而下飞奔，不久便到达了宁夏德隆县城。由于在上六盘山之时，宁夏广播电台记者看到我们扒车，此时又在招待所相遇，所以他们对我们颇感兴趣，及时对我们进行座谈、采访，直至吃完晚饭之后，他们仍然在各方面给我们提出了许多宝贵经验。趁天未黑，我们为了赶路，只得匆匆向他们告别。

晚饭后，我们遇顺风而且顺坡而下，行程很快，从8点半至9点半，除天黑时李满光的单车前轮胎漏气停车补胎外，一直赶路，最后找到联村乡政府，我们就在小电影院搭帐篷住宿。

今天行程66公里，40天共行程2791公里。

七、获得甘肃省军区群联处的证明

车队翻过六盘山经过华家岭抵达兰州，一路上感到地势明显走高，而在华家岭住的那一晚，我们都第一次感到头昏脑涨，那就是高原反应。然后在兰州稍作停顿之后，队伍沿着河西走廊的武威—张掖—酒泉，进入“天下雄关”嘉峪关。

河西走廊是我国古丝绸之路的必经线路。在公元前2世纪以后的千余年间，大量的中国丝绸和瓷器等经由西部西运，远抵伊朗、印度，并一直到达巴勒斯坦、埃及甚至更为遥远的罗马，这就是世界闻名的“丝绸之路”。

河西走廊是中国内地通往新疆的要道。东起乌鞘岭，西至古玉门关，南北介于南山（祁连山和阿尔金山）和北山（马鬃山、合黎山和龙首山）间，长约900公里，宽数公里至近百公里，为西北—东南走向的狭长平地，形如走廊，称甘肃走廊。其是中国甘肃省西北部的狭长高平地，在祁连山以北，合黎山以南，乌鞘岭以西，甘肃新疆边界以东。因位于黄河以西，为两山夹峙，故名。又因在甘肃境内，也称甘肃走廊。大部分为山前倾斜平原，海拔1500米左右。沿途主要城市有武威、张掖、敦煌等历史文化名城。它自古就是西北地区重要的交通要道。汉唐时的“丝绸之路”经这里通向中亚、西亚，是中西文化交流史上的一条黄金通道，不仅是昔日的古战场，也是甘肃著名的粮仓。

河西走廊历代均为中国东部通往西域的咽喉要道。汉唐以来，成为古代丝绸之路的一部分。15世纪以后，渐次衰落。目前亦为沟通中国东部和新疆的干道，为西北边防重地。河西走廊灌溉农业区历史悠久，是甘肃省重要农业区之一，是我国西北内陆著名的灌溉农业区。它是西北地区最主要的商品粮基地和经济作物集中产区。走廊自古就是沟通西域的要道。敦煌莫高窟和阳关均位于走廊西部，兰新铁路、兰新客运专线也由此通过。

我们这一路过来，跟前一段比较有几个特点：一是道路好，但上坡多，体力消耗大，推车也多，行进速度加快。二是黄土高原，早晚温差大，在我们仍未准备好军大衣作为防寒衣物时，晚上在野外露营实在是被冻得难受。才7月中旬，白天气温可达39℃以上，而到夜晚则下降到7—8℃，真是“早穿皮袄午穿纱，围着火炉吃西瓜”。三是除城镇外，大部分地方是戈壁、沙漠，一派苍茫、荒凉的景象，时而流沙飞过，时而又黄沙漫卷。由于气候干燥，为帐篷露营提供了良好的条件，不用再为晚上搭帐篷而烦恼，因为在戈壁滩、沙漠上到处都可以用来搭帐篷安营扎寨。

由于我们缺少后勤保障支援，在人烟稀少、环境恶劣的条件下，尽可能得到外援是我们预想的计划。因此，我们到达兰州后的首要任务就是获得途中沿线部队在安全和生活上的支持与帮助，所以获得部队开给我们的“证明”非常重要，这对与后续途中部队的联系起着关键性的作用。

于是，几经周折，我们找到位于兰州市内的甘肃省军区。

省军区群联处就设在二楼，我们敲门进入办公室，两位文官接见了我们，他们详细审阅了我们的介绍信和有关情况证明,并说明了省军区的4个军分区的管辖范围,其他范围无效;同时,还告诉我们,假如在路途中发生意外,还可以去找当地的武装部,以便协助解决问题。最后,给我们开具了“甘肃省军区群联处”对下属4个军分区的“说明”以及对我们4个人身份的“证明”。向部队的同志告辞之后,大伙儿都非常高兴,因为这一“证明”给我们以后沿途与部队取得联系、寻求安全及生活上的帮助提供了一定的条件。

八、挺进嘉峪关——“天山雄关”

昨晚,我们住在嘉峪关市的“蓝天旅社”的四人房,房价一晚20元,洗了舒服的热水澡后,到旅社旁边的国营饭馆吃上了大米饭,我们4人还喝了2瓶葡萄酒助兴。

今天上午9点半钟,我们离开嘉峪关市前往万里长城的最西端——嘉峪关参观。

嘉峪关位于甘肃省嘉峪关市西5公里处最狭窄的山谷中部,城关两侧的城墙横穿沙漠戈壁,北连黑山悬壁长城,南接天下第一墩,是明长城最西端的关口,历史上曾被称为河西咽喉,因地势险要,建筑雄伟,有天下第一雄关、边陲锁钥之称。嘉峪关是古代“丝绸之路”的交通要塞,素有中国长城三大奇观之一(东有山海关、中有镇北台、西有嘉峪关)的美称。嘉峪关,位于河西走廊中西接合部(中部偏西),距今已有649年的历史,比山海关早建9年,是长城上的最大关隘,也是中国规模最大的关隘。

关城离市区不过五六公里。出城西望,但见一座古老巍峨的关城盘踞于高天阔地之间;近观,墙垣雄伟,楼阁高耸,飞檐凌空,这便是象征中华民族悠久历史文化的万里长城的终点嘉峪关。

已是烈日当空,举目远眺,嘉峪关北依合黎山、马鬃山,南枕祁连雪峰,中间夹着一条间有水草的戈壁滩,古关雄踞于此,扼住丝绸之路的咽喉,大有“一夫当关,万夫莫开”之势。

站在关城西城楼上,极目远望,长城似游龙浮于戈壁瀚海,若断若续、忽隐忽现,好一派奇异景色,尽收眼底。

忽然望见远远的一阵风沙骤起,在风沙后面仿佛看到一批滚滚而来的胡骑，于是前面几个烽燧点起了烟火，兵卒们紧张地准备箭弩，鸣号声、击鼓声、厮杀声顿起……

万里长城，大部分是由明代在秦、汉长城的基础上，加以重修、补修、展筑连接而成。自明代洪武至万历约300年，共修筑18次。这条万里巨龙东起山海关，西至嘉峪关，全长6350公里，横跨8个省份，为世界城防之最。

我们习惯上称万里长城“东起山海关，西至嘉峪关”，那只不过是指明代修建的长城和烽燧而言。

考察队沿古丝绸之路穿越戈壁于7月24日抵达长城的最西端——嘉峪关

嘉峪关修建于唐朝，有雄伟的古城墙，长达6000多米，是盛唐时期中国丝绸之路进入东亚、西亚的必经之路。后来随着海上运输的兴旺发达，陆上骆驼运输逐渐冷淡，嘉峪关口的实际功能作用也随之弱化，现在已成为荒凉之地，无人管理，显得十分凋零，早已褪去昔日大漠的霸气与光华。它位于兰新公路市郊5公里处，右边是祁连山，气势雄伟。从古城墙上举目远眺绵延的祁连雪山和广阔、空寂、迷人的大漠风光，令人心旷神怡。

考察队在长城上参观游览了1个小时，于11点20分向西进入茫茫沙海、戈壁。黑色的柏油公路从淡黄色的沙丘上一直往前延伸，宛如一条黑色的大蟒蛇向前蠕动。队伍穿越渺无人烟的沙漠、戈壁滩，一眼望去，苍茫、孤寂的沙漠、戈壁与蓝天白云组成了一幅美丽的图画。虽然只有我们4个人在奔驰向前，可大伙儿依然是信心百倍、豪情万丈，仅凭一腔热血，骑车进入大沙漠，方显英雄本色！

已到晚上11点半，气温极低，极不适合在野外搭帐篷露宿，必须寻找室内的宿营地。于是，当我们经过饮马农场之后又找到了道班，但被工人告知那里没有空房和铺位。无奈，我们又找到邻近工程队的一顶帆布大帐篷，我和唐海全钻进里面，只见里面有2个人，一个躺在床上睡觉，另一个还未睡、正在整理床铺。我立刻跟他打招呼，并说明来意，他说："行啊，你看还有2张空床，你们4个人挤一挤看能不能睡。"我说："可以的，这已经很不错了。"随即，我和老唐都纷纷表示感谢。尽管里面味道大，大伙儿实在也太疲惫了，就管不了那么多的条件要求，我们两人一铺和衣躺下，直睡到次日的上午8点钟。

九、考察敦煌、莫高窟

1. 敦煌

我们初来乍到敦煌市，此时正值7月下旬，迎来旅游旺季。中外游客从世界各地乘坐各种交通工具前来参观、游览中华文化宝库。而只有我们头戴太阳帽、身穿运动衣、骑着满载行李的自行车装扮，吸引了众多游人的目光。敦煌1000多年古丝绸之路的文化影响力至今经久不息、长盛不衰。这里的宾馆比比皆是，还有一个民航机场，说明敦煌各种需求的人员来往频繁，旅游市场活跃，旅游业可谓是兴旺发达。

随即，我们找到敦煌市第二招待所，只用餐、不住宿。在餐厅遇见一游人，他说是看到我们穿着的衣服上印了"广东高校教师考察队"的字样而得知我们是为考察而来。他说自己从事体育工作，我见其左胸前有一个裁判员证章图案，他也在1983年从青海出发到西藏考察，由于有同感，对我们的这种行动颇为赞赏。另外，还有一位广东汕头人到此出差，他也许是因为在大西北遇到本省老乡感觉亲切的缘故而前来问候我们，从谈话中看得出，他对新疆、甘肃一带很熟悉，并向我们介绍了我们必经之路上的基本情况。

我们7点钟吃过晚饭以后，天色依然那么明亮，这是由于西北部日长夜短，这里一直到晚上 11 点半天才黑下来。此时，大家趁天色早、气温凉爽而前往 5 公里外的鸣沙山和月牙泉参观。这里的“骑骆驼”很有旅游特色，此项目是供游客骑骆驼，在向导的牵引下 1 人 1 驼，绕 2—3 公里的路线缓缓走一圈。经营此项目的都是附近村子的农民，他们属于自主个体经营，“1 人 1 驼 1 导游”和“1 人 1 驼队 1 导游”收费是不一样的。

只见一个导游步行在最前面牵引着 1 人 1 驼，后面依次用麻绳连接 7—8 个日本游客的驼队已转了一圈刚回来，这是“驼队游”。另外一批日本游客准备驼队游，他们正在一个接一个依次骑上骆驼准备出发。这两批日本游客看来都是以家庭为单位出行旅游。还有“1 人 1 驼 1 导游”的“一驼游”，就是一个导游步行在最前面牵引着 1 人 1 驼，绕预定路线行走一圈，这种“一驼游”实际上比“驼队游”的费用更高一些，因为前者是 1 个游人需要 1 个导游牵引，而后者则是 1 个导游可以牵引 1 个驼队，按人均计算的人力成本相对更低一些。

考察队在离莫高窟 3 公里的戈壁滩上安营扎寨，此处原是一条河流，现已干涸

我们拍了几张鸣沙山、月牙泉的照片，之后即离开前往莫高窟。

从敦煌到莫高窟有 20 多公里，但此时天也逐渐黑了，加上地势逐渐上升，我们骑行吃力，走在这荒无人烟的戈壁、沙漠直至晚上 11 点半时，在距莫高窟 3 公里的旱河搭帐篷扎营。幸好大伙儿都带着充足的水才敢在戈壁滩上露宿。这是我们第一次在戈壁滩上的旱河上搭帐篷。等次日再前往莫高窟参观。

2. 莫高窟

10 点整，我们来到中华文化艺术宝库——莫高窟，这里早已是游客满满。此时，大部分游客已参观完毕，陆续准备离开。而我们刚来，先在附近存放自行车和行李，保管费由部队人员统一收取，每辆自行车收取 5 角钱。而后，我们去吃早餐填饱肚子再说。

接着，我们到售票处购票，才得知在游客须知上说明：参观甲门时间为上午 10 点半和下午 2 点半，甲门门票每人 6 元、乙门门票每人 1 元。此时的上午参观甲门的时间已过，我们又不想等到下午再参观甲门，所以大家决定今天上午只参观乙门。

李满光在深思

莫高窟现有 735 多座洞窟，由于此地的山体为砂岩结构，不宜雕刻，这才以发展壁画为主。而泥塑像一般都是用稻草、树木搭成架，外加泥塑，再涂上各种颜料而成。我们只参观了乙门，共开放6个洞窟。其壁画描绘的各种人物形象姿态、场景内容都是记载和反映当时的生活情景，为其统治者歌功颂德的。由于各个朝代描绘的壁画出于各时期的绘画师、雕塑匠的手法和风格不尽相同，从中可看出各时期的艺术发展特点和水平差异。有些颜料，特别是随着唐代晚期的经济衰退，从壁画上也可看出这一点，其颜料也是在山上采取的简单材料研磨而成。

莫高窟历时1000多年，虽然各朝各代对其都有修缮，但由于经年累月的空气侵蚀和日光辐射，许多壁画出现了不同程度的颜色变淡以至褪色。为了保护壁画，按相关规定，游客进入窟内不准拍照，以免使用闪光灯的光辐射对壁画的损坏；游客每20—25人一组，由工作人员带领进入，在昏暗、干燥的窟内只能凭工作人员的手电筒照明来观赏壁画。莫高窟大佛塑像保护塔，佛像高35.6米，搭9层塔以便游人近距离参观。

唐海全在敦煌戈壁滩上查看地形图

莫高窟俗称千佛洞，坐落在中国河西走廊西端的敦煌。始建于十六国的前秦时期，历经十六国、北朝、隋、唐、五代、西夏、元等历代的兴建，形成巨大的规模，是世界上现存规模最大、内容最丰富的佛教艺术地。莫高窟现存北魏至元的洞窟735个，分为南北两区。南区是莫高窟的主体，为僧侣们从事宗教活动的场所，有487个洞窟，均有壁画或塑像。北区有248个洞窟，其中只有5个存在壁画或塑像，而其他的都是僧侣修行、居住和亡后掩埋场所，有土炕、灶坑、烟道、壁龛、台灯等生活设施。两区共计492个洞窟存在壁画和塑像，有壁画4.5万平方米、泥质彩塑2415尊、唐宋木构崖檐5个，以及数千块莲花柱石、铺地花砖等。1961年，莫高窟被中华人民共和国国务院公布为第一批全国重点文物保护单位之一。1987年，莫高窟被列为世界文化遗产。

莫高窟与河南洛阳龙门石窟、山西大同云冈石窟并称“中国三大石窟”，后加麦积山石窟称四大石窟。2019年8月31日，由敦煌研究院等单位联合摄制的大型纪录片《莫高窟与吴哥窟的对话》在敦煌国际会展中心首映。纪录片以亚洲文明对话为题材，向人们展现了不同文明之间命运相通、文化相通、艺术相通的奇妙关联。

世界遗产委员会评价：莫高窟地处丝绸之路的一个战略要点。它不仅是东西方贸易的中转站，同时也是宗教、文化和知识的交会处。莫高窟的492个小石窟和洞穴庙宇，以其雕像和壁画闻名于世，展示了延续千年的佛教艺术。

按石窟建筑和功用分为中心柱窟（支提窟）、殿堂窟（中央佛坛窟）、覆斗顶形窟、大像窟、涅槃窟、禅窟、僧房窟、廪窟、影窟和瘗窟等形制，还有一些佛塔。窟型最大者高40余米、宽30米见方，最小者高不足盈尺。从早期石窟所保留下来的中心塔柱式这一外来形式的窟型，反映了古代艺术家在接受外来艺术的同时，加以消化、吸收，使它成为中国民族形式，其中不少是现存古建筑的杰作。在多个洞窟外存有较为完整的唐代、宋代木质结构窟檐，是不可多得的木结构古建筑实物资料，具有极高的研究价值。

敦煌石窟开凿在砾岩上，除南北大像是依山而建的石胎泥塑外，其余多为木架结构。彩塑为敦煌艺术的主体有佛像、菩萨像、弟子像以及天王、金刚、力士、神等。彩塑形式丰富多彩，有圆塑、浮塑、影塑、善业塑等，最高34.5米，最小仅2厘米左右（善业泥木石像），题材之丰富和手艺之高超，堪称佛教彩塑博物馆。17窟唐代河西都统的肖像塑和塑像后绘有持杖近侍等，都惟妙惟肖，把塑像与壁画结为一体，为中国最早的高僧写实真像之一，具有很高的历史和艺术价值。

莫高窟俗称千佛洞，位于甘肃省敦煌县城东南25公里，置身于四面戈壁之中。洞窟凿于鸣沙山东麓断崖，上下五层，南北长1600多米

石窟壁画富丽多彩，各种各样的佛经故事、山川景物、亭台楼阁等建筑画、山水画、花卉图案、飞天佛像以及当时劳动人民进行生产的各种场面等，是十六国至清代1500多年的民俗风貌和历史变迁的艺术再现，雄伟瑰丽。在大量的壁画艺术中还可发现，古代艺术家们在民族化的基础上，汲取了伊朗、印度、希腊等国古代艺术之长，是中华民族发达文明的象征。各朝代壁画表现出不同的绘画风格，反映出中国封建社会的政治、经济和文化状况，是中国古代美术史的光辉篇章，为中国古代史研究提供了珍贵的形象史料。

下午2点钟，队员们吃完西瓜后再返回敦煌吃午饭。为了来敦煌一饱眼福，我们还得再走路到安西，才能进入新疆。

我们到安西县吃完晚餐,已是夜幕降临,为了节约费用,队伍准备出城后找块空地搭帐篷住宿。11 点半,我们在城郊找到一块正在收割的麦地,在此搭帐篷露营。骑车通过一座小桥,见小河河水清澈,缓缓而流,大家兴奋起来并停下来下河洗澡。在大西北能见到这样的清水,真令人倍加喜悦,大伙儿都感到洗澡后消除了这几天的疲惫。

十、穿越戈壁星星峡

从安西出来已经 11 点钟了,路边的两家小饭馆也因为没有电而未生火,吃不上早饭,我们只能买个西瓜充饥对付一餐。

我们到了柳园镇,这里是四周被沙漠、戈壁环抱下的"大漠小镇",因无水可用,这里人们的日常用水全部用火车拉来,这实在是"无水之城"。

大家在柳园吃过午饭后,准备了 5 天的干粮,每人灌满 5 升容量的饮用水桶,我们就要进入那 300 公里荒无人烟的沙漠、戈壁滩。一走出柳园,四周是沙丘黑山,至哈密的路是近 300 公里的沙土路。当下的 7 月底,是整个夏季最热的时候,此时临近正午,火红的太阳直射在戈壁沙漠上,泛起滚滚热浪,蒸腾得使人感到就像在烤箱里蒸烤一般,热得头昏脑涨。由于路面被流沙堆积而无法骑车,只能推着走。一路上,很少看到汽车驶过,没有人烟,在这荒凉戈壁,我们只用 5 天时间到达哈密,面临生存最大的挑战便是水,由于我们每人携带的水桶容量为 5 升,每人每天饮用水计划量是 1 升,必须 5 天穿过 300 公里,如果超过 5 天,生存就将遭到极大的威胁。

车队在戈壁沙路上以每小时 12 公里的速度前进,由于戈壁路况很不稳定,致使我们时而推车时而骑车,又时而随着自行车的颠簸而跳起了"迪斯科"。戈壁沙漠公路不像是专门修筑的,倒像是汽车行走的次数多了而自然成形的。车队终于到了星星峡,这里可见留下的残墙和碉堡是旧军阀当年的兵营和工事。这里只有 3 家小饭馆和 1 家旅店,主要供来往车辆的司机之便。我们在一家小饭馆只能吃一碟较贵的炒面。这里的饮用水,全都是用汽车到柳园镇,以每斤水 8 分钱的价格拉回。店主还告诉我们说:"前段时间有位青年骑车通过这里去全国旅游,他一直骑车,连司机叫他上车他都不肯,这青年真不简单。"

从星星峡开始，路况极差，起伏不定的地形使得自行车行走在戈壁滩上剧烈地颠簸，搭载在车架上的行李袋被震动得掉下来好几次。

穿越星星峡

迎面驶来的军用卡车上，满载着收工返回的武警部队工程兵战士，当看到我们这支考察队的行装，他们兴奋地向我们振臂高呼："勇士！勇士！"有的也在呼喊："英雄！英雄！"也有的边向我们挥手致意边大声喊："你们从哪里来？"我也向他们挥手致意并大声回答："我们从广东来。"随着队伍的距离拉开了 1 公里多，这种热烈的呼喊场面也持续了 1 公里多；尽管卡车已渐渐走远了，但战士们还一直在向我们挥手，我顿感这些塞北战士的热情与渴望，也许他们长期生活在沙漠戈壁，很少见到外来人而显得格外的亲切。此时此刻，我感到自己那颗激情飞扬的心，已经与他们连起了情感纽带。

晚上 9 点 40 分，太阳从沙漠戈壁滩的地平线上徐徐落下去了，整个天空呈现出夕阳红的余晖，影照在戈壁滩上，洒满了整个戈壁大漠，一片红彤彤。多么壮丽的彩图，戈壁滩，虽然荒凉苍茫、干旱缺水而鲜有生命的出现，可它能唤起我们内心的激荡，使那冷漠、无动于衷的大脑神经重新焕发出兴奋的激情。

不久，从太阳刚刚落下去的地方又缓缓钻出来一个暗红色的“太阳”，这个“太阳”与我们站在同一条地平线上，它像太阳落山时一样大，正在散发出暗红色柔和的光，将整个大地都涂上了一层淡淡的浅红色。此时，等我回过神来才感到奇怪，我说，太阳刚刚下去，怎么又出现一个太阳？老李说，它是月亮。我这才从一片茫然中醒悟过来，呵！对了，这就是“红月亮”，是我所见过最大、颜色最深，而且是位置最低的月亮。大家欣赏了一番戈壁大漠的美景之后，车队继续向前推进，而我依然注视着月亮的变化，随着“红月亮”的徐徐上升，暗红色也渐渐变浅了。

考察队穿越星星峡300公里的戈壁滩无人区

走在沙漠、戈壁滩上，方向感非常重要，辨别方向的方法：一是可参照太阳东西移动的方向来判断自己需要的方向；二是沿着电线杆方向走；三是借助指南针来辨别方向。这几天下来，最难的是白天头顶烈日，没有任何可遮挡的东西可以让人休息片刻；每天每人的饮用水1升的量必须严格管控，所以在炎热的环境下节省饮水量不仅非常难受，而且体能严重下降，因而，大家每天白天都盼望着黄昏快点来临，气温逐渐降低，尤其是喜欢晚上，这意味着晚上就等于“凉爽”“舒服”。这几天一般情况下,除了每天骑车时间超过 13 个小时、辛苦一点以外,最难熬的就是上午 10 点至下午 6 点这段时间,太阳猛烈,持续暴晒,8 个小时而无处藏身,气温高、出汗量大使人口干舌燥,还要限制饮水,基本生存条件受到极大的挑战。在此,必须依靠团队力量,心理上彼此依存,情绪低落时相互激励、同心协力共克时艰,坚持、坚持、再坚持!

然而,考察队进入第四天下午的黄昏,姚远首先提出说:“我们的目的地是哈密,方向应该是向西才对,可现在我们的行进方向似乎不是向西。”随即,叫李满光拿指南针来辨别方向。当他把指南针拿出来放在地上时,才发现指南针坏了、不动了。还有一个办法就是参照太阳“东升西落”来分辨方向,但此时太阳早已落下去了,无法给队伍提供帮助。没办法,我们先停下来察看路线,看是否能看出名堂来。这时,姚远说:“我们的车队已迷路了,趁天黑前摸出路来,要不然走不出这戈壁滩。”

没办法,车队不得已又继续在颠簸中前进,四周的沙丘慢慢减少,后来逐渐看到的都是一片沙海,边走边眺望远方,但已过了很长时间仍然看不到一点灯光,哪怕是一闪即过的亮光,也能带给我们新的希望。走啊走!究竟走向何方?忽然,唐海全大声喊道:“我看到灯光了。”李满光说:“在哪里?”瞬间,大伙儿的情绪一下子高涨起来,顺着小唐手指的方向大家都说看到灯光了,我们猜测灯光处可能是个工程队,看样子还相隔数公里远。有灯光就有希望,我们立刻加快了推车速度向灯光方向走去,渐渐地,随着考察队离灯光越来越近,我们远远望去,那个有灯光的地方好像是一个村庄,我想,在那里可以找到食物吧。

然而,等我们再走近一看,原来是两排看起来破旧、简陋的泥屋子,屋子前面随便停放着几部旧卡车。几条狗听到汽车发动机声也就“汪!汪!汪”地叫起来,紧接着,围上来七八个衣服污垢的小伙子,其中一个只穿了条短裤,两手交叉在胸前,满身污黑,从他们的外表来看是这里的工人及司机。我问他们:“师傅,请问到哈密是否从这里通过?”“这里是什么地方?”他们回答说:“你们已走错路了,这里是中蒙边境地段,再走两三个小时就到蒙古了,而这里是个盐矿。”一听到这些,大家都感到很惊讶:怎么会跑到这里来呢?此时,已经是午夜 1 点多钟了。

我们按照盐矿工人所指的到哈密的方向，重新修正了路线，全队再走了一段路之后，队员们都已经很疲惫了，就选择一块平坦的地方搭帐篷宿营。此时，已是深夜2点钟，戈壁滩上白天与夜晚的温差可达20多℃，当时的气温已经很低了，一旦停下来便觉得身体发冷，而且越来越冷，大家都赶紧拿出雨衣铺在底下，为了保暖，连鞋都没脱就和衣躺下，再盖上棉毯，但我仍然觉得身上不暖和，由于太累了，也就很快睡着了。

我醒来之时，感到全身发热，身上出汗，以为又发烧感冒了，我慢慢睁开眼睛，一时被强烈的太阳光照射得眼花缭乱，渐渐地才适应过来。原来，这时候的太阳已高高地挂在天空，每天的太阳都是新的，我们又迎来新的一天，迎来又一次征服艰难的一天，征服这沙漠、戈壁没完没了冷酷无情的一天。

今天已经是穿越星星峡沙漠、戈壁的第五天，也必须是最后一天，因为补充给养就计划到今天为止，因此，今天必须看到绿洲，必须到达目的地新疆哈密。

我们收拾好帐篷、行李，车队又出发了，今天必须加快推进速度，争取尽早抵达新疆的首个城市。然而，当下还剩下多少公里数，大家都不知道，在沙漠、戈壁上走没有路标、没有里程碑参考，全凭估算。照样在烈日当空、阳光普照下骑行，坚定地朝着远方目标，心中想着那多汁的大西瓜、可以尽情大口喝的一大桶水，还有那吃不完的一桌子饭菜和美酒，更能够到清澈的小河里尽情沐浴。致使念头早一点成为眼前的现实，就要加快前进的速度，早一刻到达就能早一点解脱，享受正常的人间生活。

走在戈壁滩上的颠簸道路，时而骑行又时而推车，推进的速度受到极大的影响，一直到黄昏太阳西下，热浪缓慢消散，向西举目远望，戈壁中的绿洲出现了，浓密的白杨树清晰可见，成行挺立在这荒凉的戈壁滩上，仿佛注视着我们向它们奔去，夹道欢迎这些远道而来的骑士。骑行在熟悉的柏油路上，大伙儿兴高采烈地呼喊起来，这意味着结束那孤单、忧郁、荒凉的戈壁300多公里之行，迎来的是舒坦、繁华、热闹的都市聚集区。

考察队换成一字队形，向着征服星星峡最后的目的地哈密昂首挺进。我一下子有了一种强烈的异乡的感觉，只见戴着礼帽的维吾尔族大叔，赶着骡车，车上载着头扎黄色或红色纱巾、穿着花色长裙的维吾尔族姑娘和老人，这是我们第一次进入新疆维吾尔自治区，在著名的哈密市市郊见到的第一群维吾尔族人。随着向市区的靠近，迎面走来三三两两的维吾尔族男女，越来越多，公路两边的农家瓦房都有搭了葡萄架的小院子，四面都有许多小孔的高大砖瓦房映入我的眼帘，那就是葡萄干风干房，有些还是几个风干房排在一起。地里有成片的葡萄园已是硕果累累了，还有大片的地种着哈密瓜、西瓜……呈现出一派丰收的景象。

队伍还没有进城，我们便迫不及待地、首先到路边维吾尔族大爷的西瓜摊买了一个重 8 公斤(一公斤 3 角钱)的大西瓜，大家都觉得很新鲜，新疆做买卖以公斤计算重量；我们就在瓜摊上将西瓜切成几大块，当大家吃完第一块，不约而同地伸手拿到第二块的时候才开始有人说话。老唐先说："爽啊！太爽了！在戈壁滩上，我每时每刻都想着吃这一口瓜。"老姚接着说："这是我吃过最好吃的西瓜，瓜汁多又甜。"老李则呼应道："如果前几天都能吃到现在这样的西瓜，那就是幸福！"我一时间插不上嘴，到最后才说："穿过了戈壁滩，现在我才终于知道什么叫苦尽甘来！"吃完西瓜后，我觉得浑身轻松多了，精神饱满，他们几个也同样是精气神十足。

紧接着，我们又到对面的清真食堂吃上了可口的牛肉汤、油条。吃饱喝足了，我们来到哈密地区招待所住进了 4 人房。我把破烂不堪、布满泥尘的行李从车架上取下来，然后清洗衣服、杂物和行李袋，顾不上昨晚的睡眠不足，花了 4 个小时直到把所有的脏衣服洗干净。由于这里在晚上 9 点钟才开晚饭，大家利用这段时间检修自行车、写日记。同时，姚远也到外面买回来一个哈密瓜，这是我第一次尝到哈密瓜的味道，真是别有一番滋味。

在哈密的第二天是 7 月 31 日，这一天也是姚远的生日，大家想让他过一个有意义的，跟往年不一样的生日，我专门上街买了一个哈密瓜和一个西瓜拿回来作为姚远的生日礼物，并每人拍了一张席地而坐与哈密瓜一起的照片，以作纪念。

十一、吐鲁番的葡萄熟了

吐鲁番市是新疆维吾尔自治区的一个地级市，位于新疆中东部，天山东部山间盆地，又称“火洲”，东邻哈密，西、南与巴音郭楞蒙古自治州的和静、和硕、尉犁、若羌县毗连，北隔天山与乌鲁木齐市及昌吉回族自治州的奇台、吉木萨尔、木垒县相接，是连接南北疆的交通枢纽。吐鲁番是古丝绸之路上的重镇，早在新石器时代，就有了人类活动。当时吐鲁番的人们以狩猎、采集为主。进入奴隶社会后，生产方式逐渐转变为以农业为主，并渐渐在吐鲁番盆地定居下来。据《史记》记载，生活于吐鲁番盆地一带的土著居民是姑师人。他们在吐鲁番盆地上建立了姑师（后称车师）国、狐胡国、小金附国、车师后城长国、车师都尉国。吐鲁番是天山东部的一个东西横置、形如橄榄状的山间盆地，四面环山。盆地西起阿拉山沟口，东至七角井峡谷西口，东西长 245 公里；北部为博格达山山麓；南抵库鲁塔格山，南北宽约 75 公里。中部有火焰山和博尔托乌拉山余脉横穿境内，把本地区分成南、北两半。盆底艾丁湖水面，低于海平面 155 米，是我国最低的盆地，在世界上也仅次于低于海平面 391 米的约旦死海，为世界第二低地。吐鲁番盆地山区面积为 9850 平方公里，平原面积为 59863 平方公里。

我们吃完早餐，骑上自行车到市区溜达，这座城市是维吾尔族人的主要居住地，到处可见像阿凡提、买买提穿着的老人，姑娘们的穿戴艳丽多姿，而维吾尔族人赶的驴车满载着瓜果，显得特别有趣。

我们骑车行至市区边沿的土路上，两旁大都是用泥墙围住的院子，看来像是乡村，可仔细留意发现大门上面有门牌号码，也有街道牌号，原来这是街道居民居住小区。

在一个宾馆门口有一段又长又宽又高的葡萄架，果实累累，串串熟透的葡萄垂吊在半空中或两旁的藤蔓上，让人顿感葡萄故乡的美景，那青色的葡萄就像一串串绿珠清澈透亮，给人安静、希望之感，而紫红色的葡萄似紫罗兰一般高雅、腼腆；青色、紫色融合在同一串的葡萄似乎暗示着动听美妙的旋律，让我不禁联想到《吐鲁番的葡萄熟了》这首歌，此情此景无不令人陶醉于一派葡萄熟了的丰收景色之中，我们赶快把这满园葡萄收入镜头，并与其同框。

我们来到了瓜果贸易市场，很快寻找到葡萄摊位，是维吾尔族母女俩的驴车，我们问葡萄价格，可母女俩都听不懂普通话，旁边一位汉族大伯告诉我们葡萄每公斤6毛钱，我想，这已经是相当便宜了，我们买3公斤。母女俩把葡萄装了满满一秤盘，估摸着有6斤，我们讲汉语，她们听不懂，她们讲维吾尔语，我们也听不懂，我改手势效果也不好，最后只能请一位当地人做临时翻译才解决成交问题。

吐鲁番市区民居的房前屋后、街道两旁，随处可见棚架上五颜六色、硕果累累的葡萄。我们蹲在大街上的葡萄架下，捡拾从树上掉下来熟透了的葡萄，就可以吃个饱了

我是第一次见到这样又大又甜的葡萄，我们都想在吐鲁番留下珍贵的照片，又另外买了一个又大又熟的哈密瓜（一公斤3角钱），回到旅馆，我们临时把三条浴巾铺在地上充当地毯，用茶盘装上满满的葡萄与哈密瓜并排一起，我盘腿而坐后拍照，然后大伙儿席地而坐，品尝这绝妙的甜葡萄和正宗的哈密瓜，这也是我们吃水果最多最丰富的一次。今天吃了3次西瓜，共30斤，一次葡萄6斤。

中午，我们因吃了很多西瓜而免吃午饭了，考察队于下午1点钟，顶着烈日离开吐鲁番这座火炉城市，前往乌鲁木齐。

十二、乌鲁木齐的烈酒劲舞

我们在荒凉的戈壁滩上骑行 20 多公里，炎热的气温使人感到非常难受，车队于黄昏 7 点钟到达乌鲁木齐市区。

乌鲁木齐，是新疆维吾尔自治区首府，位于天山北麓，蒙古语“乌鲁木齐”，意为“优美的牧场”。它是这个地球上离海洋最远的城市，也是亚洲的地理中心。是自治区政治、经济、文化、科教、金融和交通中心，是第二座亚欧大陆桥中国西部桥头和中国向西开放的重要门户，是中国大陆综合实力排名第十六的新兴城市。

乌鲁木齐地区三面环山，北部是平缓开阔的平原，东部则是博格达山、东山等山峰，西部和南部分别坐落着西山和天格尔山。亚洲大陆地理中心位于市南郊 30 公里处。这块土地上生活着汉、维吾尔、哈萨克、回等 43 个民族。众多的民族、不同的风俗，构成了如今乌鲁木齐与昌吉的奇特风情。

考察队历时 62 天、行程 5269 公里，于 8 月 4 日晚抵达乌鲁木齐

乌鲁木齐的人非常豪爽，特别是在喝酒方面，你必须坦诚痛快，做不得假，所以在新疆做客一定要有好酒量，到了乌鲁木齐你就会充分领略到这一点。

乌鲁木齐的确是个美丽的地方，市区中心的马路、汽车道与人行道用绿墙隔开，郁郁葱葱的树木、清洁的街道，人们的精神面貌使人觉得这座城市的高洁美丽，特色鲜明的建筑物反映出维吾尔族的生活特点，所有这一切都令人流连忘返。我们骑车所到之处吸引了人们的目光，坐在公共汽车上、走在马路旁的人们都向我们投来注目礼，有的人还向我们挥手并好奇地呼喊：“朋友！朋友！”我们也频频地向热心的维吾尔族朋友挥手示意。这里的人们是热情、好客的。

我们按照往常的习惯，第一件事就是尽快找到一处安身之所，能舒舒服服地洗个热水澡，这样可以放松疲惫的身体。所以，我们首先注意到对面街边有一幢高楼，霓虹灯闪烁着炫目的“博格达宾馆”字样。于是，大伙儿将自行车推到宾馆大门一侧等候，接着，我径直走到前台察看客房价目表，不看不知道，一看吓一跳，一间双人房每天的价格是 70 元，这么高的房价绝不是我们所能承受得了的。最后，我们选定了房价经济的乌鲁木齐教育学院招待所住宿（房价为 6 人房每天 12 元）。

唐海全在乌鲁木齐市政府所在地留影

安顿下来之后，我们来不及洗澡，大家便响应姚远的提议：“我们历尽艰辛,走了5000多公里,到达乌鲁木齐是大站,应该大口喝酒好好庆祝一番。”于是,我们也顾不了长途跋涉的劳累,便上街找饭馆喝酒去,寻找这种既经济又实惠的小饭馆,对我们来说早已轻车熟路了。

大伙儿兴高采烈地沿大街往人多的地方走去,临近黄昏时分,乌鲁木齐市区的大街显得格外地与其他城市不同,那穿戴不同风格的维吾尔族人、哈萨克族人、回族人以及说不出是哪个民族的人真令我顿感兴奋与好奇。除了川流不息的人流和车流,还有不少马车更显出这个城市的特别之处。夜色渐渐降临,灯光夜市各种摊贩的吆喝声、维吾尔族人弹琴吟唱的歌声,时常还会看到维吾尔族和哈萨克族少男少女,随着冬不拉自弹自唱的琴声和歌声翩翩起舞,仿佛这熙熙攘攘的人群不是在集市进行商品交易,而是在开派对,热闹极了。一位维吾尔族姑娘操着升调的普通话自豪地告诉我们:“我们维吾尔族人生下来就会唱歌跳舞。”是的,维吾尔族真是能歌善舞的民族,在这里,到处都可听到优美动听的歌声。

一路走走停停,东看看、西逛逛,那多姿多彩的异族风情吸引着我们,常常令人情不自禁地停下脚步看个究竟,大家走了约半个小时,才在一条小街上找到一家川菜馆。忙叫店家炒了5个菜、煮了2碗汤。大伙儿喝着53度的“伊犁”酒,吃了一串又一串烤羊肉串,借着酒兴,你一言、我一语,时而慷慨激昂、时而海阔天空地诉说着过去的事情,太多故事,也太多影像。酒过三巡,我渐渐觉得头有点涨,而内心却非常爽朗。夜深了,酒已喝干,人也困了,给店家结完钱后,大家便搭肩挽臂地相互搀扶着往住所走。

深夜,走在乌鲁木齐街头,我感觉四周是那样的寂静,仿佛这座城市已经进入了休眠状态,可街道上的灯光依然通明,唯一看到的只有哈密瓜摊档,那看摊的维吾尔族人就睡在哈密瓜的旁边。不觉,我们已回到住所,我便和衣躺下倒头就睡。

不知睡了多久,我迷迷糊糊地似乎听到有人在说:“老王不见了!”另一人接着应道:“是啊!他的床是空的。”过了一会儿我才清醒了些,听清原来是唐海全半夜起床到外面吐酒,后来发现我的床是空的。“老王是不是梦游跑出去了?”姚远问道。“不是吧,老王!老王!”这时李满光也醒来了并连喊了两声。“我在这里!”我应道。他们三人顺着我的声音走过来,唐海全问道:“你怎么睡在地上?”对啊,我怎么会睡在架子床底下的地板上呢? 我说:“我也不知道怎么会睡在床底下。”边说边从里面爬出来。这时候,他们也正好拿我取乐了一番,就这样,大家又穷开心了一次。

在乌鲁木齐市的第二天,白天的大部分时间我们都在写笔记,这也是每天必须要完成的主要任务。队员们一路上,常常在露营临睡前,借着蜡烛发出的微弱亮光,大家都已习惯地将一天的经历记录下来,不然,许多事情就会随时间的推移而忘记了。另外,我上街以 7.8 元 1 公斤的价格买了 2 公斤白葡萄干,再找到邮局寄给远方的父母,以表见物如见人的思念之情。大伙儿吃过晚饭后,姚远和唐海全到电影院看电影,我和李满光则想找舞厅跳舞。

我俩顺着楼顶灯光闪烁下舞曲乐声来到一个娱乐场,这里是晚上最热闹的夜市,不仅有本市来玩耍的人,还有来自全国各地的游人在拍照留影,也有流动的摄影摊贩帮人摄影,而且还有杂耍卖艺的。兴奋之时,我们急忙到门口买了 2 张室内舞票(分室外票和室内票),进入舞场已经是 10 点 50 分了。

台上的摇滚乐队演奏着强劲的舞曲,歌手高昂的歌声推动着舞场狂欢的气氛,看到舞池中一大片翩翩起舞的男男女女,充满着诱人的光芒。我和李满光尽管早已经是热血沸腾了,但这里的情况还应该先了解清楚,绝不能盲目兴奋,在观察了几分钟之后发现,这些人只会跳三步、四步舞,而水兵、伦巴、探戈舞却没有人会跳,我俩心中有数了。我按捺不住内心的激荡率先冲进了舞池,接着老李也上来了,伴随着节奏明快的《星球大战》迪斯科乐曲,我俩尽情地扭动着身体,调动全身每一个关节,致使身心得到极大的放松,也满足了激情四射的冲动欲望。那舒展大方、潇洒自由、即兴发挥的舞姿吸引了其他舞者投来敬佩的目光。

从中厅跳到后厅,再从后厅跳到前台,前后左右穿梭,在万里之外的舞场上潇洒走一回。此情此景令人自豪和满足,博得了全场舞者的注目与拍手喝彩。台上的歌手也越唱越起劲,当一首乐曲终了之后,我和李满光刚回到座位,邻近的人就对着我俩微笑并频频地向我俩竖起大拇指,有的挥手致意,有几个人干脆走过来问我们从哪里来,到这里做什么,当他们得知我们来自广东,是一路骑自行车来到乌鲁木齐,还拿出小本子或烟纸盒请我签名。好家伙,我们也算是当了回“明星”,真是过瘾极了!

舞会直到凌晨 1 点钟才结束,散场之后,仍然有不少人边走边向我们喝彩。其实,我俩的外表只是头戴棒球帽、穿着早已褪色的运动服和破旧的足球鞋,给人的印象一定是跟饱经风霜、浪迹天涯的侠客一般。

十三、热情的石河子人家

石河子市是以轻工业为主的中等城市,全市人口9万,以汉族人居多,他们是20世纪50年代来自全国各地的支疆人员和原王震部队转为生产建设兵团的官兵及其家属。

在石河子市,我们得到了唐海全姑妈一家的热情接待,并收到后勤总管蒋应雁从佛山寄来的第一笔经费和信件,大家沉浸在欢乐之中。队员们在此休整了3天

我们来到石河子造纸厂,由于厂休找不到人,通过门卫的指点,才在昌乐楼后面的职工宿舍找到唐海全的姑丈和姑妈。两位老人颇为热情地把我们让进里屋,大家刚坐下,唐海全的姑丈就拿出我校蒋应雁老师寄来的2550元考察经费(2400元为我们4个人的工资、严顺章借款100元、栗立军赞助50元)和一封信。我们非常高兴获得了学校同事、好友的信息,从信中得知自我们走后,他们都在找我们,对这一壮举表示钦佩、折服,这在精神上给予了我们极大的鼓励。

我们的到来给主人家增添了无上乐趣，他们感到从广州骑自行车到新疆确实不易，连唐海全的姑丈原定7月15日（原来小唐写信说15日以后我们才到达这里）到乌鲁木齐出差都推掉了，想不到我们提前10天到达。主人也刚刚把住房搞好迎接我们的到来，他们杀鸡做菜，忙得不可开交。

晚餐，主人盛情款待摆了一桌十种菜肴，再倒上美酒举杯欢庆，场面十分热烈，这是两个多月以来最丰盛的晚餐，直到10点半才结束。我们刚刚走出屋门口，小唐姑妈的儿女（小唐的表姐、表兄）又把各自的全家领来见我们，并一再要求到他们家去住。

我们先收拾好床铺，即骑车到小唐姑丈的厂里洗澡，等我们12点回来，小唐的表姐、表兄两家人仍在等候，大家边吃西瓜边畅谈，最风趣的是主人的女婿，他是位司机，很有维吾尔族人的风度，口音、议事、性格都极像，他说起话来很快，对新疆的地形及少数民族风土人情非常熟悉。他说，伊宁是中苏边境城市，那里70%以上住着维吾尔族、哈萨克族、俄罗斯族、锡伯族等5个少数民族，维吾尔族人热情好客，哈萨克族人由于住在山区，很少跟外界联系，性格粗犷。在这里与苏联接壤相望，国界为一座桥，两边建筑、风土人情都一样。国界线上苏联用直升机巡逻，我方用摩托车、骑马巡逻。假如你不太注意，不知不觉就可能跨出国界线，虽然看不到对方驻军，他们全在暗堡里，你发现不了他，但他可以发现你，到那里要特别留意小心。

十四、伊宁——中哈边境之城

伊宁市古称宁远，始建于1762年，为清代伊犁九城之一，1952年经国务院批准正式建市，是伊犁哈萨克自治州的首府城市。

伊宁市横亘伊犁河谷中部，是312国道的最西端。东连伊宁县，西接霍城县，南与察布查尔锡伯自治县隔河相望，北靠天山支脉科古尔琴山，是新亚欧大陆桥中西部的主要窗口。伊宁市现辖8乡1镇2场、8个街道办事处，总人口54.75万，有维吾尔、汉、哈萨克、回、蒙古、锡伯、乌兹别克、俄罗斯等37个民族。伊宁市属北温带大陆性气候，四季分明，日照充足，年均气温9.2℃。

伊宁市早在汉代就已形成了一条古丝绸路的通道，不仅沟通中亚各地和西亚，也有许多支线连接南亚和欧洲各地，历史上的伊宁是中国西部的一个繁华商埠。1989 年 1 月,伊宁市被国务院定为开放城市,1992 年 6 月又被确定为沿边进一步对外开放城市,并在市区内设立国家级边境经济合作区,伊宁市河谷的物资交流中心和商品集散地,是连接霍尔果斯口岸、都拉塔口岸、木扎尔特口岸的中心城市。

伊宁是一座靠近哈萨克斯坦霍尔果斯县的中等城市(距边境线只有 66 公里),我们连续找了 2 家宾馆、4 家招待所仍然找不到合适的住处,最后在伊宁市军分区招待所住宿,住进 4 床带卫生洗澡间,另接一单人房的房间(每床 5 元),此时已是晚上 11 点半了。这里还居住着昨天上午我们在路上碰到的坐面包车的 3 男 3 女的香港人。当时他们从后面看到我们并热情地向我们打招呼,接着停车询问,当得知我们是骑车从广州到此,甚为惊讶。从对方的仪表来看,他们可能是学生利用暑假到内地旅游,我们谈话还用的是粤语呢。

安顿好后,我们来到绿洲电影院的露天剧场的舞会,我们的到来给舞会带来了些许的惊喜,没想到在广东三流水准到这里竟成一流了。舞会快结束时,舞厅奏起了迪斯科舞曲,整个气氛随即进入高潮。

1 点半,回来路过咖啡厅,我们三人被热情、漂亮的小姐引进雅座,要了一包万丽牌香烟、两瓶新疆啤酒、一小碟炸花生米和一碟牛肉,边吃边享受这柔和的灯光、舒适的沙发和隔壁的引吭高歌,开朗豪放的哈萨克族男青年用一把吉他伴奏。我们的啤酒喝得差不多时,哈萨克族青年热情地向我们打招呼并询问我们,而且还说过来跟我们干杯,我们谨慎地谢绝了。

十五、巩乃斯种羊场

巩乃斯是地名,瓦剌蒙古语,意为“绿色的谷地”(元明清时期这里是瓦剌辉特部牧区)。在天山山脉里面,地势跌宕起伏,气象万千。巩乃斯是新疆细毛羊的故乡,也是“天马——伊犁马”的著名产地。巩乃斯草原四季景色俱佳,而以春色为最,6 月蒙古族牧民从“冬窝子”转场而来,使花香鸟语之中,又多了阵阵牧歌,片片牧群,盛装的少女,剽悍的骑手,为壮美的大草原增添了盎然生机。巩乃斯草原主要指巩乃斯河系贯通的河谷山地草原,每年 6—9 月是草原的黄金季节,辽阔的草原、美丽的山岗、群群牛羊和点点毡房构成草原之夏的生活圈。草原恰似五彩线织成的地毯,绿底银边花带,在蓝天映衬下尤显华丽而气势恢宏，素有“云中翡翠谷，胜地巩乃斯”的美誉。皑皑雪峰，繁花似锦的五花草甸、苍翠的云杉林带、银色的水飘带，溪水潺潺，泉水叮咚。时而狐狸、旱獭、野猪、雪鸡等出没在森林和草丛间。每逢夏季，国内外众多游客来此体会巩乃斯草原秀美风光与浓郁的民族风情。

考察队于 8 月 12 日进入南疆的全国十大牧区之一的巩乃斯种羊场考察。巩乃斯种羊场始建于 1939 年，至今居住着汉、维吾尔、哈萨克、蒙古、俄罗斯、塔吉克、回 7 个民族的职工和牧民共 7000 多人。其中职工 2000 多人，牧民大多数过着半定居的生活。

我们于晚上 11 点来到巩乃斯种羊牧场，此时听到牧场歌声嘹亮，看到灯火辉煌，当时大家猜想，这很可能是团组织联欢晚会，便决定去找团组织，让其安排我们到牧民家去生活几天，体验牧区生活。

我们到巩乃斯种羊场团委书记许跃先家做客。他是 1985 年乌鲁木齐部队的转业干部，他的妻子是湖北人，在农场气象站工作，有一个 2 岁的儿子。女主人热情地留我们在他家吃午饭，并拿出 61 度的农场自酿米酒款待我们

顺着灯光方向，到那里一看，原来是州文工团来场部演出。有个警察正在把守礼堂的大门口，我们上前跟他说明来意之后，他特别热情，并进去找到正在看演出的场团委书记，这位书记自我介绍说他名叫许跃先，并与我们一一握手表示欢迎，之后，热情地领我们到招待所休息。

第二天一早，许书记就来敲门，他说领我们先去食堂吃早餐，随后再带我们去见场长。

场长是位热情的哈萨克族人，50 多岁，在翻译的配合下，我们开始交谈。他首先表示对我们的到来非常欢迎，那场面使我感触颇深，很像正式谈判，通过翻译，场长介绍牧场情况：此场是 1939 年开办，是 1959 年十大牧区之一（新疆有 3 个）。1976—1978 年，澳大利亚尼毛羊与新疆细毛羊杂交试验成功，从而生产出产毛寿命 7 岁的优良品种细毛羊，并获得了 1978 年“全国科技进步一等奖”。此场有 2 所中学，共有 130 多名教师和 2000 多名学生，根据实际情况，这里的学生只有暑假，每年的 6—9 月，牧民的孩子要跟其家人到 120 公里的山里放牧。

表演踢踏舞

唐海全与维吾尔族姑娘跳新疆舞

刚走出门口，办公室主任（河南人，30 岁出头）走了过来，他了解了我们的情况后，颇为感动，说这是一次壮举，并热情地把我们介绍给场里秘书，要求给我们开具到牧区体验生活的证明。这位场秘书是位 50 多岁的长者，他跟我们分析说，这里到牧区只能搭车后再步行 30 公里（共 120 公里），需要 2 天时间才能到达，按我们的行进路线是到新源县后再下场跟哈萨克牧民生活，因为那一带是森林和牧区，路边可见到一个个蒙古包(帐篷)，这样我们就不会像在这里到巩乃斯牧区那样来回白走 240 多公里的路程，我们采纳了这一建议。

巩乃斯种羊场的姑娘们兴高采烈地拟过维吾尔族的库尔班节

联欢合影。前排左起：姚远，左二、左三与后排右二男孩为回族同胞三姐弟，许书记的妻子，唐海全；后排左起：维吾尔族朋友，李满光，王刚军，哈萨克族朋友，右一是汉族教师

离开巩乃斯种羊场的前一天晚上11点至凌晨2点，许书记以场团委的名义专门组织全场青年职工和家属，为考察队举行了热烈的联欢晚会。

美丽的姑娘跳起了维吾尔族舞蹈，英俊的小伙子拉着俄罗斯手风琴、嘴里哼唱着哈萨克民歌欢迎远方的朋友来做客。为表谢意，我们临时准备了小节目，并在晚会上为各族朋友送上：姚远独唱的粤语歌曲《万水千山总是情》、唐海全实用武术攻击的"追魂夺命"、李满光刚劲有力的"南拳组合"和王刚军潇洒自由的迪斯科"追步舞"等具有广东特色的节目。

十六、翻越天山，到巴音布鲁克大草原骑马

我们从那拉提乡招待所出来之后，便开始翻越天山，远远望去，蓝天白云下的天山风景如画。天山披上绿装，高大笔直的雪松争相比高，沿着山脚流过的是冰雪融化的清澈河水，河边有棵大榕树婆娑多姿点缀着天山，自然景观赋予了天山美丽动人的景色。哈萨克族人把毡房搭在这景色迷人、水源丰实的河边，零散的毡房只有妇女、小孩在家，男人都出外打马草去了。

天山是世界七大山系之一，位于地球上最大的一块陆地欧亚大陆腹地，天山东西横跨中国、哈萨克斯坦、吉尔吉斯斯坦和乌兹别克斯坦四国，全长2500公里，南北平均宽250—350公里，最宽处达800公里以上。天山是世界上最大的独立纬向山系，同时也是世界上距离海洋最远的山系和全球干旱地区最大的山系。

天山呈东西走向，绵延中国境内1700公里，占地57万多平方公里，占新疆全区面积约1/3。中国境内的天山山脉把新疆大致分成两部分：南边是塔里木盆地；北边是准噶尔盆地。托木尔峰是天山山脉的最高峰，海拔7435.3米。锡尔河、楚河和伊犁河都发源于天山。

2013年6月21日12时10分，中国境内天山的托木尔峰、喀拉峻－库尔德宁、巴音布鲁克、博格达4个片区以"新疆天山"名称成功申请成为世界自然遗产，成为中国第44处世界遗产。

巴音布鲁克大草原既是中国第二大草原，也是中国最大的高山草原。位于天山南麓的巴音布鲁克草原交通并不十分便利，路况也是颠簸崎岖的山路

居多。正因为这样,在跨过皑皑雪山,经历旅途劳顿之后,忽然呈现在眼前的这片广袤无垠的绿色地毯更给人忽遇桃花源般的豁然开朗之感。巴音布鲁克草原四周山体海拔均在3000米以上,为典型的高寒草原草场、高寒草甸草场、高寒沼泽草场和山地草甸草场。广袤的草原宛如巨大的绿色地毯,将整个大地覆盖。

巴音布鲁克草原上绿草茵茵,牛羊成群,群山拱抱,河流如带,地势起伏辽阔,植物种类繁多,自然生态优良。这里幅员辽阔,地势平坦,水草丰美,遍地是优质的“酥油草”,哺育着60多万头(只)牛羊,是新疆的牧业基地之一。

这里盛产焉耆天山马、巴音布鲁克大尾羊、中国的美利奴羊和有“高原坦克”之称的牦牛,被誉为“草原四宝”。每到仲夏季节,草原上鲜花盛开,争奇斗艳,羊群像白云游荡,雪莲花般的座座蒙古包坐落其间。巴音布鲁克草原上还有栖息着我国最大野生天鹅种群的天鹅保护区、避暑胜地巩乃斯森林公园、拥有可治病温泉的阿尔夏景区等。

到巴音布鲁克大草原必须翻过天山,而且天山公路都是石子路(主要是为了冬天增大汽车与地面的摩擦力)。天山脚下有一条开都河,天山的冰雪融汇成小溪流入河中而形成清澈的河水。我们沿着小河一直往前走,青山往身后移动,四骑士穿越一个又一个山坳,前面山坳呈“V”字形,两边满是高大、挺拔的雪松,长在悬崖峭壁上,公路从山坳中间通过,绕山峦向山顶延伸。我们沿着公路推车一步步前行。

天山公路于1983年通车,修筑它动用了11个工兵团,花费了10年时间,耗资3亿多元。工程兵战士为修筑天山公路而英勇牺牲的“烈士纪念碑”矗立于天山公路旁。天山公路最高海拔为3400米,有部分冰雪长年不化,这一带都生长着青青的嫩草、野花和高大的雪松。南面是成片的牧区,有蒙古族的游牧帐篷(蒙古包)。我们通过天山时,于下午3点钟到蒙古包的牧民家做客,当时,男主人出外放牧,只有妇女和4个小孩,他们对我们的到来虽然话不多,但很热情,煮奶茶、拿面包和奶馃子招待我们。

这一家有3个蒙古包,分别是厨房、睡房和客房。我们在厨房的地毯上席地而坐,喝奶茶(牛奶加茶叶煮开而成)、吃奶馃子(面粉拌牛奶用油炸成)。最后,我们帮他们照了4张彩照,并送给小女孩(老三读二年级)一条贝壳项链，也许从未见过用贝壳做的项链，所以小女孩显得格外高兴，非常仔细地抚摸、辨认。

南疆的天山，远远望去，高耸入云的天山雪峰雄姿尽收眼底。尽管太阳的光辉照耀在雪峰上，但在西北风吹拂之下，这里的气温仍然较低。

考察队进入天山公路（那拉提），在山上巧遇道班工人、梅县炳村籍老乡赖苏平

我们穿上长袖运动服下山，公路虽不很陡，但寒风刺骨。约走了 1 公里，我和李满光见雪峰与草原的对比明显，好一幅蓝天白云、雪山草原的美丽图画，便迫不及待地停车拍摄。在一片大草原上，姚远和唐海全已在蒙古包附近等候我俩，大家一起走进蒙古包，女主人能听懂汉语，但不会说，而她的三个女儿就能说一口流利的普通话，孩子们有问必答，老三说："爸爸和哥哥去放羊了。"接着，她用手指指向对面的山头。

我们顺着她所指的方向望去，羊群缓缓而动，低头吃草，骑马放羊男人的吆喝声也能听见，她家有 70 只羊、10 多头牛，还有马和狗。站在山上的草原上觉得外面风大寒冷，我们经主人同意再次进入温暖的蒙古包，喝上女主人端来的热乎乎的奶茶。我们坐了约 20 分钟，身体暖和了，于是向女主人告别，感谢她们的盛情款待，我们又继续往前赶路了。

巴音布鲁克草原的蒙古族牧民

骑行在大草原的公路上，我们的体能渐渐下降，上午在蒙古包喝的奶茶已经维持我们骑行了七八个小时。一直到下午 4 点，还找不到午饭吃，我们只好到蒙古包的人家找吃的，一位约 25 岁的妇女在门口，我和老李上前与她搭讪，但她听不懂汉语。一会儿，从另一个蒙古包里出来一位老阿妈，我向她边说边比画手势(意思是说，我们的肚子很饿，到你这里找吃的)，她大概明白了我所说的意思，她也边用蒙古语说话边做手势叫我们进入帐篷；我们也领会了老阿妈的意思，进入蒙古包里并坐在垫子上。老人随即端出一盘烧饼放在桌子上，端上一碗牛奶，老李先尝一口后就递给我，我问他："味道咋样?"他说："你试一试就知道了。"

我看他喝完一口的表情心里已明白了几分，就试着喝了小半口，作为南方人还真喝不惯，我强忍地咽下去，再将剩下的半碗牛奶放回桌子上。老阿妈也看出我们喝不了这牛奶，另外给我们倒出一碗热气腾腾的奶茶，已喝过几次了，知道这奶茶的味道很好，所以就高兴地接过来，同时，再把姚远和唐海全叫进来一起喝奶茶，大家席地盘腿而坐，吃完了烧饼，恢复了体力，我们即和热情好客的老阿妈告辞，并一再表示谢意!

蒙古族妇女

往前走一段路，拐过弯，见有几排房子，我们很高兴，在这里还未来得及到饭馆吃饭，见有 10 多个年轻人，其中有 3 个小伙子骑着 2 匹马。他们非常热情地用汉语对我们呼喊：“朋友！朋友！到我们那儿玩玩。”而我们也同样称呼他们：“朋友！朋友！”在彼此相互问候之后，我直率地问他们能否把马给我们骑一骑，他们表示很乐意。随即，我们放下自行车，我首先骑上了一匹枣红马，姚远反应很快也跟着骑上了另一匹枣红马，而李满光和唐海全暂时待在原地。

这是我第一次骑马，刚开始的时候先适应一下，骑着马缓慢地行走一会儿，看来骑马并不难，放松身体，拉住缰绳，两脚用力一夹，马就跑起来，加上后腿同时一蹬，身体随马背的前后摆动而腾空，耳边的风呼呼作响，我的肚子被飞奔的马震动得有些不适并伴有阵痛。我只转了一个来回，李满光便朝我喊：“老王快点！给我骑一骑。”此时，我无师自通，刚刚学会骑马，正在兴头上，还真有些舍不得放手，可看到老李那样，就从马背上跳下来，将缰绳和马交给他，并鼓励他说：“没事，很容易的，开始时慢点，身体放松，然后再逐渐加速。”我看老唐也骑得正欢，骑马没什么难的，只要胆大，身体放松不着急就很快可以掌握骑马的要领。

王刚军与蒙古族小学体育老师赛马

与巴音布鲁克阿热勒托别草原的蒙古族朋友一起骑马

蒙古族朋友领我们4人来到他们家，我问能否骑马，他们爽快地让我上马，而他们则骑上我们的自行车，就是两三个人扶着一个骑，可还是走不了几米远。看他们的样子，似乎觉得骑自行车真是有趣的游戏，而蒙古族男女老少看到我们骑马时的样子也一样感到很好笑。照相了，把这难忘的英姿拍下来吧！蒙古族朋友很喜欢照相，拍了一张又一张，他们每张都热情地叫我们与其合影，摆各种姿势：站立的、骑马的、单骑、双骑，千姿百态。后来，我们还借他们的蒙古帽来拍照，这种场面比过年还热闹，直到最后拍完整筒胶卷后，我们才回到帐篷里，朋友们又是倒奶茶，又是端烧饼，大家谈笑风生，蒙古族朋友还向我们介绍了许多食物名称，如奶茶、烧饼、酸奶等。我们一直玩到晚上8点半才向蒙古族朋友告别。

李满光在巴音布鲁克的阿热勒托别草原骑马

公路沿河岸盘山而上，石子路使我们的前进速度明显放缓，由于这条国道是从石山中炸出来的，所以路段的两旁仍然可见许多巨石和碎石。寒冷的西北风迎面吹来，好像要挡住我们前进似的，每一步迈出都要付出努力，从山脚到山顶的30公里行程，我们要承受饥饿的威胁、寒冷的侵袭、疲劳的纠缠，肚子饿了饼干就是午饭，口渴了用饮水桶到石子河里去提冰雪融化的水。尽管我们小心翼翼，可唐海全的自行车内胎偏偏又在半山腰漏气，我们用了1个小时才将它修好。接着，大家又继续赶路了，这一段路可见到搭在河边的蒙古包，牧民的牛、羊、马就在他们家门口，根本不用绳子、围栏，尽情地揽食嫩草，他们的牧羊狗对我们非常警惕，高大粗壮的狗看起来让人害怕，每当凶猛的狗冲上来时，我保护性地下车拿石头，狗则害怕退却了。

王刚军在巴音布鲁克的阿热勒托别草原骑骆驼

十七、穿过库车县

昨晚至深夜1点半，我们才在一处河滩上搭帐篷过夜。河道水流湍急，发出一阵阵“轰隆、轰隆”的声音。

9点40分，我们整装向库车方向进发。我们在坡度起伏很大的公路上疾驰，你追我赶，仿佛连日来身体的疲惫已经恢复，以每小时40公里摩托车的速度把公路两边的石头抛在后面。车队穿过好像人工砌成、足有五层楼高的黄土墙和两面夹击的崩山残体地块，面前呈现出一片红、黄颜色相间的山丘，在经过长年累月的风雨侵蚀而显出多姿多彩的蜡花模样，就像被能工巧匠精心雕刻的一件件艺术品，整个自然、流畅的山系走向非常明显。这些千奇百怪的山丘，没有一棵树、一株草，全是黄土和风化的石块：有些风化石的姿态像屹立于山腰上的雄狮，有些又像侧卧的巨人，还有些就像在天空中飞翔的黑鹰，更有些似大海的波涛翻滚……总之，在这里可以凭想象寻找到你想要的艺术品。

考察队被大自然的造山运动、鬼斧神工所吸引，情不自禁地停下来欣赏。站在高处眺望成片的黄色山峦，真可谓是气势磅礴、宏伟壮观、令人神往……我们不难想象，当年的造山运动是如何把地球里面高达上千摄氏度的岩熔翻滚挤压推出地面，而形成犬牙交错、沟壑纵横的地形地貌。随着公路不断地向前延伸，山峦逐渐减少，而像欧式城堡及穹顶建筑的土堆又展现在眼前。最后队伍的速度明显减慢，我们4个人从昨天早晨带在车上的水已全部喝完，肚子也饿极了，近70公里高低起伏的山峦已使我们体内的血糖浓度降到了最低点，头脑开始出现晕眩感觉，而姚远由于体能下降严重，已远远地落在车队后面了。我咬牙坚持将自行车推到坡顶，往远处一看，前面距离约2公里是一片绿洲，成排的白杨树笔直地站在那里，张开臂膀迎接我们的到来。

车队穿过1公里长的白杨树林荫道而来到T字路口，可见那里有几处维吾尔族人的卖瓜摊，真是雪中送炭！我们买了个7公斤重的西瓜，吃起来真是既解渴又可以填饱肚子，那种感觉就像久旱的禾苗得到了雨露滋润、在沙漠中见到绿洲一般，吃了一个西瓜还不够，再来第二个，吃完感觉才过了瘾。

接着，车队进入库车县城，街上冷冷清清，只有几个行人，店铺全部关闭。当时，我们还不知怎么回事，只是觉得很奇怪。大家首先去找旅馆，后来找到了一个部队的招待所，这里条件较好，就决定在此住宿。大家顾不上长途跋涉的劳累，各自都洗了一大堆衣服，这是我们每到旅馆时，首先要做的一件事，因为连日来的长途跋涉、居无定所、搭帐篷露营而不具备洗衣服的条件。坐下来才感到肚子又饿了，今天我们每人只吃了三两面条，而招待所要晚上9点钟才开晚饭，此时，大家肚子的确顶不住了，小唐说出去买饼干回来吃，一会儿，他回来说，外面的店铺不准开，现在“2号病”霍乱已经流传到南疆一带，包括库车县。原来是这样，没办法，那只能挺一挺到开饭点了。还有2个小时，大家用来记笔记。

终于熬到了晚上9点，大伙儿再也按捺不住，准时来到饭堂吃晚饭。吃过晚饭后，李满光和姚远回房休息，而我和唐海全到外面找电影院看电影，结果电影院也不开门，街上黑黢黢的，行人又很稀少，我俩只能原路返回招待所。而后，大伙儿整晚都在写日记，恶补这几天遗漏的笔记。

十八、在叶城准备着

考察队历时81天、行程7531公里，于清晨5点钟抵达新疆的最后一个城市叶城。在这里，我们计划休整几天，在体能储备、后勤保障方面做好翻越昆仑山的准备。

全队进城后，由于极度疲劳，想尽快找到住地，连续问了3个维吾尔族人都因语言不通而无果。最后问了位扫马路的维吾尔族大叔，他听懂了我们说的汉语，便很热情地带我们到前面的食品公司招待所，我们就暂时先住下，这一睡直至中午12点多才醒来。下午5点，我们再搬到新疆军区二十九团招待所。

第二天上午，我们来到叶城军分区司令部，司令部干部科的同志接待了我们。

当我们说明身份和递交上“考察证明”后，那位年轻干部的脸上才露出了轻松的笑容，他说：“这样的活动很好，我们一定支持。”他问了我们的要求后又说：“这一路上，每百公里有一个兵站，食宿问题都可在那里解决。”他随即给我们开了张“证明”，同时还跟我们说明，他们管辖的7个兵站，一直到狮泉河，我们有何困难可直接找各个兵站。我们很高兴，并一再表示感谢。此张“证明”对我们联系各个兵站、沿途的食宿都是极大的帮助。

我们刚想下楼离开，一直站在我们旁边的一个战士忙拦住了我们，要求将发表在《河南日报》上考察队的消息给他抄阅。我们满足了他的要求。这位年轻战士对我们考察之事似乎很感兴趣。

在二十九团招待所住宿时，唐海全只用2元钱就买回来一大筐苹果和雪梨，这又增添了许多乐趣。这里条件还可以，床上用品较干净，还有食堂可以吃饭，而且房价一床2元还是比较便宜的，我们打算在这里住上4天，然后准备翻越昆仑山。

在叶城居住的大多数是维吾尔族人，但在招待所接触到的从服务员、厨师到旅客全是部队家属，战士也全是汉族人。11 点钟，漫天风沙从窗户里钻了进来。风沙飞舞，100 米以外看不清人，一张开嘴就满口是沙。而驻军官兵，却要长年累月地在这样恶劣的环境下工作和生活，的确很艰苦。马班长谈到昆仑山新疆至西藏段的公路情况，他说，这段路每年只有 6—9 月通车，有 6 个月是大雪封山，公路被大雪封阻，在大雪封山之前，山上的部队往山下撤。

下午 5 点钟，我骑车到 200 米远的小店买回了 5 公斤鸡蛋饼（2.5 元 1 公斤，共 12.5 元），4 瓶午餐肉罐头（10.16 元）和 10 公斤雪梨（4 角 1 公斤），准备工作就绪。

第四章

绝 地 篇

JUEDI PIAN

一、穿越“新藏线”1459 公里

新藏公路又称“新藏线”，是举世闻名的世界上海拔最高的公路，它北起新疆喀什地区叶城县，南至西藏阿里地区的普兰县，平均海拔 4500 米以上。新藏公路穿越了举世闻名的喀喇昆仑山、冈底斯山、喜马拉雅山，全长 1459 公里，翻越 16 座冰雪达坂，横穿 44 条冰河，全线经过的大部分地段为无人区，是挑战生命极限的旅游线路。新藏公路全线海拔 4000 米以上的地区约 915 公里，海拔 5000 米以上的线路有 130 公里，沿线氧气不足平原处三分之一，对人的心肺是个严峻的考验，属世界公路史上最难走的路段，途中浩瀚的千里戈壁，以及红柳滩、死人沟、甜水海、界山达坂、阿里与后藏之间的无人区等地段，被旅人视为畏途。

界山达坂海拔 5347 米

上午 10 时，车队离开叶城，走“新藏线”，向昆仑山挺进。车队在沙石公路上行走 20 公里后，进入界山达坂。这一带山势崎岖、险要，远远望去，雪峰重重叠叠，犬牙交错，眼前的山峦则像涂上了一层鱼网状的黄土色，清晰的道道沟壑，为风雨侵蚀所留下的痕迹。映入眼帘的逶迤曲折的公路，蛇形般地往上延伸，越过两面的巨石，从中间的石缝中通过，不时迎来90°的转弯，倘若不具备过硬的驾驶技术，是很难在这险要、狭窄、高低不平的盘山公路上行驶的。

我们停车休息时，往悬崖下掷石头，大伙儿显出孩童般的天真和淘气。

车队上到山顶，已是海拔4000多米。新疆一带的小溪、小河乃至大河，都是石子河，伊犁河便是其中之一，河水由高山冰雪融化汇聚而成，很少有杂质，因而水质清澈、透明，而且冰凉刺骨。

我们于黄昏7点钟到达库地兵站住宿。

兵站设置在自然环境恶劣、荒无人烟的戈壁滩、沙漠的公路上，主要是为过往的部队车辆提供食宿等后勤保障。住宿分两种，一种是招待所，1房4床；另一种是通铺，就是一间大房子里设置一排木板，需自带被盖的集体大铺，供战士睡觉休息。以上两种住宿及伙食都需要付费。兵站的驻守人员一般设置8—12人，道路沿线每百公里还设置一个机务站，机务站只有一位战士，主要任务是看护一部电话，保证山上与山下的电话畅通。有些兵站与机务站靠得很近，紧挨着，有些则是分开各自独立设置。

昆仑山平均海拔高度在5000米以上，因氧气稀薄、气压低、沸点低，让人呼吸困难，用普通餐具煮大米饭，无论煮多长时间都煮不熟，往往煮成上面一层像稀饭，下面一层还是夹生饭，根本吃不了，要用高压锅煮饭才能将米煮成熟饭。昆仑山上一天之内的气候变化反复无常，刚刚还是阳光灿烂，转眼间就下雪或是下冰雹，气温也随之急剧下降，日夜温差很大。夜晚如果在野外露营，没有专业的保暖设备，即使在夏季也很容易感冒而引发高原病，如果救治不及时，就会有生命危险，尤其是在昆仑山高寒高原地区，外来者由于不适应快速多变的气候环境，容易因缺氧、受寒感冒引起肺气肿，在得不到及时医疗救治的条件下，很容易危及生命。

昆仑山东西长2500公里，耸立在格尔木市南面。西段喀喇昆仑山是塔里木盆地与藏北高原的自然分界线，东昆仑由三大山系组成，北支阿尔金山－祁连山、中支昆仑山、南支唐古拉山。昆仑山万壑纵横，颇显壮美、神秘。昆仑山是中华民族的象征，也是中华民族神话传说的摇篮，古人尊为“万山之宗”“龙脉之祖”，因而有“国山之母”的美称，藏语称“阿玛尼木占木松”，即祖山之意。莽莽昆仑，群山连绵，气势磅礴；四季寒冬，银装素裹。登临山口，巍巍昆仑的千峰万壑如同披着银灰色铠甲的群群奔马，随着风起云涌，滚滚向前。

考察队穿过海拔6400米高的喀喇昆仑山公路。摄于1988年9月1日

我们这次到此，虽然长途跋涉，历尽艰辛，而且居无定所、忍饥挨饿，体能消耗很大，但也锻炼了意志力，开发了身体挑战极限的潜力。随着海拔逐渐升高，身体的耐氧能力也不断增强，慢慢适应了高原缺氧环境。然而，从离开叶城的第二天我一直头昏脑涨，从海拔4000多米开始就有了高原反应，出现反应迟钝、不想说话、晚上睡不着觉，易健忘，隔天发生的事情都难以形成条理性的记忆，前后情景颠三倒四，头脑一片混乱。反应最强烈的是晚上住在玛扎兵站时，我感到头疼发热、四肢无力、气喘急促、心跳加快。当晚我躺在床上测了心跳，竟然高达108次/分钟，身体感觉很冷，盖了两床棉被，还是不觉得暖和，一直似睡非睡、迷迷糊糊，整晚都没怎么睡觉。

他们几个也好不到哪里去。唐海全在途中不仅大喊：“头疼、头疼啊！”还抱着头在地上直打滚，久久不能安静下来。李满光和姚远的症状稍轻一点，但也经常说头疼、头昏，晚上睡不着，有时问他们昨天的事情，可就是说不上来。

班公湖又称彭公湖。藏语称措木昂拉仁波，意为“明媚而狭长的湖”，在西藏日土县境内。西端伸入印控克什米尔地区，西部为咸水湖，东部为淡水湖。湖中有鸟岛数个，鸟蛋甚多

幸好我们身上出现的这些高原反应现象没有向更严重的程度发展，持续的时间不超过两天，症状也慢慢减轻。经过甜水海机务站的喀喇昆仑山口到达死人沟，这就是新藏公路的最高处，海拔高度 6500 米，在这里我除了头涨，动作迟缓一些之外，没有其他过激反应。他们几个看来也没有出现太大变化，这表明我们的身体开始适应了高原缺氧环境，身体耐氧的潜能被激发出来了。

昨晚住在红柳滩兵站时，我与兵站的马班长进行了长谈。他今年 23 岁，1985 年入伍，郑州人，他谈到长年驻守在兵站的战士，他们的生活非常艰苦，吃不到新鲜蔬菜、肉类，文化生活也很贫乏，尤其从 9 月下旬至次年 5 月都下雪，在大雪封山、零下 40 多摄氏度气温的条件下，待在兵站里，每天总是在附近的山里转来转去。

他说，有的战士当兵几年都住在山上，周围是一片茫茫戈壁，寸草不生、没有一点生机，等到探亲下山，看到树木后，压抑了许久的情感一泻而出，竟抱着大树痛哭一场。在这高海拔、高寒地区，自然环境恶劣，长年吃不到新鲜食品，只能吃到罐头、马铃薯。山上接收不到电视信号，只是定期从山下送上一些录像带过来，由于信息闭塞，不了解社会变化情况。为了国家和人民的安宁，他们奉献了青春年华，理应得到社会的理解和尊重。

考察队进入西藏境内，途经阿里地区日土县的班公湖，被眼前的美丽景色吸引住了：碧蓝的湖水在微风吹拂下波光粼粼；透过岸边的清澈湖水，湖底各色的大小石子清晰可见。第一次见到如此清澈的湖水，我贪婪地捧起一掬含在嘴里，瞬间就能感觉到它甘甜的味道。班公湖在藏语中称“措木昂拉仁波”，意为“明媚而狭长的湖”。湖中有若干个小岛，如宝石一般点缀在“世界屋脊”的高原神山圣湖的湖光山色之中。禽鸟在水面上缓缓地游，不时地尽情扑打几下，或者跃出水面飞翔。湖岸上有座简陋的小屋，3 个维吾尔族渔翁在门口烤火，还有一个在屋里忙碌，将刚捕获到的西藏盛产的裂腹鱼抹上盐巴堆放在墙边，这些腌好的鱼会被拉到狮泉河市场出售。

考察队成功翻越被视为“生命禁区”的昆仑山，于下午 4 点 10 分抵达西藏阿里地区的首府狮泉河，找到阿里地区行政公署狮泉河饭店住下来。

二、藏北阿里的漠风

阿里地区下设普兰、扎达、日土、噶尔、改则、革吉、措勤七县。

我们在狮泉河饭店休整了一天，将 10 多天的脏衣服洗好，购买补充了一些常用药品和干粮(3 斤饼干、1 斤麻花、3 罐午餐肉罐头)。阿里军分区司令员还送给我们每人一件军大衣。为了在大雪封山之前走出藏北高原，我们于 9 月 6 日下午 3 时匆匆踏上了穿越藏北高原的阿里公路。

荒原戈壁路一直向前延伸，队伍在这凸凹不平的道路上缓慢前进。四处满是荒凉，没有人烟，碎石沙土上依稀可见零星的野草。路越来越难走，乃至后来根本无法骑车，一看到石头沙子路心里就发怵，连推车都倍感吃力。横在马路上的浅水滩偏偏一个接一个，必须脱鞋、涉水推车通过，冰冷的冰雪融水令人刺骨般地难受，常常过到对岸时，双脚已经麻木，只能将光脚盘腿坐在屁股底下焐热一会儿。鞋子脱了又穿，穿了又脱，就这样简单的动作，大伙儿都嫌麻烦，后来就干脆打赤脚骑车、推车了。有时候，自行车陷进水中的沙石里，不得不使劲地拉起来，这也消耗了我们不少的体力。在这海拔4000多米的公路上骑车、推车，不仅呼吸困难，气喘不已，而且头昏脑涨，更使我们感到身体松软，全身无力，实在难受极了，这才暂时停一停大口喘喘气。我们一步一步艰难地前行，肚子饿了，就拿出饼干充饥，再喝上一口冰雪融水，一下子冷透了全身。行程远未结束，大伙儿却已疲惫不堪，饼干已经吃光，就剩少许午餐肉罐头，只好分开每人吃上几片，虽然不能填饱肚子，但可为我们补充些能量，暂时有了点力量又继续赶路了。

阿里狮泉河

天色渐入昏暗，藏北高原的寒风迎面扑来呼呼直响，队伍依然缓慢前进。偏偏在这时，一处四五米宽的浅水滩挡住去路，等大伙儿脱鞋、推车过到对岸，全都累得瘫倒在地上。谁也不想再走了，于是，就地搭起帐篷，吃了几片仅剩的午餐肉，穿着军大衣再盖上棉毯就迷迷糊糊睡到了天亮。

三、探访阿里游牧民，在区长家做客

我们12小时没吃过东西，忍受着饥饿，一大早又迎着寒风匆匆赶路了。

走了2公里后，一个黑色牛皮帐篷出现了，帐篷外面站着3个年岁不一的藏族儿童，蓬头垢面，正在好奇地望着我们，黝黑的小脸。我们推车向帐篷靠过去。

图为阿里地区噶尔县桑巴乡游牧的一家牧民。男主人55岁，能说一些简单的汉语，其妻43岁，有7个孩子。大女儿和二女儿已出嫁，最小的孩子仍嗷嗷待哺

男主人颇显憨厚老实，很热情地向我们打着招呼。我们走进帐篷，在火炉旁边羊毛毯上盘腿而坐，他们一家人坐在对面，一旁还睡着个刚出生几天的孩子。主人给我们每人倒上满满的一大碗热乎乎的酥油茶，这是我第一次喝这么纯正可口的酥油茶。男主人能听懂汉语，还可以说上一些，我们一边吃糌粑、炒青稞，一边喝茶聊天。我们得知男主人55岁、女主人43岁，有2个儿子和5个女儿；大女儿和二女儿分别为20岁和18岁，都已出嫁了，他们的适龄子女都还未上学。

男主人告诉我们，在1967年，他去过广东、广西、河南、河北、湖北等地，所以会说一些日常汉语。

母女俩在挤羊奶

考察队员在牧民牛皮帐篷里烤火,吃糌粑、喝酥油茶

西藏阿里地区从事游牧生活的牧民，独家或几家携带帐篷和生活用具季节性地放牧（牦牛、羊）为主要生产方式。由于其地处高原、交通不便、人烟稀少，其游牧的生活条件普遍艰苦、缺医少药。日常主要食物为糌粑（炒熟的青稞粉）、酥油茶、酸奶子和羊肉。

为了感谢他们的热情好客，我们专门为他们拍了张全家福，在离开之前，还向他们要了地址：噶尔县桑巴区桑巴乡，以便以后把照片寄给他们。我们在暖和的帐篷里待了大约1个小时，又继续上路了。

大伙儿靠在墙边席地而坐，边休息边吃着刚买来的奶糖和杏干充饥

队伍继续在寒风呼啸的戈壁上前进，我们所经过的藏北牧区，牧民像看见天外来客一样，都以好奇的表情目送我们的车队。这个时候，天空开始下起了小雨，给我们的前进道路又平添了不少寒意。

行进至噶尔县昆萨区已是下午5点，可大家仅在上午到牧民的帐篷里喝了酥油茶和吃了些炒青稞之后，到现在没有进食过其他东西，肚子早已很饿了。此时，看见区政府的二排砖瓦房，前排屋上写着“小商店”汉字。于是，我们将自行车靠在墙根上，留下两人看车，我和老唐过去买东西。商店只有一张柜台，出售的商品很少，连糕点都没有，我们犹豫一番最后买了一斤奶糖、一斤杏干和一条“大前门”香烟。大伙儿就靠在墙边席地而坐，边休息边吃着奶糖和杏干。

此时雨下大了，大伙儿也听到后面那排房子有动静，听杂乱的声音似乎在宰羊，我们马上兴奋起来，决定去试试弄顿饭吃。于是，我们绕到第二排房子，此时只见两位男子和两位少妇正在忙着将宰好的羊分割处理。我们把“考察证明”拿给一位中年男子看，请求给我们弄顿饭吃，他用汉语说：“可以，没问题！”并热情地把我们请进屋里就座。

考察队受到阿里昆萨区区长旦增洛布一家的热情接待

大家进屋坐下。这是一间 12 平方米左右的房间，墙上挂着相框且用哈达围成，旁边的衣架上还挂着一把手枪，墙上张贴着 2 张奖状。交谈中得知男主人叫旦增洛布，是昆萨区区长，他说：“我在 14 岁时，到西安民族学校读了 4 年书，后来又到西藏农牧学院上了 3 年大专，我能说一口流利的普通话，写一手漂亮的汉字，还能做一桌子适合汉族人吃的饭菜哩！”

他接着说：“西藏人民非常拥护共产党的领导。在阿里地区，牧民过着比解放前好得多的生活，牧民自产自销羊、牛，上交一些羊也是超额完成指标，但西藏由于交通很不方便，尽管资源丰富，但难以开发，只能靠牦牛运输。公路只有夏季可通，一到冬季便大雪封山，春天雪水融化又把公路冲垮。西藏虽有大型煤矿和金属矿，但西藏人民对国家的贡献主要是羊毛和羊。”

一会儿，旦增洛布的夫人端进来高压锅和一大盘炒羊肉、炒洋葱，添上筷子，再给大家盛上香喷喷的大米饭。一下子，满屋飘散着熟悉的饭菜香味，这是久违的美味，也是来之不易的美味；尤其是在藏北高原出自藏族妇女之手，还用上全套的汉式餐饮器具，这是藏族人对汉文化高度认同的具体体现。

我们到旦增洛布家做客，只有少许吃剩的奶糖作为给他三个小孩的礼物。他的妻子不懂汉语，但很热情。为了答谢他们全家人的盛情款待，我们唯一的感谢方式就是邀请他们拍几张全家福照片。

最后，我们向他们表示感谢并握手告辞，又继续上路了。

四、在巴尔兵站吃上饭

我们推车每前进 100 米就要停车喘粗气稍作休息，除了累、无力、呼吸困难，更难受的是头晕眼花，此时每跨出一步，就需付出更大的气力。唐海全看来特别辛苦难受，机械地推着自行车已落到队伍的后面，无力的眼神盯着地面，严重的高原反应使之拼尽力气向前迈进。我们同样感到胸闷难受，话也不想多说，就这样机械地向山顶艰难推车前行。据科学测定：一个内陆人在西藏室内坐着办公一天的体力消耗，等于在平原上背负 40 斤东西走上一天。由此可见，我们在藏北高原的长途跋涉，相当于对人体能量消耗的极限发起挑战。

下山本是舒服的事，但路面布满了沙石，凸凹不平，震得肠子直翻滚，痛得直想吐，自行车好似漂泊在大海中的一叶小舟，时而被抛上浪尖，时而又坠落谷底，形成强烈的上下振动。此时，干粮早已吃完，肚子饿得难受，头晕目眩，推车只是促使两腿做惯性运动，尽管体力已严重下降，也要不停地向前进。假如停在这里，大家将会饿死。迎面开来一辆汽车，司机说前面有个兵站，我们高兴极了，得救的希望就在眼前，大家加快速度，蹚过河水碎石滩后到达了巴尔兵站。

在阿里那不如乡和噶尔雅沙乡的沙石路上艰难地推车前进

我们一到兵站的第一件事就是找饭吃，已经是夜晚9点半了，兵站用电是通过旁边机务站的柴油发电机发电供应，此时的兵站已全部停电，照明只能用蜡烛。

与门土机务站战士王兵背靠神山——海拔6600多米的冈仁波齐主峰合影

直到晚上 11 点才来电，出纳员很热情，我们买了部队军用罐头：猪肉丸子 500 克 1 瓶 3.65 元、牛肉 1000 克 1 瓶 6.20 元，请炊事员帮忙加工炒成 2 样菜，煮了一大锅米饭。刚吃了一碗饭，电又停了，我们只好把饭菜拿到房间吃。大伙儿打着手电，吃得很香，肚子饿的时候能吃上香喷喷的大米饭和炒肉真是再幸福不过了。

五、中印尼三国的边境县——普兰

普兰是中印尼边境县城，作为青藏高原的西南门户，被称为“雪山环绕的地方”——南有喜马拉雅山，北有冈底斯山。翻过喜马拉雅险峻隘口急转直下，便是尼泊尔和印度。

在藏民族精神世界中普兰地位独特，盛名经久不衰，具有其地理、文化、历史、宗教等方面的多重因素。简而言之，它的神山圣湖——冈底斯主峰冈仁波齐和玛旁雍措——神圣到极致的象征。

普兰边贸市场分东风桥头市场和唐嘎市场两部分。唐嘎市场也被远近的人们叫作“国际市场”。正面的石洞屋商店是印度商人、尼泊尔商人和藏族商人经商的场所。唐玄奘西行天竺时经过普兰(图为与门土机务站战士王兵和普兰招待所服务员小张在东风桥头合影)

普兰是西藏自治区的特区。普兰县会集了印度、尼泊尔和本地的商人，他们住在简陋的帐篷里，那一个个帐篷既是生意交易场所，也是家庭居住地。我们来到一座木桥前，桥上插着风马旗迎风招展，这是藏族人用来祈福的一种吉祥物。过了桥，来到一片藏族雕房前，我仔细观察它的房屋结构，发现藏民居住的雕房是建在山腰上，前后左右的房屋依山势的落差而很有规律地建成二层建筑，而且屋顶不是盖瓦，而是像水泥板结构，在屋顶四周都插上各种彩色的小旗，屋的四周用鹅卵石砌成矮墙，所有的房屋都是建在一层层的梯形山腰上。

藏北高原强烈的紫外线和干燥的寒风，致使队员的嘴唇干裂出血，脸皮呈鱼鳞状脱落；脸上早已布满了粗糙的纹路，与当地的藏民没有区别

我们上到山顶，500 米内是三排泥屋，旁边还有断墙，这里就是普兰“国际市场”，本地人还形象地称之为“坦克”市场：一座座房子就像一辆辆整装待发的坦克一样。今天来的人并不多，也许不是集日，一旁的路上，有位尼泊尔人背着五六匹呢子布料，另一位汉人跟在后面走在羊肠小道上，大概是那位汉人买了布，尼泊尔人在替他搬运货物吧。

我们走进“坦克”市场，这哪里像市场，破旧的泥屋一间间地连续排列着，那三排房子中间的两条“街道”肮脏不堪，羊毛成卷乱放，驴、马东一头西一匹在吃草料，外籍居民到处乱倒污水，公共卫生条件堪忧。我们逐一走访各私人经营的商店，尼泊尔人、印度人一般经营的是呢子布匹、红糖、首饰以及零碎的日用品。他们的柜台也很特别，只有30多厘米高，用毛毯铺盖，旁边是床，柜台后面也用毯子盖住，妇女或男人就躺在那里，顾客要买商品时他们才起来。

有一点让我们好奇的就是印度商人卖的圆珠笔，足有30—40厘米长，通常比一般的笔粗得多，也长得多。我们几个在市场里随便转转，并没有买东西的意愿，唐海全倒是以1∶2的比值换了一张尼泊尔钞票留作纪念，他高兴极了。

六、被大雪困在巴噶机务站

车队来到巴噶机务站，唯一驻守的战士王兴平得知我们的来历之后，非常热情地招待并要求我们多住些日子。他是1986年高中毕业后入伍，准备考军校，今年由于名额有限，明年再争取，谈话中看得出他好学上进，对我们高校教师有种特殊的情感，好似遇到亲人一般，晚餐是在热烈、愉快的气氛中度过的，直到12点钟，我们才回到隔壁空房搭帐篷睡觉。

第二天一觉醒来，被唐海全的喊叫声吵醒："下雪了，下雪了！"李满光从帐篷里出去一会儿后回来说："今天走不成了，连路都看不清楚。"我不以为然地说："只要不下大雪，照样可以赶路。"就在我们七嘴八舌时，王兴平进来插了一句："今天你们走不成了，假如要上路，肯定会迷路的。"小王一脸恳切之意，显然想挽留我们，一个人守着机务站的空房不免无聊，另外，他也想与我们好好聊聊报考军校的事。最后大家还是统一了意见，决定明天再走。

出来100多天，大伙儿趁今天下雪困在机务站的机会第二次打牌。过了一会儿，小王要我们到他房间去打牌，那里有炉子，房子暖和，同时他做饭也好有人说说话。于是，我们转到了他的房间里。我们边做饭边谈一些青年人较感兴趣的话题。小王跟我们说得最多的话，便是他准备报考军校的事。正当我们谈得很投机之时，电话铃响了，是由巴尔机务站打来的，原来，小王同班的两位战友要去普兰，经过这里，预先通知他煮好他俩的午饭。晚上，小王加蒸了3锅馒头（每锅只能蒸8个），为我们明天的起程做准备。

考察队途经藏北巴嘎机务站时，得到唯一驻守战士王兴平的热情款待，在提供了充足的食品补给后，我们于第三天冒着大雪封山而迷路的危险继续前进

唐海全如一尊塑像站在一望无际的皑皑白雪之中

第二天，小王把机务站库存所有的食材全部拿出来，做了红烧牛肉、炒大白菜、烧鱼、熟肉炒辣椒，再做了主食面片，5 个人吃得津津有味。吃过饭后，我们将小王为我们特别准备的干粮装好，包括一大脸盆油炸花生米、7 斤蒸熟的马铃薯、24 个昨晚蒸熟的馒头、6 斤炒面和 4 罐军用罐头。

下午 2 点钟，我们告别了小王迎着融雪的太阳，踏上了残留薄雪的戈壁小道。

小王与我们依依惜别，他不停地挥手，直到我们走到了一个转弯处，回过头来看见他依然站在门口，朝着我们离去的方向眺望。

七、过冰河，遇藏民搭救

早晨醒来一看，帐篷顶部结满了冰块，水珠直往棉毯上滴落，我的头发也已湿了。外面是白雪皑皑的世界，山上银装素裹，道路根本看不清楚。

9 月中旬，在藏北高原的高寒地区安营扎寨，夜晚又冷又饿使人难以入睡，直至第二天早晨醒来发现，头发也结冰了。图为收拾行装继续上路

早餐大家想煮点热汤喝，可以暖暖身体。然而，雪地里无法找到柴火，我们只好抓紧收拾行李，这时，双手已冻得发麻、僵硬，每过几分钟就得把手伸到嘴边哈气，用呼出的热气来温暖麻木的手指方能恢复知觉。推行了 2 公里之后，一条 10 多米宽的冰河横在我们面前，我一咬牙脱掉鞋袜，提起裤脚，卷起长长的军大衣的后摆部，推车过河。当两只脚一入水，便冷得直打寒战，到了河心，双脚已经麻木了，只是靠大脑的神经支配，硬支撑着将要倒下的身体，吃力地推着自行车过到对岸。我管不了到处是白茫茫的雪地，一屁股坐下来，用军大衣下摆部垫地，把两只冻红的脚埋到屁股底下，让身体的热量温暖麻木的双脚，好让它重新恢复知觉功能。姚远同样是脱鞋涉水而过，我想他的难熬不会亚于我，等过到河岸时，将自行车往雪地上一摔，就“轰”地一下坐在雪地里。待双脚恢复知觉后，我便穿上鞋准备继续赶路。雪依然在下。姚远力图把自行车扶起，然而他的伤手在急速往外冒血，假如不立即对伤口进行处理，会因雪水感染加上手指麻木，血液流通受阻，导致手指坏死。我马上拿出包里唯一的纱布给他缠上，同时让唐海全把手套给姚远戴，可手套早已让雪打湿了，没办法，我们只好抓紧时间往前推行，看能否碰到牧民的帐篷，好弄到吃的并能取暖。

约走了 1 公里，远远看到了 4 个黑色牛皮帐篷，旁边有六七个小孩在看着我们。我们 4 人不约而同地喊：“老乡、老乡你们好啊！”接着，孩子们慢慢走过来，同来的还有一位上了年纪的牧民，我们推车经过一小沟后把情况跟这位牧民作了说明，他很热情地招呼我们到他家的帐篷去，孩子们跟在后面。

温暖的帐篷让我们顿感困意全消，我们围着火炉坐下来，一股幸福感油然而生。主人倒上热乎乎的酥油茶，我当即喝下一大碗，身体马上觉得暖和了，又吃了个烧饼，心想：这真是雪中送炭啊！由于外面仍然下着雪，我们就在帐篷里待了近 3 个钟头，直到下午 3 点多，太阳才缓缓露了出来，这时候，雪也停了，我们赶紧向热情而善良的牧民们告别，又重新上路了。几个小青年和孩子对我们恋恋不舍，一直跟随我们走了 1 公里，这才停下来目送我们离去。当我们在雪地里推车走了很久，停下来休息的时候，姚远还颇有感触地说：“今天幸好有牧民搭救！”对牧民朋友的及时帮助，大伙儿都很感激。

唐海全拿木棍试探冰河的水深

八、充当临时医生

我们脱鞋、推车蹚过了一条又一条浅水滩，这些纵横交错的河流是冈底斯山的冰雪融水汇集而成，这一带还是雅鲁藏布江的发源地。时间到了下午2点多钟，我们想找牧民弄点吃的，这一片原是一个大牧场，可现在他们都已经搬走了。一望无际的草原呈现出荒凉的情景使我们感到很失望，假如在这段路上找不到人，后果将不堪设想。我实在走不动了，需要赶紧补充能量，就叫唐海全拿出油炸花生米来吃，而姚远和李满光则拿出弄湿的毛毯在路边晒太阳。

稍作休息之后，我们继续前进。远眺前方，但见两边的山慢慢向中间靠拢，形成一道狭窄的口子，四周是零星的草地，路却宽畅平坦多了，我们想这里大概是山口吧，走出山口便无须再走山路了。然而越向前，山口越大，直到天黑走近后，这才看清楚两山之间其实距离很远。到达这里，我们大约走了一个半钟头。

借着黄昏的余晖，远处可见一条长长的黑影在移动，我们断定是牧民居住的地方。队伍朝着那个方向前进，离黑影500米处，终于看到了一大群牦牛，还有1个帐篷，但一丝亮光也没有，再走几分钟被一条死水沟挡住了去路，顺沟而上，半小时后到了小沟的源头，小沟对面是一片高低不平、长满杂草的牧场。我们大声喊着"老乡"，这时，黑夜中有个头戴高帽，身高足有一米八三的中年牧民向我们走来，他能听懂一些汉语，边说边比画手势，意思是说有位亲人病倒在床上。唐海全说，我们有药，叫他领我们去看看病人，牧民欣然同意。

在牧民的带领下，我们来到了漆黑的帐篷里。我拿出电筒往里察看，但这位牧民叫我不要去看病人，或许按他们的习俗是不让外人看自家病人的。唐海全取下行李袋，跟牧民边讲边做手势交换意见，终于明白病人是肚子痛。唐海全拿出药，让他给病人用温开水送服。他在跟病人的对话中我们隐隐可听出，病人是他的母亲。不久，他的老婆从外面回来后也微笑地跟我们打招呼，她也边说边用手势比画着，我们明白她正头痛得厉害。唐海全又充当起临时医生，给她拿了几片止痛片，也让她用温开水送服。但两次给药，她们都没吃，大概是不想让我们看见她们服药吧。

大人和孩子都对我们感到好奇，总是用异样的目光看着我们。我对他们边说边做手势，意思是说我们肚子很饿请给些吃的。随即，他们夫妇俩拿出糌粑粉往里倒入酸奶，给我们每人一碗，我吃了一口，可根本吃不惯，咽不下去。对我们的这些反应，夫妇俩全看在眼里，于是女主人拿出一口大铝煲，从一个白色小布袋里掏出一些大米，再将大米和清水一起放进铝煲里，最后将铝煲放在牛粪炉上煮。男主人则拿出一块牦牛肉，并从腰间抽出佩带的藏刀，将牛肉割成块放进锅里。他还不忘拿起一块放进嘴里生吃，并问我们要不要。我们急忙摆手谢绝，却见他吃得津津有味。他似乎意识到了什么，很风趣地喃喃自语，不时还俏皮地扮鬼脸引得大家哄堂大笑。我们彼此学习简单的藏语和汉语，他不时表现出非常逗人的表情，整个氛围既轻松又很有趣。时间过得真快，我抬手看看手表，大约过了1个小时，牛肉粥煮好了，女主人给我们每人自带的饭盆盛满了稀粥，对藏北高原尤其是阿里牧民来说，这慢火煮的牛肉粥实在是贵宾才有的待遇。

尽管这粥的牛膻味很浓又有酸味，而且粥还是半生不熟，但在当时饥饿状态下，我还是吃了两饭盆粥，由于体能消耗极大，需要及时补充碳水化合物和蛋白质，促进体力尽快恢复。

而后，我们就在他们家的帐篷边上搭帐篷宿营，主人借给我们羊皮等一些保暖物品垫在地上睡觉，这时已是深夜 12 点多，藏北高原旷野的寒风一个劲地呼啸着，让人感到异常地冷。

九、凄凉的中秋之夜

中秋节到了，大家昨晚就念叨着要找到区政府招待所，美美地吃一顿节日饭。

但直到下午 6 点多，我们才到达霍尔巴草场，前面是宽阔的马泉河，水流湍急，河中央一辆东风牌卡车陷在那里，水已浸过了驾驶室，任凭流水冲刷；岸上一辆重型卡车满载油桶也停着不走，旁边还搭了一顶大帆布帐篷，有 2 位藏族小伙在看守车辆，卡车就是因河水深而困在这里，只好先搭帐篷看守货物，他们说等水退后再过河。

我们问他们河水哪里最浅，一位高个青年领我们来到上游 80 米处，他说这里的水位到大腿。于是，我们 4 人决定涉水过河，李满光一马当先脱掉军大衣和长裤，把自行车连同行李扛在肩上就直接下河了，他一脚一脚地往对岸移动，此时正值寒风凛冽，我们穿着军大衣在岸上一边对他提醒，一边看着他慢慢登上对岸。第一位挑战者成功了，顿时岸上发出了一阵欢呼声。

接着唐海全推车蹚水过河，这更省力，为了行李不浸水，此种方法很合适。他开始推得较快，但接近对岸约 5 米处时，移动速度明显放缓，甚至停在那里不动，河水已浸至自行车锁而紧贴行李了。此时，只见唐海全拼尽全力维持自行车的平衡，因为水急，河底又是石头泥沙，双脚难以站稳，极难保持身体平衡，但最终他还是上岸了，大家同时报以一阵热烈的掌声和欢呼声。

我是第三个下水的，同样是脱下长裤，打着赤脚，冷风吹来直打哆嗦，大腿的鸡皮疙瘩一粒粒显出紫红色的斑点。在离对岸 5 米处时，自行车被急流冲歪了方向，后轮向右滑，行李袋也浸水了，河水冰冷刺骨，我死死扶住自行车把，越往前用力，后轮倾斜得越厉害，到后来，我猛用力上提车把，方使自行车平衡，湍急而冰冷的河水冲得我两脚麻木都快站不住了，只能慢慢移动，我两眼盯着对岸，时间一分一秒地过去，几乎使出了吃奶的劲儿才终于登上了岸。

姚远最后一个过河，他也是采取推车过河的办法。藏族青年隔河向我们挥手，祝贺顺利。

天色已近黄昏，太阳的余晖洒满了绿色的草原，渲染出五彩缤纷的色彩。这个时候，羊群、一眼望不到边的草原、山峦、雪水河、分散的房屋聚合起来，宛如一幅奇特的自然风景画。我们在朦胧的光影中寻找区政府所在地。天慢慢黑下来，我们仍然不知道区政府在哪里。看来中秋之夜要在牧民家里过了。远处有一座房屋很像藏民的住地，于是趁着夜色往前推进，但走近一看，原来是个闲置的羊栏。只能再找其他地方了，这时又发现远处有两个小黑点，像是牧民的帐篷，于是我们朝着它们足足推行了 20 分钟，眼看就要到了，可偏偏一条臭水沟横在了前面，我们只好顺着水沟逆行。

考察队忍饥挨饿地在藏北草原寻找宿营地

我们仍然在到处是老鼠洞、高低起伏的荒草丛中寻找道路，我实在太累了，此时肚子空空，又冷又饿，真不想走了，恨不得就地搭帐篷，但伙伴们走得比我有劲多了，他们坚持要找到牧场，因为那里有人家，就能找到吃的。我只好跟在他们背后深一脚浅一脚地向前挪动。看不到一丝亮光，到后来连方向都觉得错了，就这样转了四五公里，直到 10 点多钟才发现前面似乎有个橘红色的东西，走近一看才知道原来是那部陷在马泉河中的汽车。天啊，又转回来了！

借着月色，我们找到了那两个小伙子，他们把我们领入帐篷，我们说出自己的困难，希望弄些吃的，他们当即给了 3 碗青稞粉和一大块羊肉，接着又带我们到 20 米外的另一个帐篷里煮吃的。我们把青稞粉用盐搅拌后做成大烧饼，帐篷的主人则帮我们用牛粪烧火，还准备了一些去膻味的辣椒粉，一会儿工夫，三大碗烧饼和一大锅羊肉汤做好了。这个中秋夜总算填饱了肚子。

吃完晚饭已是子夜，我们走出帐篷，看到不远处有两排长长的房子，就想过去搭帐篷，但牧民说没有空屋了，且都是牛、羊栏。我们站在寒风中，一时不知如何是好，最后没办法，只能背靠牲畜栏搭帐篷住下。此时已是凌晨 1 点半了。

十、难忘的帕杨补给

早晨醒来，帐篷都结满了冰块，我们首先把潮湿的毛毯、浴巾拿到太阳底下晒，一会儿，藏族老人送来一壶热乎乎的茶水供我们早餐用。

唐海全给李满光剪了个光头，真好笑，一个多月没洗头，两个多月没洗澡只能这样处理了。而后，我们于上午 11 点钟向帕杨进发。

由于唐海全清早去勘探了公路，我们又重新走上了“正道”，原来是顺着山脚而往东延伸的。走完大约 2 公里，坐在草甸子上休息时，我披上雨衣，让李满光也给我剪了光头，大家觉得既好笑又无奈。在这样的生活条件下，只能以方便舒服为上策。我摸摸头皮，像皮鞋刷似的，这是我有生以来第一次剃光头。

也许是昨晚的羊肉给身体补充了能量，今天我和李满光一直都走在最前面，姚远、唐海全说我们光头减轻了负重。下午 4 点多钟，我们到达帕杨，找到了帕杨区政府。

区委书记接待了我们，他是藏族人，查看了我们的所有证件，对我们的随身物品也很感兴趣，还翻看了我们的行李，翻阅了我的日记、笔记，对我们了解清楚之后，请我们到他办公的房间里座谈。书记向我们介绍说：“此区虽然与去年比经济收入有所增长，但仍然十分落后，交通不便，牧民需要的物品运不进来，而牧民生产的羊毛、羊皮也运不出去。”我们也认为，从目前以至今后相当一段时间，交通问题是阻碍西藏经济发展的瓶颈问题。

趁此机会，我向书记提出买些大米或面粉，他便将家里的 10 斤米送给了我们，然后再带我们到区政府招待所休息，我们非常感谢他。

招待所房间简陋，只有 3 张床，但有炉子可以做饭和烧开水，我们感到很满意。接着，首先要解决的就是吃饭问题，而且要吃好，难得有条件可以自己做饭，就能够尽情享受生活了。于是，李满光、姚远去捡牛粪当燃料；唐海全去打水、生炉子、煮饭；我则到商店购买各种急需的食品和日用品。

李满光远望藏北牧场，搜寻宿营地

待我从外面购物回到招待所，炉子已垒好，牛粪也捡回来了。唐海全到区长那里借来了高压锅，而后又碰见小扎西（约 15 岁，能讲一口流利的普通话）并交了朋友，再由小扎西带路一起到牧民家里买回来一个牛脖子，足足有 10

多斤重，花了 10 元钱，大家一致认为这非常便宜。我说，这里找不到生姜，如果有烧酒加到牛骨里一起熬能去膻味，那味道绝对一流。

小扎西可帮了我们大忙，应该感谢他。于是，我送给他一条贝壳项链，他非常高兴，爱不释手。接着，他出去后不久又回来了，送给我们一大瓶青油、五支蜡烛，还有一些盐巴和用来作调料的白酒。太有心了，我刚才说的话他全听进去了。这下可好了，做顿好饭吃，全都齐啦！此时，大伙儿满心欢喜。

姚远和李满光花了 2 小时用藏刀把牛脖子切好，并分成今天吃的，明天早餐食用的，以及带到途中食用的。10 点钟，我们终于吃上了香喷喷的大米饭和一大高压锅的牛肉汤。姚远说："昨天中秋之夜还不知在哪里过，而今天算是补上了。"也确实如此，今天是八月十六，月亮更为明亮浑圆，可谓是"十五的月亮十六圆"。另外，在黄昏之时，还在小卖部买了一些食物、糖果和香烟，价格也较便宜。

吃完饭，唐海全、李满光由于喝了白酒先睡着了，我和姚远把第二锅牛肉做熟后，再煮了满满一锅米饭做成饭团（牛肉、米饭、牛肉汤和少许盐巴的混合），准备明天上路的干粮，一直忙到深夜 2 点钟，我俩才躺下睡觉。

第 114 天行程 20 公里，114 天共行程 9420 公里。

十一、黑夜遇狼

唐海全一起床就开始生炉火，我随后起床，将装着昨晚煮好米饭的高压锅放在熊熊的炉火上加热，然后才去洗漱，此时已是上午 9 点半了。这期间，李满光用剪刀给姚远剪了个光头，像个小和尚似的，大家都觉得好笑。又多了一个"光头佬"，已经是第三个了！

时间过得很快，做饭、检修车、准备干粮……因为实在太累，吃完午饭又睡了 2 个多小时。下午 4 点钟我们才出发向仲巴方向挺进。白天行进在藏北高原上，只要有充足的食物补给，累点倒无所谓，至于长途跋涉那都已经习惯了，成为每天的工作常态。进入黄昏，日落的西边出现壮丽的晚霞，山顶的余晖将芳草地映照得通红。

这个时候，我们进入了一片上下起伏不定的山坡地，前面是一个接一个的岔道口，我们靠自己的直觉判断着往前走。当我们下到山脚，天已经完全黑下来了，远方漆黑的山峦上闪着雷电光，四周是一片沼泽地，没有一丁点儿响音，死一般的寂静。过了不久，迎面开来一辆吉普车，待车子停了下来，我们问司机："这里距仲巴县城还有多远?"他说还有 50 公里，我想明天也许能到吧。

为了明天晚上能及时赶到仲巴，我们决定今晚赶路。队伍在厚厚的沙土、狭窄而又弯曲的小道上前进。藏北高原的月亮迟迟不肯出来，我们只能摸黑前进，路上朦胧的白影给我们指示出沿着此路走是对的，4 人缓缓向前，谁都不敢落下，也不敢在这荒野狼嗥之地逗留。

突然，我们隐约听到从远处传来微弱的狗叫声，肯定是牧民居住的地方，大伙儿正在猜测疑惑……"有亮光!"李满光喊了一声，我们本能地停了下来。接着，唐海全向我要过电筒后，将自行车架住，拿手电顺着刚才闪过的亮光照射过去，他一边向前走一边大声喊："老乡——老乡——"我们站在黑暗的远处只闻其声，不见其人，怎么就没动静了呢？不久，唐海全回来了，他说："我走到刚才的亮光处停下来，拿手电筒照过去，一边往前走一边喊'老乡'时，才看清像狗一样的黑影，两只眼睛发出蓝光，那是一匹狼，它正盯着我，看了一会儿就跑了。"原来是这样，夜晚天黑，错把狼当成人了。

晚上 10 点钟，月亮终于从山顶上缓缓地爬了出来，朦胧的月色增加了我们的胆量，北风呼呼作响，我们依然不停地向前！又走了半小时，大家实在是又累又饿了，前边有处羊栏是用大石块砌成的，它能抵挡一些风的袭扰，虽然牲口的粪便遍地皆是，可总比在荒野里好点吧。就这样，在靠石墙的左边，我们又一次搭帐篷宿营，不过今晚是住在羊圈中。

十二、与仲巴武警战士在一起

车队于黄昏到达仲巴县，在两位武警战士的引导下，我们住进了仲巴武警中队招待所。中队的志愿兵对我们的到来很热情，由于食堂开饭时间已过，他叫几位战士用喷灯在战士营房给我们开小灶。这里的战士大多数来自四川，有些也是藏族人，都是 20 岁左右的年轻小伙子。我们与他们交朋友，亲切地谈心，气氛热烈。战士们说："我们目前还可吃上新鲜的大白菜，平时一般都是吃罐头。"

仲巴县城规模较小，全县有 12000 人，县城只有 2000 多人，大部分的建筑物都是土墙。

第二天，有个战士到招待所叫醒我们去吃饭，8 点半开饭时间已过，我们自带饭盒到中队食堂。炊事员早已给我们留出了饭菜，有可口的稀饭和馒头。多少天来都是受冻挨饿，现在可是在享受美食。

我们住在招待所，不时有战士过来找我们聊天，他们说，后面商店正在营业，若需要购物可以前往选购，因为商店是定时开业，下午就不开了。由于目前的必需品急需补充，我立刻前往。

仲巴县城虽然只有 2000 多人，可小商店已有很多人了，服务员大多是藏族人，但基本能听懂我说话，而顾客主要来自附近的市民及牧民，我本来是想买些香烟，一问才知道，要用票证才能买到，不供应零售，顾客都是整条地购买，后来经打听才知道明天是国庆节，这些都是节日供应品，这种情形就像 20 世纪 70 年代我在家乡看到的情况一样。

回到住地，又来了几位中队的战士，他们正跟李满光、姚远闲谈。他们说中队今天宰猪，晚上加菜，明天聚餐，你们真有口福，赶上时候了。

午饭吃上了四川味道的饭菜，是炊事员另外给我们留下的，不过这次是他们邀请我们在宿舍与他们共进午餐。

午饭后，我们到住地对面与年轻的藏族公安局局长座谈，他说他很喜欢摄影，随即拿出自己的作品给我们看，并且非常谦虚地要我们提出意见，他的作品有两张较好，是以西藏蓝天白云为主题的作品。他说自己汉语水平较差，想了解怎样才能提高拍摄水平。李满光向他建议：每次摄影记录光圈速度；对比前后摄影的作品，找出差距；把作品加上主题名称，寄往摄影协会，并要求入会，以与其他会员共同进步。由于他去年才从北京公安大学进修回来，他又拿出毕业纪念册给我们看，他的同学对他的评价都是实在、忠厚。

由于考虑到经费要能在我们到达拉萨时接上，需要发电报给蒋应雁和罗卫强把钱速寄到拉萨团市委，我们请他帮忙，他很爽快地答应了。

有位战士因李满光帮他维修了自行车，给他送来了一条大前门香烟，我起初以为是帮我们买的，原来是作为酬谢的礼物。

中队昨天宰了头猪作为战士聚餐之用，伙食科的战士通知我们，今天每人算 8 元伙食费，与战士一起聚餐，我们非常高兴地加入他们。

5 点，中队 30 多位武警战士以班为单位聚餐，我们 3 人的菜，炊事员早已分好在那里，五菜一汤，量还是挺多的，我们拿回房间后，摆在临时的餐桌上，就放开胃口尽情地大吃。一个多月来都没有吃过这么丰盛的饭菜了，有鱼、有肉、有汤，全是四川特色的菜；汤喝不了，辣椒多，红油也多，汤都成黑色了，吃到最后，菜还剩一大半，就留到晚上当夜宵吧。

下午2点钟，我们买了36个馒头(3毛钱1个)，告别中队战士又出发了。

十三、无奈的抉择

我们在离开仲巴之前，为了将唐海全尽快送走，在仲巴武警中队战士的帮助下，找到了一辆当地邮电局准备于9月29日开往日喀则的邮车。我们三人向藏族司机说明了唐海全的伤情之后，请求其提供帮助，他很乐意地答应将唐海全顺路送到日喀则。

事情还得从半个月前考察队抵达普兰说起。在队伍进入普兰的第二天晚上，大家利用空隙时间补写近几天被落下的日记，等写完大伙儿感到肚子饿了，唐海全说到外面去看一看能否找些吃的回来，我们都说："好，好！"于是，我就支给他10块钱，他接过就单独一个人出去了。

然而，就在唐海全买了两包饼返回的路上，遭遇3个歹徒的抢劫，搏斗时，他的头部被歹徒的铁棒打伤了。唐海全跑回驻地推门进来，冲我们大声地喊道："我碰到抢劫了，头被打破了，疼死了！"只见他满脸都是血，一只手还提着一小袋饼，另一只手则按着头部。我们3人立即围了过去，看着唐海全的伤，大家的第一反应必须马上将血止住。

我赶快从行李袋中取出云南白药撒在唐海全的伤口上，一会儿就将血止住了，并对伤口做了简单的包扎处理。我安慰唐海全说："现在没事了，今晚你忍一忍疼痛，好好休息，等明天我再陪你到医院找医生缝合伤口。"

第二天一早，大家伴随着唐海全"疼啊……疼啊……"的呻吟声陆续起床了。

大伙儿扶着唐海全到餐厅吃早餐时，李满光向服务员打听到了普兰医院的地址。随后，我骑自行车载着唐海全找到了普兰医院。接诊的是一位40多岁、戴近视眼镜的瘦高个医生，在他的胸牌上写着"才旦仁茨"的字样。我首先向他说明了唐海全受伤的情况，并将"考察证明"及我俩的工作证、身份证递给他看。

“呵！你们是大学老师，到普兰考察几天了？他是怎么受伤的？”才旦大夫看着我询问。

“我们到这里已是第3天了。昨晚他单独外出遭到抢劫被歹徒的铁棒打伤了。”我指着唐海全说。

才旦仁茨大夫随即对唐海全的伤口进行了详细的检查，确定伤口的尺寸：长3厘米、深0.07厘米。他根据唐海全受伤后的身体反应诊断为脑震荡。接着，他给唐海全的伤口缝了3针并作了消炎和包扎，还给开了一些内服消炎药，并嘱咐明天上午来复查。他对唐海全说：“一周之后再回来医院拆线。”我心里琢磨着，我们可等不了那么长的时间，目前伤口已作了消炎处理，由于气温较低，伤口不易感染，等一周伤口愈合后，自己用剪刀消毒后帮其拆线就可以了。

第二天上午，我陪唐海全再次来到医院。才旦仁茨大夫一见到唐海全便问：“昨天打了针之后你有什么感觉？”

“我觉得伤情没有多大变化，伤口一直隐隐作痛、非常难受，还有头晕、睡不着觉，我担心脑部受到损伤。”唐海全回答之后要求医生给他做脑电图检查。

才旦仁茨大夫却说：“这里条件差做不了脑电图检查，只有到狮泉河或日喀则才能做得了。”接着，才旦仁茨医生开了一张转院证明交给唐海全。我俩向大夫致谢之后回到了宾馆。

藏北高原的气候已进入了深秋，即将迎来寒冬。我们不敢在普兰多耽搁，如果10月份都走不出来，等大雪封山，大家就只能待到第二年的开春时节才能继续前进。

然而，唐海全因头部遭受重伤，流血过多，他的脸色苍白，没有一点血色，加之在昆仑山红柳滩时就已开始便血，这种状况着实令人担忧。鉴于唐海全目前的身体状况，队伍应该停下来休整三五天，以使其身体尽快恢复。但因全队的考察经费非常短缺，饭都吃不饱，更谈不上给他多增加一些营养了。

我们3人非常担心唐海全的身体这样下去将会垮下来，如果得了高原病肺气肿就更是束手无策了。针对当下这种恶劣的自然环境和他极其虚弱的身体状况，为了避免其病情往更严重的方向发展，我们3人商量了后，决定劝说唐海全退出考察，给足路费让其搭车返回学校。

起初，唐海全是不同意退出的，但经过大家的反复劝说，最后，他终于同意了。可以说，对唐海全而言，在第117天，走了9497公里，胜利的曙光已经越来越清晰的时候退出，肯定是有万般的不舍与遗憾。但艰难地走过了很长一段路，经历了各种生命极限的挑战，他也明白硬撑下去是不行的，因为生命安全才是第一位的，我们没必要做任何无畏的牺牲。

于是，队伍来到仲巴之后，我们向当地武警中队求助，战士们很热心地帮助我们四处打听，终于找到了一辆邮车，是开往日喀则的。司机很乐意地接受了我们的请求。

9月29日下午3点，我们3人准备与唐海全告别。分别前，我来到仲巴武警中队找司务长商量给唐海全准备些食物，他很爽快地到食堂找炊事员拿来了15个馒头交给我说："这些馒头送给你那个朋友带到路上吃吧。"真是雪中送炭，解决了我们的燃眉之急。离开武警中队时，我一再向他表示感谢。同时，我们也从全队仅剩的800元中抽出350元交给唐海全作为返回广州的费用。

分别之际，大伙儿也不知说什么才好，气氛凝重，唐海全尤其显得伤感，一副恋恋不舍的样子，大家也都为他感到惋惜。此刻，我鼻子一酸，强忍着泪水，只在心里默默地念道："战友啊战友，请你一定要多保重，平安顺利地返回学校。而我们3人必将继续前进，排除万难，去争取最后的成功。等全队胜利返回佛山之后，我们再举杯庆贺吧！"

十四、日喀则

日喀则市是西藏自治区下辖地级市，位于祖国西南边陲，青藏高原西南部，西衔阿里地区、北靠那曲地区、东邻拉萨市与山南地区，外与尼泊尔、不丹、印度等国接壤，平均海拔4000米以上。

日喀则建城至今已有600多年的历史，是西藏第二大城市。日喀则地区是西藏主要农业区，主要生产青稞、小麦、豌豆、油菜等。美丽旖旎的自然风光，独具特色的后藏生活，日喀则被誉为"最如意美好的庄园"，境内有"世界第一高峰"——珠穆朗玛峰。

我们经过拉孜县后，距离日喀则只剩100多公里，树木从无到有逐渐多了起来,公路两旁还可见到耕地,荒凉之感慢慢消逝,有些村庄颇像北方农庄建筑。道路两旁种满了青稞,长势茂盛,看到这种情景我们的心情自然好了许多。

村子附近种着成排的杨柳树,有七八米高,旁边则是高大粗壮浓荫的榕树。这里的藏民主要从事农业生产,勤劳的藏民赶着牛翻地,青稞地大部分收割完了,一堆堆地堆放在田里,井井有条,一大片收割完的田地里,到处可见驴、马、牛、羊等牲畜在争食着牧民打下的秸秆。

车队于天黑后到达西藏第二大城市——日喀则市,这里的街道没有灯光,我们只能凭借着两旁房屋透出的余光辨认着道路,找到日喀则市政府招待所二所才住下,房间的条件还不错,里面有一套沙发,我们将行李放下后即到街上找饭馆。实在饿极了,我们来到一家川味餐馆,点上 3 菜 1 汤美美地享受着,味道好极了,若汤里不放辣椒就好了,虽然贵了点,但很合口味,也就不计较了。回到招待所,我们坐在沙发上尽情享受着这份短暂的舒服,这一个多月来我们都是风餐露宿或住在简陋的屋子里,此刻我感到特别放松。日喀则气温较温和,让人感到清爽愉悦。

日喀则扎什伦布寺

早饭是在招待所吃的,伙食标准与本单位职工一样,算便宜的了。现在主要任务是采购些必需品，大家进藏一个多月还未喝过西藏的特产青稞酒，今天看能否买到品尝一番。于是，我们骑自行车穿过繁华的大街小巷，留心藏族人民的生活习惯，看到市场上的商品品种繁多，可见产自广东、香港的衣服。小店铺也挺多，大部分是汉族人在经营，而藏族人经营的主要是小百货店，卖些干货或其他日用品。我们在藏民开的商店买了一斤柿饼（2 元一斤），这传统食物我都很久没吃过了，现在吃起来别有一番风味。

日喀则市的楼房一般只有 4—5 层，街道两旁是林荫小道，但树木还未长高，这在西藏还是不错的了，在气温较高的这一带才能见到树木。

我们计划到日喀则后，想痛痛快快地喝上青稞酒，于是通过询问，得知在一处十字路口有藏民卖，我们找到那里，见妇女在售卖，每壶 1 元 1 角（1 壶有 4 斤重），我们买了一壶，后来又到藏民开的小卖部买了 2 斤白糖（1 斤 1.8 元）。

日喀则地区招待所留影

回到招待所，第一件事就是将 1 斤白糖倒入青稞酒里搅拌，然后倒了满满一碗，先喝上一口，味道真是好极了，就像家乡逢年过节时喝的米酿酒，酒精度数与啤酒相当，醇香且甜润，喝完一小碗，我觉得脸有些发烧并逐渐红了起来。

十五、抵达拉萨

拉萨是藏传佛教的圣地，又叫“日光城”，位于西藏高原的中部，是西藏自治区的首府，是自治区的政治、经济、文化和宗教中心，海拔 3658 米。

拉萨全年多晴朗天气，降雨稀少，冬无严寒，夏无酷暑，气候宜人。全年日照时间在3000小时以上,素有“日光城”的美誉。

作为首批中国历史文化名城,拉萨以风光秀丽、历史悠久、风俗民情独特、宗教色彩浓厚而闻名于世。

出了日喀则,可见水源丰实的大片农田,包括葱郁的麦田和不少鱼塘。远远望去,这里就像南方农村一般,普遍从事农田耕作,与藏北高原的游牧生活方式形成鲜明的对比。沿途可见光秃秃的山峦将农田挤压成狭长的一块,而不像南方是一望无际的庄稼,但这在西藏高原地区已是难得。农村的碉房附近有许多树木,四周还堆放着一堆堆牛粪,这是藏民准备的日常燃料,说明这一带的藏民是半牧半农的生产方式。

布达拉宫全景。1988年10月12日,摄于拉萨劳动人民文化宫

碉房是藏族建筑的特色,它的房顶就像水泥板似的,周围由突起的矮墙围住,围墙的四周插满了吉祥如意五颜六色的风马旗。有的房顶还有象征吉祥、祈福,用彩色布条和哈达扎成藏族妇女模样的布人,并在布人身上系上一条条彩色的布条拉成的装饰物随风飘扬。而有的村庄碉房密集,一栋栋、一座座排列在一起,并有自己的小院子。常常可见整个村庄的碉房都插满了风马旗,就像当年古战场中的城堡一般,有的村庄建在山脚下,一面靠山,在绿色树木的点缀下,也有藏南风景的味道。

黄昏即将来临，自行车队沿着雅鲁藏布江顺流而行，经过由部队战士把守的雅鲁藏布江大桥而进入曲水县。骑行在平坦的柏油路上，我们的心情也变得越加舒畅，一个多月没有走过这么平稳的路，又即将到达拉萨，这心情就更是高兴了，天黑下来，前面一片灯火闪烁，这就是雪域高原的拉萨市。高楼的灯光闪烁如白昼一般，唤起我遐想，仿佛回到了南方的都市。而后，我们经过拉萨宾馆，找到拉萨市政府招待所二所，此时已是晚上 9 点半。服务员安排我们住在 2 楼的一间 3 人房(每铺 8 元，但实际结账可算 5 元)，房间配有沙发，还铺上了地毯。此时太饿了，大家放下行李，就到附近的一家四川饭馆吃了饺子和云吞。

位于拉萨市与大昭寺相连的藏式碉房民居

十六、热情的《西藏日报》编辑

雪域高原的拉萨其实有几分像内地的城市，街道上各种车辆川流不息，熙熙攘攘的人群显现出都市的特征，与内地不同的，就是生活在这里的藏族市民似乎更悠闲自得，习惯了缓慢的生活节奏。

我们找到拉萨团市委，团委的同志热情地接待了我们，他们已收到我们从仲巴拍来的电报，但广东的汇款还未到，叫我们这两天有空就过来看看。我说，我们考察队住在市政府招待所二所，如果收到广东的汇款请尽快来电话通知。我们在团委只逗留了10分钟,向他们表示谢意后就告辞了。

我们骑着自行车穿行在热闹繁华的都市,通过一位交通警察打听《西藏日报》报社的具体位置,我们直接找到新闻部,一位年轻编辑得知我们前来的目的之后,便热情地领我们来到办公室,有一位中等个子的青年正在看杂志,这位领我们进去的小伙子跟他说:"他们是骑自行车从广州过来考察的,你有无兴趣与他们谈谈?"随即,我们把考察证明及相关证件给他看,接着我们就聊了起来。

拉萨街景

首先,我们把这次考察的目的、路线、过程等基本情况介绍完后,接着与编辑相互谈了自己的专业情况。他说:"我是山东大学历史系84届毕业,主动要求到西藏工作,被分配到报社。"编辑跟体委部门较熟悉,得知我主要从事民族体育文化考察。他说:"体委现正在出版有关反映西藏体育风情的杂志,到时想办法给你们找些资料。"而后,大家就西藏考察的具体事项展开话题。旁边有位与我们年纪差不多的记者边谈边做记录。由于大家都是同龄人,谈起来非常投机。编辑问:"你们到西藏感觉怎样?"我说:"藏北牧区的牧民生活方式仍是非常落后,市区情况看来与内地差不多。"他说:"你们从开放城市广州来的，感觉反差大是正常的。”编辑跟我们说：“《西藏日报》旅游版每星期四出版一次，你们的情况将会在下星期的旅游版见报。”临走时，这才想起一个重要的细节给漏了：到目前为止，我们已骑行了 11000 多公里了。记者马上把这个重要情况补充记录。

十七、浴池旅社

8 点，我从床上起来，写了一页日记，9 点半就在招待所餐厅吃完早餐，是稀饭和馒头。之后，大家各自工作，李满光到街上买圆珠笔芯；姚远待在房间写日记和书信；而我由于昨天买的电热棒是坏的，今天拿回去换，同时我准备顺便到街上看看有无浴池，想舒服地洗个澡。大家都盼望经费早些寄来，现在全队经费只剩下 15 元，不得不停止一切活动，娱乐活动就更不敢想了。

我骑上自行车，一个人悠闲自在地骑向劳动人民文化宫，街上的行人、汽车并不多，但交通岗的警察则是每个路口都有，这里的市民还是很遵守交通规则的，看不到闯红灯的冒险者。由于对街道不很熟悉，我想找昨天上午买电热棒的那间小商店，直到问了看管自行车的藏族姑娘才找到。

我正准备离开，发现右边一行很大的汉字“浴池旅社”。太好了。转身问看护自行车的藏族阿婆浴池哪天开放，她说早就开放了，于是我接过自行车保管牌号就进了男浴室(票价 1 元)，一看到花洒，一种莫大的亲近感油然而生。是的，自入藏以来的一个多月，由于天寒地冻，加上根本用不上热水，衣服早就脏得不成样子，衬衫上的衣领也因天天磨损而破了一个大洞。此时看到一排排隔开的沐浴间，怎么不令人兴奋呢?

打开花洒，任凭雨点般的热水从头到脚洒下，我陶醉在这小小的公共浴室里，腿上一个月前就有黑皮物，现在是该让它们离开的时候了……这次洗澡前后用了 40 多分钟，创下这半辈子洗澡时间的最长纪录。出来时，顿觉全身轻松了，连日来紧张的肌肉、几乎硬僵的关节一下子放松了，这就是享受。

我重新骑上自行车通过一个拐弯处，来到了大排档，这里的档口主要是个体户经营的皮鞋店、小食店，人流熙熙攘攘，十分热闹。由于还没收到蒋应雁从广州寄来的经费，所以没敢买东西。

十八、雪中送炭

我们到拉萨已是第 4 天了，但经费仍未收到，第一次陷入经济危机之中，大家非常苦恼。按常理，我们在仲巴时已向蒋应雁拍了电报，叫他将我们的工资电汇到拉萨团市委，这从时间上算也应该到了，可已过去了 10 天，仍无消息。我们的总经费只剩 4 元，晚餐的钱都不够了。眼看就要断炊，今天无论如何必须解决经费问题。于是，姚远提议，找老乡廖利玲借钱。出发前，姚远从《羊城晚报》得知廖利玲的基本情况和地址：一位年轻的女孩，广东梅州人，在拉萨开发廊。

姚远说，他昨天上午找过廖利玲，因此由他带路，我们骑自行车来到布达拉宫脚下，便到了廖利玲的理发店。店面宽不到 30 米，长不到 5 米，装修完全是广式风格，招牌上只写着“发廊”二字，此刻两位理发师正在给顾客做发型。放下自行车，姚远先跟她打了招呼，我随即与她点点头示意，我们就坐在一张长沙发上。小廖手拿风筒和剪刀，双手麻利地忙着，另一女孩是从青海格尔木过来帮忙的。小廖给顾客理发，做发型，那位女孩给顾客洗头，一个发型还没做完，又有顾客上门来了。我问小廖每天营收情况，她说有 100 多元。小廖还告诉我们，理发店装修加添置工具投资了 7000 元，因为地段好，准备在隔壁开咖啡店，正在装修。

小廖边给顾客做头发边与我们交谈，她说自己初中没读完就到广州服装厂打工，后跟人在广州一家发廊帮工 2 年，去年才与 19 岁的弟弟来到拉萨开发廊，现在已站稳了脚跟，准备在拉萨干几年再回到广东开店。由于发廊地方小，我们坐在那里，顾客见人多好几位都已进来又走了，显然影响了小廖的生意。我们觉得很过意不去，于是鼓足勇气向她讲述我们所面临的困难，想向她借点钱渡过眼前的难关。不巧，小廖刚好手头也紧，她说上个月寄了 4000 元给舅父，前两天又寄了 2000 元给弟弟，目前又在装修咖啡厅。我们说借几百元也行，她说让我们晚上再来，好跟其他人商量能否帮到我们。

我们回到招待所，大伙儿都闷闷不乐。吃过午饭，我越想越头痛，干脆什么都不管盖上被子蒙头睡大觉，一直睡到了下午 3 点半。晚上，我们相约再等等，暂不去廖利玲那里。第二天上午 9 点多钟，团委来电话说到了两张电汇单，大家听到这消息都兴奋不已，姚远说，他马上过去。约过了 40 分钟，姚远拿回了电汇单，我们一看一张是严顺章寄来的 1100 元的汇款单，另一张是蒋应雁寄来的 700 元。大伙儿很是高兴。我们当然明白，这些钱的大部分是严、蒋两人分别找人借的。

锅庄——藏族的民间舞蹈。在节日或农闲时跳，男女围成圆圈，自右而左，边歌边舞

大伙儿都来劲了，在这关键时刻，朋友向我们伸出援助之手；吃饭有着落了，可以放开肚量吃了！晚上 8 点钟，我们再次来到小廖的发廊，此时比我们早来的还有 3 位广东老乡，他们都是空军部队的战士，从西郊骑车过来帮小廖装修咖啡厅，他们正在做晚饭。当他们听说我们是骑自行车从广州过来的时候，都感到非常惊奇，倍感佩服。因为是老乡，我们谈得非常投机，一直聊到 11 点钟，他们先告辞走了。就在与战士聊天的间隙，小廖拿了 300 元给我们，我们向她说谢谢，承诺回到广州，就马上将钱寄给她。小廖说没关系，她相信我们。而后，我们握手告别。趁着夜色，我们笑着、跳着回到了住地。

十九、藏传佛教圣地——大昭寺

第 6 天下午 2 点钟，我们前往布达拉宫，但布达拉宫下午不开放参观，要到明天 10 点钟才能进到里面参观，我们只能在外面拍拍照片。而后，来了 4 个藏族人，他们穿着咖啡色藏袍，头发像剃了光头后又重新长出来，就跟当时我们的头发差不多长。他们讲的是藏语，不会说汉语，为了避免不必要的麻烦，我们也不讲汉语，只讲简单的英语或用手势。原来想要我们给他们拍照，我们即邀请他们4个藏人跟我们一块合拍了几张照片。刚拍完，他们就想取照片，我们打手势讲汉语也无法让他们明白，后来有位藏族姑娘过来当翻译，他们这才知道不能马上取照片，最后让他们留下地址待照片洗出来后再寄过去。

大昭寺金顶

接着，我们又到劳动人民文化宫，这里才能拍到布达拉宫的全景。之后我们就前往大昭寺。大昭寺位于市中心，四周是藏族的碉房建筑，门口有两块巨大的石碑用石墙围住，只露出约1米高的最顶部。寺门是一个凹入形状，中间像佛台，里面有两尊用纱巾做的“活佛”塑像。

大昭寺始建于7世纪（647年）吐蕃王朝的鼎盛时期，是西藏现存最辉煌的吐蕃时期的建筑，也是西藏现存最古老的土木结构建筑，开创了藏式平川式的寺庙布局规式。大昭寺融合了藏、唐、尼泊尔、印度的建筑风格，成为藏式宗教建筑的千古典范。

大昭寺是藏王松赞干布为纪念尺尊公主入藏而建，后经历代修缮增建，形成庞大的建筑群。该寺建筑面积达25100余平方米。有20多个殿堂。主殿高4层，镏金铜瓦顶，辉煌壮观，具有唐代建筑风格，也汲取了尼泊尔和印度建筑艺术特色。大殿正中供奉着文成公主从长安带来的释迦牟尼12岁时等身镀金铜像。两侧配殿供奉着松赞干布、文成公主、尼泊尔尺尊公主等塑像。

我们想进入大昭寺的上层,可有个喇嘛守在拐弯梯口处说不开放,让明天再来。片刻间,有 6 位外国游客过来,喇嘛起初不让他们进去,后来外国人拿出一张证件给喇嘛看,随即让他们进去,结果我们也就跟着进去了。

第二层的里面富丽堂皇,金雕红颜,凸显了西藏藏传佛教圣地的庄严。此时只有外国游客和我们在那里,没有喧嚣,起初我们以为不准拍照,想偷偷拍又不敢,但后来看到外国游客都在拍照,大家才放心拍下这神圣庄严的圣地。我们绕大昭寺走了一周,看到屋顶的四周架着硕大的金钟,按照一定的距离沿着正方形的屋顶排列开来,在太阳光的照耀下闪烁着金色的光辉,于是寺内更加显得金碧辉煌。寺内宽阔、洁净,中间是一个大的正方形,四周用转经滚筒一个接一个地围着,虔诚的教徒就在边上跪拜,并且不时地拨动着转经滚筒,使其竖直转动以示祈福吉祥如意。

大昭寺的朝圣者

我们走上第三层,即房顶,像是水泥结构,非常厚实,这里可以眺望雄伟庄严、巍然屹立的布达拉宫。接着,我们从木梯上到围墙俯视藏民居住的碉房。

从大昭寺出来,我们即进入拉萨市最热闹的八廓街,这里云集着藏族人、汉族人以及外国游客,尤其是藏族人特别多,有不少小贩在兜售藏族人的首饰、刀具、服装、哈达以及其他生活用品。商品反差极大，有些显得古旧，也有一些现代的产品。各种首饰、铜制香炉、杯子等应有尽有，其中，藏刀的样式特别多。这里经商的都是个体摊档，藏族人较多，汉族人较少，最后大概走了40分钟才从大昭寺左边绕了出来。此时，我感到两腿酸软，身体无力。

八廓街又名“八角街”，位于拉萨市的老城区，是一整片旧式的、有着浓郁藏族生活气息的街区，比较完整地保存了拉萨古城的原貌。八廓街周长仅1000多米，街道由手工打磨的石块铺成，街道两边店铺林立，各种具有民族特色的旅行商品都集中在这里，流动的货摊超过了千家，临街的店铺里有的经营大小各异的转经筒、藏袍、藏刀、生动拙朴的宗教器具等各式日用品，有的经营从印度和尼泊尔远道而来的各种商品，有的经营一些古老的艺术品店，店主销售的多是传统的唐卡绘画和手工艺的精品。八廓街最初只是一条环绕大昭寺的普通街道，后来成为朝圣者的转经路。

二十、神秘的布达拉宫

布达拉宫始建于7世纪，是藏王松赞干布为远嫁西藏的唐朝文成公主而建。在拉萨海拔3700多米的红山上建造了999间房屋的宫宇——布达拉宫。宫堡依山而建，现占地41万平方米，建筑面积14万平方米，宫体主楼13层，高117米，全部为石木结构，5座宫顶覆盖镏金铜瓦，金光灿烂，气势雄伟，是藏族古建筑艺术的精华，被誉为“高原圣殿”。

布达拉宫收藏和保存了极为丰富的历史文物，如释迦牟尼的舍利子，108函2500余卷经书，特别是金字缮写的甘珠尔、天竺等地的贝叶经，以及明清以来中央政府关于西藏的各种封敕达赖喇嘛的金册、玉册、金印和乾隆皇帝御赐为挑选达赖转世灵童而设的金奔巴瓶。布达拉宫珍藏着大量书籍，从佛教经典到医学、天文历算，十明（十类学问）学科无所不有，宫内还珍藏着2500余平方米的壁画、上万座塑像、上万幅唐卡（卷轴画），这些对于研究西藏的政治、经济、历史、文化等都具有重要价值。

在丰富的藏品中，最重要的是安放历代达赖喇嘛遗体的灵塔。从五世到十三世，除了被革除教职的六世外，其余8位都建造了奢华的灵塔。这些灵塔大小有别，但形式相同，均由塔顶、塔瓶和塔座组成。塔顶一般十三阶，顶端镶以日月和火焰轮。塔瓶存放遗体，分成内外两间：外间设佛龛，供千手千眼观音像；内间一床一桌，床上安放达赖尸棺，书桌上放置达赖生前用过的一套法器和文房用品。所有灵塔都以金皮包裹、宝玉镶嵌，显得金碧辉煌，其中五世达赖的灵塔高达14.85米，当时建造时共花费白银104万两，并用去了11万两黄金和15000多颗珍珠、玛瑙、宝石等。十三世达赖的灵塔也高达14米，用去了1.9万两黄金。还有五世达赖的灵塔里有一颗大象脑里生成的比大拇指还大的珍珠。

布达拉宫全景

在拉萨的第七天上午9点，我们骑车来到布达拉宫，它是典型的藏式碉房建筑，荟萃了藏族建筑的艺术精华。布达拉宫建于拉萨市布达拉山上，从山脚一直延伸至山顶，远远望去就像一座小山似的。拉萨市的海拔是3700米，再加上布达拉宫本身有100多米高，相当于在近4000米的高度上做攀登运动，每上三四十米就要停下来休息片刻。在这里有众多的外国游客、参观团，或来自全国各地的旅游者，更多的则是藏族男女老幼，以及从其他地方来的喇嘛，他们是来朝拜这藏传佛教圣地的。

布达拉宫是我国西藏高原现存最早、保存最完整的古宫殿建筑群，也是世界上海拔最高的古建筑群。相传文成公主远嫁西藏，吐蕃王松赞干布“别建宫室，以居公主”。佛教徒将其比喻为圣地普陀山，宫名就叫普陀罗，音译为布达拉，原建宫殿毁于雷火及兵乱，今天看到的布达拉宫是17世纪五世达赖重建的。布达拉宫分为白宫和红宫两部分，整个建筑群楼宇高耸，崇阁巍峨，五座宫顶覆盖金瓦，外观气势雄伟非凡，建筑艺术别具一格，体现了藏、汉文化的融合，堪为我国珍贵的民族文化遗产。我国政府极其重视文物保护工作，1961年国务院公布布达拉宫为全国重点文物保护单位，并成立了专门的文物管理机构和研究小组，对布达拉宫珍存的文物进行维修和整理，已经清理出大量珍贵文物，其中有历代中央政府敕封西藏地方政教领袖、僧俗官员的诏书册印、贝叶经和工艺珍品等。

李满光在布达拉宫。摄于1988年10月12日

雄伟壮丽的布达拉宫，时而在阳光照耀下金碧辉煌、光芒四射，犹如童话中的龙宫宝地；时而在云遮雾影之中时隐时现，缥缈若无，又好似童话中的仙山琼阁。倘若你有机会登上布达拉宫最高处，极目远眺，可见群山环抱，大汇中流；而低眉俯视，也能看到古堡新城，景象万千。

在布达拉宫脚下，一群藏族同胞把我们当成了外国人

二十一、西藏江南——林芝八一

林芝市位于西藏自治区东南部，其西部和西南部分别与拉萨市、山南市相连，东部和北部分别与昌都市、那曲地区相连，南部与印度、缅甸两国接壤，被称为“西藏的江南”，有世界上最深的峡谷——雅鲁藏布江大峡谷。林芝大部地区气候湿润，景色宜人，少数民族以门巴族和珞巴族为主。优美的田园风光，恍惚中让你有置身江南之感。

车队进入藏南的八一镇，雅鲁藏布江沿着山脚奔腾而下，而江的两岸，却是一派“杨柳青青著地垂，杨花漫漫搅天飞”的美景；蓝天白云下的牛羊在小河边、田地里悠闲地低头吃草，令人怀疑是否回到了温暖的南方。这里，就是闻名遐迩的“西藏江南”——八一镇。

八一镇的建筑物大都是木结构的，也有一些混凝土结构的房子，一座接着一座分布在街道的两边，各种饭馆、发廊、服装店、钟表修理店比比皆是。行人熙熙攘攘，除藏民、汉人之外，还有不少穿着军服的战士，好不热闹。

达孜大桥。(距拉萨 **6** 公里)从拉萨到林芝八一镇的必经之地

林芝八一镇的“西藏江南”景色。摄于 **1988** 年 **10** 月 **14** 日

车队上了一个又一个坡，藏民见我们如此的行装忍不住挥手、叫嚷着“哈啰、哈啰”！显然把我们当成外国人了。队伍于4点钟抵达林芝县城，这里被郁郁葱葱的大山环抱，是座中等城市，最后我们住宿在背靠高山的林芝县政府招待所二楼。招待所里种植着很多鲜花，大部分是黄花，倒不一定全是黄色，也有黄白的、黄红的，有些则呈紫红色。自进入西藏，我还是第一次看到这么多颜色的鲜花呢。晚饭是到招待所门口的四川饭馆吃的。

我们回到招待所想写些笔记，但因电力不足，电灯光线弱，只好再点上蜡烛。

二十二、风景如画的鲁朗

鲁朗海拔3700米，位于距林芝地区八一镇80公里左右的川藏路上，坐落在深山之中。两侧青山由低往高分别由灌木丛和茂密的云杉和松树组成“鲁朗林海”；中间是整齐划一的草甸，犹如人工整治一般，溪流蜿蜒，泉水潺潺，草坪上报春花、紫菀花、草莓花、马先蒿花等成千上万种野花怒放盛开，颇具林区特色的木篱笆、木板屋、木头桥及农牧民的村寨星罗棋布、错落有致，勾画了一幅恬静、优美的“山居图”。

鲁朗镇

昨晚我们在林芝地段的道班搭帐篷，得到135道班工人的热情接待（吃炒土豆丝和米饭），今早吃过饭后，于10点钟向距离6公里，海拔4720米高的色季拉山顶挺进。

我们行进在神奇的梯形盘山公路上，不时眺望远处雄伟、壮观、白雪皑皑、海拔7756米的南迦巴瓦峰。迷人的景色，令人心旷神怡、流连忘返。一路上由于风大，空气密度低，给我们增添了丝丝寒意。我赶紧拿出军大衣穿上遮挡风寒，并拍下了车队合影。

下山的路布满了碎石，既陡峭又凹凸不平，自行车着了魔似的跳个不停。山路的左边是深谷，像张着血盆大口的老虎随时等待肥肉的进贡。我死死抓住车把，一刻也不放松地控制着车刹，好使车速慢下来，然而收效很小，自行车依旧像脱缰的野马向下俯冲，这就可惜了山路两边的美景，无论是挺拔的雪峰，还是珍稀的动植物，都根本来不及细细欣赏。我两眼死死盯住前方，把他们落下很远。

自行车在昏暗的山路上时而东拐西绕、时而急转直下，眼前终于现出一大片原始森林，林子里鸟语花香，各种小动物时而一闪而过，堪称野生动物的天堂。这里长满了浓密的林木，高大的傲骨雪松直冲云霄，笔直的石松争相比高。红色、橘黄色、青灰色等各色的树叶把森林点缀得色彩斑斓。冰雪水河里发出一阵阵"轰隆、轰隆"的沉闷巨响，落差大的河水翻起阵阵巨浪。那汇集的冰雪融水从山上直冲下来撞击半山的岩石，水花四溅，在太阳光的折射下形成一道美丽的彩虹。我想如果能利用流水的大落差，在这里可建成相当规模的发电站。这里山好、水好，只可惜前方通麦一带因为塌方，道路已中断了近4个月，要不然这条唯一的川藏线一定是一条繁忙的公路。在藏南，山水美如画，但由于山体的地质结构复杂，每年的5—6月雨季的强降雨和夏季的冰雪融水，引发泥石流和塌方，冲垮公路，中断交通，常年给人们带来灾祸。

考察队穿行于茂密的原始森林，一路上变成阴湿、昏暗、死一般的沉寂，只听到自行车车轮的转动声，独行的我的确有几分害怕，幸亏只能全神贯注盯着前方，两手紧抓车把而分散了过多的联想，要不然，我也不敢打头阵冲在最前面。就在一直往下俯冲的时候，突然发现前面30米处有一条距地面约1米半高的电线横过马路，我下意识地立即刹车，等我跳下车一看，原来是电线杆倒在一边，电话线横在公路上。我推车跨过之后再继续前进。自行车飞驰而过，惊动了悠闲吃草的牦牛，它们看到我这样的陌生闯入者，老牦牛睁着两只铜铃般大小的眼睛好奇地望着我，而小牦牛则吓得直往林子里窜，路旁还可偶尔见到藏民居住的小屋。

我们推车6公里登上海拔4720米高的色季拉山

太阳照射进来，森林里也逐渐光亮起来，眼前出现了一片广袤的草地，蓝天白云下面是数不清的栅栏，围成一个一个的小牧场，成群的牦牛在绿草丛中悠闲自得地嬉戏，或者吃着草儿。森林、宽阔的道路、分散在田野间的树木……好似一幅美不胜收的画卷，让人油然地生出“不是江南而胜似江南”的感慨。这里，就是著名的藏南鲁朗。

我先到鲁朗镇的林场，此时已是下午3点钟。公路两旁是四川人开的几家饭馆，我随意进到其中一家，叫女老板给我们做四菜一汤。趁着他们还未到的空闲，我赶紧到附近游览了一番，林场的大木头堆积如山，附近的房子全都是用木头搭建而成，小河边有六七位藏族男女老少在洗澡，看样子是一家人。

过了约20分钟，他们才陆续骑车过来，大家刚坐下，饭菜就端上来了，肚子饿也就管不了什么，两支烟的工夫就吃好了。从女老板的口中得知前面的通麦附近，距此地 60 公里的路段有塌方，车辆不能通行，但人还是可以走过去。

远眺蜿蜒的群山，与海拔 7756 米的南迦巴瓦峰比高低

二十三、深夜被困

我们填饱了肚子，恢复了体能，于是告别了热情的女老板继续赶路。远望茂密的林海，从山谷往山顶依次生长着的雪松挺拔秀丽，重叠在后面的山峦高高地露出了一大截，在夕阳映照下的雪峰发出诱人的光芒。车队通过用木头搭建的公路隧道之后，我们专门停下来，察看原始森林里神奇的通道布局。可惜当时天色已晚，只好匆匆地把它摄入照相机，待日后再细细考究，如果时间允许，一定攀爬上山好好探究一翻，然而直到现在仍未解开心中的疑团。

此时，已经是下午 6 点钟了，山区的黄昏似乎来得特别早，只有山顶上还有阳光普照，可半山腰以下却是一片昏暗，急速而下的河水冲击石头发出“轰隆、轰隆”的巨响，巨大的原木被泥石流冲下横在河中，激起阵阵巨浪，颇为壮观。

天渐渐黑下来了，依稀可见路旁停放的工程车，旁边是搭好了的帆布大帐篷,这是抢修公路工程队的基本装备。我们估计附近可能有大工程的维修路段,果然不出所料,前面就是新修整的公路,泥土疏松,加上山上水流不断,使新修整的道路非常泥泞难行,我们只能扛车绕道过去。这一带显然就是前面所说的塌方路段,到处还可见到道路被冲毁的痕迹。道路紧贴绝壁弯弯曲曲向前延伸,有些地段的绝壁还有塌方的可能。

天色完全黑下来了,而眼前是漆黑的原始森林,给人平添了几许怯意。山路约有 4 米宽,右边紧贴山壁,左边则是 20 多米高的悬崖,悬崖底下是易贡藏布河,水流湍急,沿山脚奔腾而下。由于天黑,路又不好走,一不留神将连人带车坠入河里,瞬间就会被急流淹没冲走。有一次仅差 30 厘米,我就险些掉下去了。

318 国道上的通麦大桥已被泥石流冲塌

急速的河水发出震耳欲聋的巨响,铁桥在绝壁上横过,多么壮观刺激的场面。当自行车通过铁桥时,我顿感毛骨悚然。然而,就在这伸手不见五指的黑夜,我们借助闪光灯留下了惊心动魄的镜头。

月亮终于出来了,满天的星斗,朦胧的月色,驱散了刚才的紧张感。我们相互斗胆轮换着往前探路,就在这时,我们发现前方公路被泥石流冲毁了 70

多米，除了易贡藏布河的石头撞击发出的巨响外，没有其他任何动静。断路边上是高五六米的一片乱石丛，这分明是泥石流留下的“杰作”。我们推车绕道来到横在眼前的急水河。借着月光，可见河面虽然不宽，最窄处还不到10米，但从河里不停地发出被河水冲击滚石相互撞击的响声，那声音我还是第一次听到，它像从远处传来的爆破声，似有万马奔腾之势。

我们眼巴巴地望着急流，沿河而上察看了一阵，竟找不到一处可以施展冒险本领的地方，只能返回原地。最后，李满光提议：“明天同样面临这样的困难，倒不如今晚强渡过去。”他建议两人抬一部自行车过河，一人打手电照明。

塌方遇险处

于是，他脱去长裤，手拿标枪，准备试探过河，我说：“这样过非常危险，一来天黑看不清任何东西；二是水流太快足有每秒六七米的速度，如果站不稳，会被河水冲走。更为危险的是，河里大石子相互碰撞，假如撞到脚那就惨了。另外，河水是从山上流下的冰雪融水，冰冷刺骨。”后来我们投石试水，水不是很深，最深处只到大腿上面。李满光说先去试试看情况怎样，于是，他手持标枪开始下河试探情况，先拿标枪在急水河的岸边插一插，试试深浅，然后两脚入水后慢慢往前移动，他刚迈出七八厘米远，就说“不行啊”，便马上上岸，他说河水冲击脚，一点都站不住，而且水很冷，脚都麻了。

通麦大峡谷

突然，对面闪过几道手电光束。由于天黑，我们刚到这里，对附近情况一点都不了解，我们对刚才的电光产生了警惕。藏区情况复杂，小心提防点好。于是，我们手握藏刀，小心翼翼地从乱石丛中穿过去便到了刚才亮光处，想探明情况，可打亮手电的藏民一见我们就跑开了，我们站在暗处喊“老乡，老乡”，好一会儿都不见有人回应，我们只好往回走，然而就在一处乱石丛、漆黑一片的地方，我们与李满光走散了，从这边转到那边，又从那边再转到这边，就是不见李满光，我们大声呼喊他的名字，可没有任何回应。后来，因看不清是石头，还是水沟，我的左脚踏到了泥坑里，冻得够呛。而后，我们在断桥上面发现了一条结实的钢缆绳，连接断桥的另一头，我们想这条钢缆绳一定是藏民或工程队为了过河而专门准备的，顿时喜悦之情涌上心头，过河有望了！

我们又很快回到原来放车的位置，李满光早已在此等候。我们把这一消息告诉他，他也很高兴，我们想，假如借此缆绳过河，人只能强行攀爬而过，自行车和行李则须绑在缆绳上，一人先爬过对面之后，再在对面用绳子拉行李从缆绳上滑过去，这样虽然冒险，但过河总算有望，于是安心了很多。大伙儿最后决定，明天天一亮就开始过河。

当晚，由于我们对附近的情况不熟悉，刚才手电筒亮处也不知是何人，对我们有什么企图，我们决定不搭帐篷过夜，而在轰隆、轰隆的河边坐到天亮，此时正是深夜 12 点钟。但因为疲劳过度没有坚持下去，最后我们还是在一处巨石后面铺上帐篷，头顶星星躺了下来，这时已是凌晨 1 点。

二十四、溜索过塌方，到达通麦

昨晚，我冻得半夜醒来，浑身直打哆嗦，原来，盖在身上的棉毯、军大衣全都被露水打湿了。天空挂满了星斗，却让人感觉寒气逼人，我是多么希望这漫漫长夜早些过去！不知什么时候，我疲惫地进入梦乡，等再一次冻醒时，星星仍高高地挂在天上，我一看表，时间已是凌晨 6 点。我于是继续睡，直到天大亮。

我四处张望，只见四周的山被云雾萦绕、覆盖，远处不时地传来轰隆隆的水流撞击声，我们好似进入了仙境之地。这时我们发现，昨天闪电筒光的地方原来是藏民的一个小村庄。疑团打开了，为了纪念在天险之畔的寒风中露宿，我们还未等太阳出来就赶紧拍了一张纪念照。

8 点钟，我们收拾好被露水打湿的行李推车从乱石中穿过，来到架设钢缆绳的地方。钢缆横跨河的两岸，约有 12 米宽，而钢缆总长约为 30 米。我们正商量过河的法子并做着准备时，从村庄走来一位十四五岁的少年，他手抓一大捆绳子，还背来“V”字形的木棍，以及滑轮，我想他一定是想凭这几样工具从缆绳上滑过去。我们赶紧上前跟他搭话，他不仅听懂了我们讲的汉语，而且还会说。我说：“你能否帮我们把自行车和行李拉过对岸？”他说让我们跟他们的长者商量，我顺着他示意的方向望去，见有四五个藏民走过来，他们当中有位青年人，我跟他说：“我们是昨晚骑自行车到达这里的，已在河边蹲了一夜，现在想过河到通麦，请你帮忙。”他说可以。

滑轮溜索过河开始了，只见他们俩俩配合，即二人在对岸拉绳子，此岸两人负责捆绑行李物品及安排过河客人。他们收费是每人2元，但当我问他们“拉过去1人收多少钱”，他们却说3元。见我们不解，其中一人说，他们中有一人是同村的，刚才付的6元是2个人的费用。我知道这是谎话，但此时再贵也得给，不过我们还是要向他们说好连人带物全部运过去是每人3元。

大伙儿背靠巨石露营。清晨，我被一直响个不停的水流冲击声吵醒，觉得肚子饿得难受，身体也越发寒冷；四周寒气逼人、烟雾缭绕

就这样，自行车和行李先绑在滑轮下面，我第一个过河了。坐在粗木棍上，等对岸用力一拉，在滑轮带动下飞越过天堑，等到了中间，我忍不住往下看，只见急流翻滚着巨浪往下冲，真可怕！如果掉下去将连人带物全部葬身其中。

拉我过去的藏族青年帮我把自行车、行李解开后，向我打听自行车的型号、价格，还问我有无电池可卖，我回答他提出的问题之后，他又去准备拉姚远过河了。趁这机会，我先把自行车沿崎岖的石头小径一步一步小心翼翼地扛了过去，然后再回来等姚远他们过来后帮其解开行李。最后过来的是李满光，姚远拿照相机将他过河的实景拍下，留下了这难忘的一幕，而刚才我们仍在对岸准备过河时，是李满光分别给我们拍照留念。

当我们都过了河，这边的两位藏民立即坐滑轮回到对岸，还没等我们走开，他们就坐地分钱了，原来他们是合伙在这里做生意赚钱。

李满光滑溜索过河

一上岸，我们就沿泥泞的道路推车上坡，中途休息了3次才推到坡顶。道路的左边是落差10多米的河流，而仅存的塌方之后才被人踏出的羊肠小道，目前就是川藏线上的必经之路。林木浓密的原始森林，到处荆棘丛生，看来这段路在塌方之前还从未有人走过。

我们在狭小的山间小道缓慢推进，不久，在易贡藏布河畔又被塌方挡住了前进的道路。这里已有近20位工人在抢修公路，他们说用一天时间就可以排除障碍。看来很难一次性将自行车和行李扛过去，我们只好把行李拆下，一件件背过去之后，再返回来扛自行车。这支修路队的工人全都是四川人，大部分是年轻人，他们得知我们是从广州骑车到这里，个个都感到非常惊奇，并热情地给我们让路通过，而且还告知了前方的路况，他们中的一位青年说："波密过后有三四公里长的路段也被塌方堵住了,其中有些路段想过去非常困难。”

队伍继续往前走了约3公里,路面变得宽阔、平坦起来,前面就是通麦大桥,此桥横跨易贡藏布河,是川藏公路的咽喉之地。从桥头看过去,对岸立了一座纪念碑,上书“纪念忠于毛主席在川藏运输线上的十位英雄”。我们走到桥中央,拿出相机准备将它拍下来。突然,从对岸道班赶来一位中年女子,她边跑边对我说:“不行!不行!”我们感到莫名其妙。接着,她大声喊对面的人过来。

通麦南6公里因塌方,公路桥已经被泥石流冲垮。王刚军滑溜索过河

而后,来了两位老人,他们一来就说:“这里不准拍照。你们有无公安局开的证明?”我们说是来考察的。一位老人说:“任何人没有公安局开的证明是不准在此拍照的。”我感到很奇怪,就说:“南京长江大桥、武汉长江大桥都可以自由拍照。”他说:“在西藏接近边境线,任何桥梁不准私自拍照。”呵!原来是这样,我们随即说:“我们不了解情况,对不起!好在还没有拍照你们就过来了。”经过我们的一番解释,他脸上终于露出了笑容。最后,我们在桥对面的纪念碑前拍了张合影,随即向护桥老人告别。

大约过了20分钟，我们便抵达通麦，由于昨晚至现在已20多小时没有进食，加上昨晚露宿在外，今天上午一路上都是在饥寒交迫中挺过来的，以致头昏眼花，连说话的力气都没有，所以到了通麦都顾不上找住地，而是赶紧找饭馆。很快，在一家四川人开的简陋饭馆中点了三菜一汤，每人吃了六七两饭，大家这才感觉好多了。而此时我却依旧感到全身无力，眼睛疼痛。姚远说我的眼睛布满了血丝。这也不难理解：连续两天都是在受冻挨饿之中艰难地度过的，每晚只能睡几个小时，而且中间被冻醒几次，在睡眠严重不足的情况下还要忍饥挨饿、扛车、爬山赶路，这样的辛苦是常人难以忍受的。幸好出来已经有130多天了，再苦再累也挺过来了，此时，我最希望能躺在床上好好睡上一觉。

川藏线的必经之路。在“川藏运输线上十位英雄”纪念碑前留影

吃完饭已是下午2点，连续22小时的饥饿总算结束了。我们随即到通麦兵站找招待所，一进门即看到对面就是“住宿登记室”，然而登记室门上锁了，刚好隔壁见到几位战士，告诉我们值班员出去了，不知何时才回来。等了20

多分钟，战士们建议去找站长。我实在走不动了，靠着墙角坐着。几分钟后，李满光找到了站长，他说："可以给我们免费住一晚，但吃饭需要自己解决。"他叫一位战士给我们安排一下，可由于值班员不在，我们只能等待。

我环顾了一下兵站，四周全是木屋，中间是一个泥地篮球场，另一边是一个室内小电影院，或许平时也作礼堂用，后面是兵营，这里还可以看到放养的家鸡。大家实在太累了，再等下去也不知道值班员什么时候回来，最后我们决定去找通麦汽车运输公司招待所。

招待所服务员告诉我们，这一带自塌方不通车以来 3 个月也看不到报纸、发不了信件、打不成电报，汽车、旅客就更不用提了，这里有一个通信营，一个机务站、一个兵站和他们这个单位，另外有几家四川人、藏族人开的饭馆，再没有其他商店了，条件很差。

下午，我们把昨晚露水打湿的毛毯、浴巾、军大衣拿到外面晒干。忙完后，我赶紧躺下睡觉，直到 5 点半才起来，精神感到稍好些，就写了 1 小时的日记，之后我们又回到中午用餐的饭馆吃晚饭。

我们吃过晚饭回来，天色已很黑了，这里没有电灯，只好找服务员拿了一根蜡烛，10 点半就用完了，日记还未写完，只能早点睡觉了。

第 134 天，行程 10 公里。134 天总计行程 10993 公里。

二十五、98 道班

早饭是在通麦四川餐馆吃的，四川人习惯早餐吃大米饭，我们则一连 3 顿都是吃同样的菜：腊肉炒土豆、腊肉炒辣椒、炒大白菜、泡菜汤，由于道路塌方，物价明显上涨，连昨晚睡的简易床铺也要每人 4.5 元。

我们收拾好行李已是 11 点钟，在通麦找不到商店买干粮，我们只好到路上看看能否在道班找到吃的，就这样，队伍向波密方向开拔了。

在西藏，这段路据说是最好的，算一级公路，比起藏北的沙石路，确实是没得说，沙土路一直沿易贡藏布河往东，紧靠山脚向前延伸，有 8.5 米宽，忽而上坡忽而下坡的，骑自行车并不感到很吃力。约走了 5 公里，原有的水泥桥因塌方已断，旁边另搭一简易木桥，木头的树皮还是新的。路边有条清澈的小沟，我们在此稍事休息，把带来的活鸡宰掉，以便晚上到道班时食用。

穿越林芝八一、然乌原始森林，山顶上常年积雪

趁着李满光、姚远宰鸡的工夫，我则在旁边写日记。刚刚写完，来了两位背背包的藏族青年，看样子也是从老远地方过来的，其中一位问我有无烟，能否卖给他一包，我说：半包香烟换两块饼。经过一阵闲聊得知，他们其中一位青年便是通麦机务站的战士，是探亲休假后归队的，结果我们在此巧遇。

鸡宰好了，我们也该上路了。

藏南山区气候变化无常，一会儿阳光灿烂，一会儿狂风大作，本来推车累得满头大汗，刚脱掉上衣，准备停下休息，却又刮起大风，身上湿透的内衣一下子冰凉，只好赶紧穿上衣服，甚至还要把浴巾都围上。然而，不到 5 分钟，因为骑车又热得让人难受，浑身冒汗，于是又想脱了。真够麻烦的！

易贡藏布河距公路相对高度足有 30 多米，俯视湍急的河水，翻起阵阵白浪，冰雪消融的瀑布飞流直下，发出隆隆的响声，随之水汽直往上冒白烟，远看好似一束白色绸缎的哈达。虽然跋山涉水体力消耗极大，但是藏南美丽的自然风光给了我们精神上的满足。

路上的行人渐渐多了起来，他们千里迢迢，大都是为了去拉萨拜佛，道班工人称他们为“小红军”，因为这些虔诚的人们步行前往拉萨，又步行返回生他养他的地方,长途跋涉,十分不易。他们的行装极为简单,有的看上去衣服既破又脏。时常还可看到"跪长头"的朝拜者,一路跪等身长头到圣地拉萨。还有成群结队的中老年妇女,准备到道班讨饭吃。据说这些虔诚的藏传佛教徒没钱坐车,只能徒步,连饭钱都舍不得花,为的是省下来捐给寺庙。

今天一整天,我们都急着多赶路,争取明天可以早些到达波密。下午 5 点多钟,肚子饿了,于是拿出路上用八支香烟换来的两块青稞做的大饼充饥。青稞饼非常粗糙,麦皮又粗又大,一口咬下,似乎有很多沙子,但在这荒郊野外能吃上大饼已是难得了。

晚上 7 点半,我们来到 98 道班,这里条件简陋,都是些破旧房子,工人们都各自在吃饭。我们首先把想法跟他们说了,看得出他们对我们的到来很冷淡,我向他们请求给一间空房用来搭帐篷,其中一位留胡须的青年说:"这里道班小,没空房子,你们最好到下一道班,那里条件好些。"我说:"天黑前我们到不了那里。"我知道,在这种情况下,要有耐心,要先使他们了解我们的情况从而获得帮助。因此,我们就厚着脸皮跟他们磨嘴皮子。而后,那位胡子青年领我们来到房子后面的柴房。我们看到柴房上面是个架子,盖着尼龙薄膜,用来挡雨水,地面木架上摊着两张破旧草席,旁边木柴堆得高高的,正好可以挡风。今晚终于有住的地方了。

看完柴房后,我们又来到那位胡子青年的房间,请他帮忙给我们做些吃的,起初他没作表示,话很少,后来,我拿出《西藏日报》登载我们情况的报纸给他看,他仔细看完后仍没有反应,不过他脸上的表情缓和了许多。接着,我又半开玩笑提出要他与我们共进晚餐,他说:"可以嘛!"随即,我叫姚远把路上宰好的鸡拿出来煮,但胡子青年一定要我们将鸡肉带到路上吃,经过一番推让,最后还是坐在一起吃了起来。彼此之间的距离缩短了,话匣子也随即打开了。

原来,他姓詹,老家在四川,母亲、哥哥、姐姐都在西藏昌都工作,他在家中排行最小,工作已有 3 年了。他说这段到波密的路是西藏最好的,比较平坦。98 道班只有 5 名工人,是西藏自治区各道班的先进单位,在这里没有电灯照明,电视更看不上了,可以说无任何文化生活,生活条件很艰苦。

在煤油灯加我们带来手电筒的照明下,小詹给我们做出了地道的四川菜辣子鸡、炝炒土豆丝和香喷喷的大米饭,大家食欲大开,很快就吃完了。晚上

10点多钟,我们就在柴房里摸黑搭起了帐篷睡觉。

睡到半夜,听见雨点声,待清晨醒来,只见天空阴暗,雨不停地在下,这是我们进藏一个半月以来所遇到的下得最大的一场雨。临近9点,姚远去了小詹那里,一会儿,便回来叫我们快点起床,到小詹屋里吃早餐。我和李满光赶紧从帐篷里爬起,各自拿上毛巾就往小詹屋里跑。

小詹和姚远已坐在桌边吃饭了,我先洗脸,小詹往脸盆里倒了些热水,这便是我们入藏以来第一次早晨洗热水脸。连续3天没洗脸、刷牙,现在得享受一下了!

尽管早餐只有炒土豆丝,可米饭软硬适宜,非常好吃。自交通中断以来,这里物价飞涨,猪肉从平时的2.5元涨到5元多一斤,而且还很难买到。

一整天,我们都坐在火炉旁边烤火、闲聊、看报。雨一直在下,看天色可能要下两三天。实在无聊了,4点半,我就回到柴房里的帐篷,伴着淅淅沥沥的雨声写日记,后来他们也跑回来了,小屋又开始热闹起来。李满光风趣地说:"在这里不用交住宿费,倒也省了10多块钱。"说完显出一副很得意的样子。当下,我们生活艰苦,靠朋友的借款勉力维持,然而心里还是热乎乎的。

二十六、智斗歹徒的抢劫

12点钟吃完午餐,我们收拾好行李,告别了热情的道班工人,于中午1点前往波密县。

雨依然在下,蒙蒙的,我们只好把雨衣穿上,再用浴巾遮盖着军大衣和行李。行进在海绵似的土路上,幸好出发前将自行车前后轮都打足了气。下雨天要在土路上踩自行车,而且上坡路多,载着40多斤重的行李可不是件容易的事。当队伍走出约7公里,前面又是一大片石头阵,从山上流下来的冰雪融水被石头分割成数条小沟,冰水漫道,足有300多米宽,我们花了40多分钟才得以通过。我脱鞋赤脚涉水推车,脚底被石头刺得阵阵作痛。过完石头阵,我静静地坐在乱石丛中任凭寒风雨水吹打,点上一支香烟猛抽。

藏南一带木屋四处可见,这种木屋跟其他地方木屋的区别不大,木屋与青山、绿草、菜园子融为一体,颇有江南田园的特色。这里看不到一个帐篷、一座碉房,因而与藏北牧区形成了鲜明的对比。

藏北的牧民主要从事游牧生活，他们放养羊、牦牛和少量的马，劳动强度不大，但收入较高，而开支少，只是购物不便。他们以季节性放牧为生，定期转场搬家，住的是牛皮帐篷，主食是糌粑、酥油茶、青稞，有些牧民家也偶尔吃大米。

而藏南的藏民饮食习惯与藏北区别不大，主要从事农耕生产或半农半牧，收入相对低一些，但有固定的居住地，以群居为主。半农半牧的藏民大多居住在山区，由于交通不便，生产受限制，大都比较贫困，运输方式主要还是靠背，主食为糌粑、酥油茶（一般人是喝不起的）。

“高原之舟”牦牛

距离波密还有六七公里，我看到姚远将自行车横在坡顶的马路中间，而他坐在自行车横杠上，老远就冲着我喊道：“标枪被人拿走了，皮带也一块儿拿去了，那个人说是检查的……”我问他：“有没有叫他拿出证件来看看？”姚远说：“我问他有无证件，他反而气势汹汹地要我拿证件出来。”我随即说：“这不行，标枪是我们用来搭帐篷的。”在离拐弯处 100 米左右的地方，那个抢标枪的家伙还站在那里看着我们，我立即向他大声喊：“喂……喂……”随即，我先点支烟，然后向他走去。看我向他走去，他立即脱掉上衣军服，摘掉军帽，气势汹汹持标枪冲过来。我非常冷静地跟他说："朋友，请把标枪还给我们，这是我们用来搭帐篷的。"话音刚落，他已迫近我3米左右。"嚷什么？快走！"他号叫着冲过来，顺势用标枪尖对着我的后腰，威胁说："走不走？"为缓和紧张气氛，我看着他，并顺从他退了几步，然后面对他停下，我说："朋友，有话好好说。"他继续朝我逼近，当距我30厘米时，突然摆出弓箭步，妄图吓唬我们。我赶紧侧身，虚退一步，然后快速伸出右手，顺势抓住标枪。他拼命想夺回，我则死死拉住，双方陷入相持之中。他体格健壮，力气也很大，但动作笨拙，破绽不少，我料定他不是对手，而此时姚远从坡顶上跑下来帮忙，标枪终于回到了我们手中。这个时候，从对面来了几个藏族人，眼看快到坡顶了。他说："有人来啦！"随即转身就跑。我这才恍然大悟，这家伙绝不是检查的，而是抢劫的歹徒。

"西藏江南"波密

下午7点钟抵达波密县城，在县政府招待所住下。招待所的服务员说，这段时间由于塌方，公路不通，物价飞涨，鸡12元1斤，鸡蛋9毛钱1个，猪肉4.5元1斤(平时2.5元)，牛肉4.5元1斤。这的确是太贵了。

二十七、忠坝兵站的舞会

11 点钟我们穿过波密县城向南进发。时下已是 10 月中旬,阴雨连绵。

一路上,时不时地有载满藏民的卡车从我们身旁驶过,藏民们总是热情地跟我们打招呼,就连开手扶拖拉机的司机也不忘腾出一只手来向我们招手,有些热情奔放的姑娘在车驶出很远之后,还依然向我们大声呼喊。有时途经工地或村庄,热情的藏族朋友相距五六十米也向我们大声呼喊,我们虽然听不懂他们呼喊的藏语,但知道这是向我们友好地祝愿、打招呼,我们同样也兴奋地向他们挥手致意。

波密的秋色美景

天黑了,月亮从山顶上出来溜达,皎洁的月光很快染白了地面。我们抓紧时间继续赶路。突然,前面不远处灯光闪烁,灯光下一排房子清晰可见。于是我们朝着房子走过去,经过打听,这才知道此处是忠坝兵站。原来,兵站正在开舞会,兵站战士以及附近的老百姓陆陆续续进入兵站饭堂,人挺多很热闹。

我们找到年轻的站长，他叫给养员给我们弄吃的。接着，我找到住宿登记人员要求开房住宿，他硬是把我拉到舞场，他说：“住宿没问题，包在我身上，你先表演表演吧。”我忍着劳累、饥饿进入舞池。

四周早已坐满了藏族男女百姓，还有七八个因公路中断困在兵站准备应考的年轻姑娘，再就是 20 多个兵站战士。我被战士们簇拥着推到了舞池中央，没办法，表演了 20 分钟迪斯科。而后，在他们的要求下，又教了几位战士跳交际舞，他们这才肯放我到食堂吃饭。

由于食堂已经停了炉火，给养员拿来两个罐头，我们将罐头拌在饭中，倒也别有一番风味。

舞会约在 11 点钟结束，值班员领我们到条件较好的房间住，他说：“这个房间是安排团级以上干部住的。”显然，此前以舞会友赢得了战士们的好感和信赖。他接着说：“外国来的旅客，收费是每人住宿 5 元，吃饭每顿 8 元。内地的旅客每人住宿收 3 元。前几天从河北过来一位骑自行车旅游的人，因其经费用完，兵站向他提供免费食宿。”我们觉得，从兵站干部到战士，他们都非常有人情味，很热情。当晚，我睡的是双人床，垫的盖的全是棉被，又舒适又暖和，终于可以美美地睡上一觉了！

第 138 天，行程 74 公里，骑车 9 个小时。

二十八、塌方之路（一）

上午起床时，已经是 9 点钟了，忠坝兵站的早餐时间已过，一上午，我忙着写日记，写完后翻阅了几张早就过时的《西藏日报》，虽然是 7 月份的报纸，可对我们像是新报纸一般。

午饭，忠坝兵站招待所工作人员陪我们吃饭，一起共进午餐的还有从四川过来、由于塌方被困在兵站的夫妻两人。饭后，我们提出买些馒头带在路上吃，那个工作人员说免费送给我们一大袋馒头，足够我们吃上 3 天的干粮。本来我们想与兵站热情的 20 多位战士告别，但听说除留守几个人外，其余的战士上山砍柴去了。最后，我们向站长辞行，于午后 1 点钟出发。

昨天听兵站的战士和几位旅客说，前面有 20 多公里的路段是塌方区，然而想不到只走出 1 公里就遇到一处塌方。我们站在塌方的一边，一眼看过去，塌方足有250多米长，看不到一点公路痕迹，公路已被山上的泥石流掩埋，旁边是10米多宽且飞流湍急的贡易藏布河。唯一通过的办法只有翻山以避开这段乱石群。山上已被行人走出一条狭窄小道，我们扛车步履维艰地向前挪动。李满光个子大，一口气连车带行李率先抵达塌方的另一头，姚远走在第二，我在最后，10多年没挑过担子，此时负重真够受的了。自行车重量不算，光是行李和水就有近50斤，开始还不觉得，仅仅10分钟后双肩已开始疼痛，且腰酸、呼吸困难。在乱石丛中穿行，一不小心，脚滑进石缝便钻心般地痛，还要不时地攀越巨石，每走20多米，就得停下来休息一会儿喘喘气，让疼痛的肩膀稍作休整。另外，还要留意旁边的急流，要不然，随时都有可能连人带车坠入20多米高的急流之中。

姚远扛自行车穿越塌方的残缺公路

我们继续行进，前面的公路已被损坏得不成样子，就像纸条被撕得棱角分明一般，但勉强可以扛车通过，这是第二处塌方区。骑车前进不到半公里，又是一片乱石堆。碎石、烂木头等堆积如山，足有三四百米长。我扛着自行车走了一个多小时，李满光则早已过到对面，我仍在一步一拐地走，肩头真是又烫又肿，一放上自行车就觉得天昏地暗，两眼直冒金星，没办法只好就地坐在巨石上抽支烟休息一下。此时,成群结队的藏民驮着物品从这一区域来往通过,他们看到我这个熊样,每过一群人,他们都要跟我招手说说话。最后,我总算费了九牛二虎之力才穿过这片塌方区。肚子很饿了,我们就此休息坐在断桥边吃起了馒头。

电话线在公路两旁散落了一地,电线杆已全部倒塌了,这意味着在这一带中断了一切交通和通信,如此之大的破坏,我还是第一次亲眼看见。百分之八十的公路因塌方冲垮了,听说公路塌方早在今年 7 月的雨季就发生了,到现在已持续了近 3 个月,工程队也束手无策,我没有看到有任何修复的痕迹。

刚刚走了 300 多米的好路,前面又出现塌方,这里甚至连乱石都看不到,原来,公路早已被淹没了,而一边是石山绝壁,要想通过就只能翻山,顺着绝壁上的崎岖山路行走,但想自行车和行李一次性翻山而过那是不可能的了。我们只好解下行李,先将行李搬过绝壁,然后再回来推自行车。我先把行李背在身上,同时一手夹住军大衣,另一只手提着两个装满开水的饮水桶翻山。背着行李,每攀爬 20 米就要停下来休息,在离深谷、急流百多米高的山上,有几处还须跪着爬行才能上去,到处是荆棘丛生,带刺的树枝刺得手、脚伤痕累累,血迹斑斑,但已顾不上这些了,不被滑下深谷就算幸运的了。等我从山那边过来扛自行车时,已是晚上 7 点,看来得赶紧翻过山,不然,天完全黑下来在绝壁小道上攀爬非常危险。我扛上空车,重量明显减轻了许多,但山道崎岖,还得不时避开倒塌的电线杆,避免被电话线绊倒,我小心翼翼地控制好身体重心,这才终于通过了塌方区。

我们继续往前推车 100 多米,邻近急水河畔,前面又是长长的一段塌方区,由于天已黑,不敢贸然行动,大伙儿决定就此搭帐篷过一宿。

今天我们走了 7 个小时,行程只有 6 公里,这是总行程中最危险的一段路。

二十九、塌方之路(二)

第二天,等我们起床一看,篷顶四周都结满一层冰块,一抖则像碎玻璃啪啪落下,就连行李袋也附着一层薄冰,军大衣也是冷冰冰的。昨晚我们虽然搭起了帐篷,但里面的温度大概在零摄氏度以下,以致彻夜难眠,身子缩成一团才勉强入睡，且几次被冻醒。在太阳照耀下，冰块渐渐地融化，水珠“滴答、滴答”地往下滴。

大家吃几个坚硬的冷馒头，喝几口冰开水，早餐就算解决了，而后再晒一晒被冰块浸湿的衣物，于10点钟准备开始通过下一处塌方区。

这处塌方足有500多米长，公路被山上的泥石流全部摧毁了，我们只好把自行车和行李分开，首先是把行李搬到对面，再返回搬自行车。一路上，不时有沙石从山上掉下来。道班的工人告诉我们，塌方持续了近4个月，往年的情况不会这么严重，今年同时出现多处严重塌方，实属罕见。昨天过了一下午塌方区，右肩又肿又痛，今天我只好将自行车三角架横放在脖子上，就像挂牌子一样，稍微舒服了些，过乱石丛的速度比昨天快多了。

藏戏组图

藏戏的藏语名叫“阿吉拉姆”，意思是“仙女姐妹”。据传藏戏最早由姐妹演出，剧目内容又多是佛经中的神话故事，故而得名。藏戏起源于8世纪藏族的宗教艺术。17世纪时，从寺院宗教仪式中分离出来，逐渐形成以唱为主，唱、诵、舞、表、白和技等基本程式相结合的生活化的表演

推车不到300米，前面又是塌方，要绕过去只能爬山，按前面的方法虽然麻烦，可很有效。我们照样先搬行李过去，既可以探路，又方便清理荆棘。山路崎岖，有几处还是相当危难的路段，落差特别大，下坡有四五米长，旁边是十几米高的绝壁，要抓紧树根、树枝方可过去，等我将行李搬过去后，我对姚远说李满光也该差不多下山了吧。然而等了15分钟，还不见动静。我记得行至20多米时，他向右走，我则向左攀登。那时他是把行李和自行车一块儿扛着的。过了好一阵子，李满光终于从山脚的林子钻出来，两手提着行李。他说中间迷路了，前进后退坡度都太陡，进退两难，只好把行李和自行车分开先将行李提过来。

刚把行李绑好，拐了个弯，推车还不到100米，前面又是塌方，倒不算长，只有150米。我们在河岸的乱石丛中徐徐穿行，突然碰到两位来自瑞典的游客，他们背着沉甸甸的行李，热情地与我们打招呼。实在太累了，于是我靠在山上冲下的沙土上准备休息一下，不料上面的流沙突然往我头上、身上倾泻下来，还好我跑得快，不然就成了泥人，甚至葬身在这里。

不知不觉已是下午2点钟，由于连续扛车登山，身体严重透支，我们赶紧吃上几个馒头，再喝几口冰水，体力稍稍恢复了一些。但前面又是一段公路被冲得无影无踪，连一丝痕迹都找不到，唯一的办法还是爬山。

我背着沉重的行李，右手提着桶装水，左手夹着军大衣爬山，然而总感觉体力不济，腿软，头昏眼花，无精打采，背着行李每走20来米就要停下来休息，到第三次歇脚时还没到山顶。实在走不动了，身子一歪，就在山路上躺下来，山路上堆满了枯叶，感觉就像躺在旅馆的弹簧床上，一会儿就迷迷糊糊睡着了，直到姚远扛着自行车过来叫我，顿觉好受了很多。

绕过塌方区，再走1公里就可以到达85道班了。昨天下午带出来的40多个馒头早已吃完了，接下来得解决吃饭问题。我们赶紧推车行进，拐了个弯，看到前面道班的瓦房正冒着炊烟，大伙很高兴，不料前面又是200米长的塌方地段。而李满光人高马大，硬是从乱石中走出一条路来，将车和物一起扛了过去，然后只身到道班联系吃饭问题。我和姚远则是照老办法，把自行车、行李分开搬过去。此时已是下午6点钟。

我俩来到道班，两个藏族孩子迎了上来，热情地向我们打招呼。“他（指李满光）在这里。”其中一个小女孩指了指伙房的方向。我们进到伙房一看，女孩的父亲、姐姐正在吃饭，姐姐说等他们吃完后马上帮我们做饭。这一家人原本是城市户口，生活习惯与汉族差别不大，姐姐没上完初中就顶替父亲在道班工作了，妹妹则只读到小学三年级，目前在家待业，刚刚在门口见到的小男孩是家里最小的，也已满 11 岁，还没有上学。他们都很直爽，说话不拐弯抹角。姐姐和父亲边做饭，边跟我们交谈，说了许多当地的风土人情以及各种我们想了解的情况。妹妹在一旁做烧饼，作为我们明天的早餐。我问她放不放油，她说不用放，我说我们那边习惯放油、盐或糖，她听完就加了点油在面饼上。最后，我们拿出饭钱，那个父亲倒也不跟我们客套，很爽快地收下了。

王刚军在离河水 15 米高残缺的山体上缓慢推车

晚上，我们就在道班一个空房里搭帐篷，里面的地面上已铺有一层木板，看样子曾住过人。道班一位婶婶给我们送来了油灯，我们很是感激。

第 140 天，行程 7 公里，140 天共行程 11169 公里。

三十、塌方之路（三）

第二天 9 点钟我们没有带任何干粮就向最后 8 公里的塌方路段冲击了，

今天也是进入塌方区的第10天。昨晚下过霜，藏南的上午又被高山挡住了阳光，气温极低，扶自行车的双手被冻得生疼，只好不时地把手放到嘴边哈下气暖一暖。骑不到半公里，就进入塌方地段。首先经过一片乱石丛，自行车勉强推过去了。接着要过一处大坑洼，我踩着一个一个的石头蹚水前进，自行车则放在水中推行，开始还算顺利，可突然就踩不到前面的大石头了，而此时姚远和李满光两人早已走出老远，消失得无影无踪。慌乱之中，幸遇一位藏族中年男子帮忙，我先跳过去接应，他则在后面帮我推车，这才过了大坑。长长的塌方一直向前延伸，让人看着发怵，尤其是其中的一处，路早已成了废墟，沙石堆积得像一座小山，而且只能从上面翻越过去，还得时时提防飞沙走石的侵袭，别提有多难了！

李满光一口气连同自行车和行李扛过塌方路段

肚子饿了，没有吃的，只能喝口冰开水，在这交通中断、失去一切通信联系、荒无人烟的地方，想找一点充饥的食品完全不可能。我硬是顶着饥饿、劳累而引起的头晕、虚脱，一次次地扛车、攀登。这三天来，塌方路段都紧挨着湍急的河流，要想越过去，不是从河边的乱石丛小心翼翼慢慢穿行，就是攀登长满荆棘的高山。在这样的险境，果真是喊天天不应，喊地地不灵，一天下来扛车走路，身上已是伤痕累累。我使出全身仅存的全部力气，做最后的坚持。

终于越过了塌方区，今天我们不知不觉走了 8 公里，前面的砖瓦房应该就是道班，吃饭终于有着落了。我问一位甘肃籍的青工有无烟卖，他把自己仅有的一条烟从抽屉里拿出来给我，却不肯收钱，我想他们在这里也是挺不容易的，而且 4 个月不通车了，物价飞涨，我硬是把钱塞给他。

工人一边煮饭，一边跟我们说一些工作和塌方的情况。我因为实在太困，伏在膝盖上迷迷糊糊睡着了。等饭菜做好，李满光叫吃饭我才醒过来，捧着热气腾腾的饭菜埋头大口地吃着，直到吃饱了，我才有力气说话。

道班工人说，前几天，有位骑自行车旅游的蒙古人，他过这段塌方区时为减轻负重，保住性命，尽快越过塌方区，竟把帐篷、照相机都丢掉，只用了 1 天时间就走完 20 多公里的塌方路段。而我们由于行李多负重大，这段路足足用了 3 天时间才艰难地走完，幸运的是我们没有任何损失。

当晚在一个木工房搭帐篷，条件很不错，有足够搭帐篷的空间，帐篷搭在厚厚的木板上，就像睡在床上似的。睡觉前，大家围着蜡烛，写完了今天的日记。

第 141 天，行程 8 公里，141 天共行程 11277 公里。

三十一、进入然乌县

我们起床已是 8 点钟了，这才看清楚 85 道班四面环山，雪峰直冲云霄。远眺太阳已爬过山顶，然而这里却寒气逼人。我拿着毛巾、牙刷走出大门，到不远处用从山上流下的水洗漱。

引水槽的水来自山上的冰雪融水，为道班工人的生活用水来源。我盛水刷牙，刚入口，顿觉口腔、嘴唇肌肉抽搐，再一看碗里有几块冰片，那是昨晚留在碗里的水结的冰。我们睡在木工房里，然而温度已降至零摄氏度以下，可想外面就更冷了。毛巾早已冻得硬邦邦，将冰水擦在脸上就像用一把刷子在搓脸，洗完脸，两手早已失去知觉，敏感的神经还能感到胀痛，我赶快用手捂住嘴巴。

道班一片宁静，工人们仍在熟睡中，我抬头望向屋顶矗立的烟囱，一缕烟也没有。昨天跟道班的那位小伙子说好，我们要在 9 点钟赶路。可此时却没生火，看来这顿饭只能靠自己动手做了。拾柴生火，洗锅煮饭，切马铃薯，……

似乎我们才是这里的主人，一直忙到 12 点钟，阳光已经洒满了大地，虽然是中午，却似南方的清早，我们告别道班工人又踏上前往然乌县的征途。

上坡的山路并不崎岖，只是车速慢点。今天吃得有点饱，米饭填满了胃，以致骑车都感到胃有点痛，我还担心是否是盲肠炎的前兆。

我们深感 20 世纪 80 年代的西藏，生活在牧区和乡村的藏民仍然处于贫穷落后状态，他们子女的文化教育程度大都不高。本来国家对适龄儿童实行免费义务教育已有多年，然而，很多孩子直到十一二岁才入学，而有些读到小学就辍学了，甚至不少牧民子女由于家庭劳力不足而不能上学。据我们了解，问题的关键在于，父母对子女文化教育的重要性认识不足。因此，西藏要发展，光靠国家经济投入解决不了根本问题，必须促使长期处于半封闭状态下的藏民改变旧观念。

西藏是全国 5 个少数民族自治区之一，面积 120 万平方公里，占全国总面积的1/8，其中，草原面积达 12 亿亩，可利用的 8 亿多亩，已利用的 6 亿多亩，为全国四大牧区之一。西藏乃是资源大区，不仅江河湖泊众多，水力资源开发潜力大，地下矿藏也很丰富，地热和太阳能开发前景十分广阔。同时，西藏地处世界屋脊，拥有独特的高原地貌、人文景观和民情风俗，使得发展旅游业一样大有可为。为此，必须尽快解决西藏交通难的问题，不断提升当地教育水平。

波密一带素有“西藏江南”之称，气候条件比较适合农作物生长，从这里往南，农业生产方式越来越明显。这几天由于气温降低，夜间都在零下 2—3 摄氏度，一路上随处可见冰雪融水化成的一条条冰柱，我们中途休息时，就在公路边拿冰块来解渴。李满光觉得不过瘾，跑到几十米远的山泉流水中挑拣到一根特大的冰棍，活像只羊腿，不禁使我们联想到在藏北啃羊腿的快乐时光。

下午 4 点半，车队进入然乌县，我们来到然乌兵站招待所，住在二楼的大房内，里面有十几张床位摆放整齐，看样子常有人来入住，床上的垫子、被子发出难闻的臭味。当晚到附近川菜馆吃完饭后回来检修自行车，而后大家各自写日记，但到 10 点钟，兵站的柴油发电机就停开了，我们只好点上蜡烛继续工作。

第 142 天，行程 32 公里，142 天共行程 11309 公里。

三十二、八宿见闻

9 点钟，我们在门口的小店买了两包饼干作为午饭，队伍又出发了。

我们沿着光秃秃的山路向海拔 4000 多米的大山挺进。此时，太阳光直射山顶，冰雪融化而成形态各异的冰条，挂在湿漉漉的山壁上，宛如雕塑一般，非常壮观。我们边走边看，自行车骑一段推一段，中午 1 点到达 20 公里处的山顶。

下山了，自行车像脱缰的野马直往下冲，急速的气流在耳边呼呼作响。这一带村庄很多，有茅屋、木屋，还有河边搭起的草屋，那些水闸屋也是用茅草搭成的。有的村庄碉房林立，房顶插着巾幡彩旗迎风招展，还有象征吉祥如意的玛尼堆，到处都显现出宗教的色彩。不管是这里的孩子还是大人，看见我们经过都热情地挥手致意，有些少年还会向我们打招呼“哈喽！哈喽”，把我们当成外国人了。

八宿风光

姚远在背后向我呼喊，我回头一看，李满光并没有跟上来。我俩等了好一会儿，他才推着车从山那边拐弯下来，原来他的自行车后胎漏气了。在这荒凉之地，前后都不着店，本来补胎是“小儿科”，但由于上星期过色季拉山时，弄丢了打气筒的抽塞，现在即使补好胎也充不了气，而此去八宿县城还有 29 公里，我和姚远只好把他的行李分开载，我俩先到县政府招待所联系，他则要慢慢推车过来。

我和姚远骑车继续往前奔驰，自行车的速度好似摩托车，尽管公路并不平坦，但上下坡很多。下午 6 点钟不到，我俩就先期抵达八宿县城。

县城不大，只有一条街道，我俩走了 10 多米便看到县委、县政府的驻地，就在街道的左边，经到里面打听，这里有临时招待所。在一位藏族阿妈的指引下，我在二楼的家属宿舍找到了招待所的服务员，她说这里一般不接待外人，经我把我们的身份和情况说明后，她同意让我们住进去，由于那时她正在烤烧饼，就叫她 11 岁的小儿子给我们开房间。过了一个多小时，从客房的窗户看到李满光到了，靠在自行车横杠上东张西望，显然在找我们，旁边一大群无聊的藏民正围着他看。我赶紧打开窗户喊他上来。

大家都安顿下来后，我们首先去找饭馆，经过县政府门口时，只见有十几位藏族少女在卖青稞酒，我们打算饭后回来时再买。

街上没有电，听说停电已 3 天了，街上的小卖部只能点蜡烛。我们买了蜡烛和手电筒的电池、灯泡后才到一家川菜馆吃饭。饭后买了些花生豆准备喝青稞酒时吃。回到县政府大门口时，卖青稞酒的藏族小妹还在。

回到招待所，我们赶紧点上蜡烛。招待所的服务员很热情，我们一边喝青稞酒，吃着花生，一边跟她聊天。话题先从当地生活习惯谈起，她说："我是藏族人，爱人是汉族人，每天早晨还保留着喝酥油茶的习惯。"我问她："您对政府的少数民族政策有何看法？"她说："很好啊！国家对西藏实行了特殊照顾的政策。"谈到普教问题时，她说："藏族的孩子上小学、中学都是免费的，对藏区农村的学生每学期还发 300 元给他们买书、作业本和笔等学习用品。"谈到西藏的气候问题，她说："藏北气候恶劣，虽然那里的公务人员、国家干部工资较藏南高，但有钱也买不到东西，蔬菜更看不到。而这里交通方便，尽管物价较高，但多少能吃上新鲜蔬菜。"当听说我们的探险考察活动已经走完了 1 万多公里，尤其是入藏两个多月以来，克服了各种难以想象的艰难困苦，她赞叹不已。

第二天下午 3 点钟，我把穿烂的运动鞋拿到附近一个鞋匠那里补，顺便买了一斤三两牛肉（3.80 元一斤，带骨的为 2.80 元一斤）。

李满光在外面修理自行车，遇到一位中学教师谈起了当地的教育情况，他说政府对藏民子女一律实行免费教育，还给一天 2 元的生活费。原来是实行单一的汉语教育，两年前班禅来这一带视察，了解到当地存在藏文教育的盲区，这之后就开始实行汉、藏两种文字教学。他们学校学生有 300 多人，每个班级学生年龄悬殊，有个学生 19 岁才读五年级。

晚饭我们把牛肉拿到小饭馆加工，炒了两碟菜，量挺大很合算，再把上午没喝完的青稞酒拿来喝，最后仍剩大半瓶。

我们在回来的路上，又遇到一位从重庆师范专科学校毕业，自愿到西藏任教 5 年的教师，谈到这里的教育情况，他说："国家每年拨款 30 万元给学校，另外对学生实行免费教育，由于学生没有强烈的求知欲望，成绩好坏一个样，也不会因成绩差而感到损伤自尊心，在昌都地区统考中排倒数第一，领导则无动于衷，上面也没有奖罚制度。"他告诉我们说，他必须要在西藏支边 8 年，然后可调回内地，由有关部门在内地重新安排工作，他说支边前雄心勃勃，来到这里工作后碰到许多现实问题，施展不了才干而感到有些茫然。

藏南的群山风景如画

半夜，被住在隔壁的中科院的 4 位男女考察队员做饭的声音吵醒，因要连夜赶路，所以才凌晨 3 点，他们就坐车离开了，此时我的睡意全无。后来听说他们也是来西藏考察的，有专门小车接送，是到了八宿后听说前面有 20 多公里塌方路段(就是我们前三天经过的路段,徒步一天可通过)汽车不能通行,他们住了一宿就返回四川成都,准备坐飞机回北京。这几位中科院科研人员是对西藏的土壤、草料考察研究,可他们因前面塌方20多公里,就不想步行绕山路通过而放弃考察,这实属可惜。我们比起他们虽然考察的项目和目的不同,可我们一路骑自行车作为交通工具,比起坐在小车上的他们不知辛苦多少倍,有时连生命都得不到保障。但是,我们不论前面遇到多少不可预见的复杂情况,硬是肩扛推车过来了。不吃点苦、不冒点险能收集到真实资料吗?

三十三、抵达昌都

我们于中午12点30分进入环山拥抱的昌都地区,进入市区在桥边看到一大群学生骑着自行车从桥对面过来,看样子是中学生,此时正放学回家,我们拦住其中几个,问地委招待所怎么走,他们说就在前面,先上一个长长的斜坡,再向前走不远便到了。正朝前走的时候,又碰到一大群小学生,八九岁的样子,他们冲着我们喊:“Hello!”(“你好!”),他们竟把我们当成外国人了!

昌都全景

我们抵达地委招待所(昌都宾馆),在大门口,一位武警对我们盘查很严,或许因我们脸面乌黑,引起了他的警觉,好一段时间他才相信我们是考察队的。

服务员是藏族姑娘，她热情地给我们开了二楼一房3铺（6元一铺）给我们，并告诉我们可以到宾馆开的餐厅吃饭。

下午2点钟，我们在宾馆里面的一家饭馆吃午饭。饭馆是四川人开的，炒菜师傅和服务员也全都是四川人。四川与西藏交界，人员往来频繁，在西藏的四川人很多，其中不少是开川菜馆的。今天吃第一顿饭，饭量本就比一般人大，这次每个人吃了3大碗。

李满光建议晚餐买些饼干回房间吃，姚远补充了一句：把明天的早餐也一起买回来。我表示赞同，一来可以换下口味，二来还能节省些经费。趁着天未黑，我披上军大衣到了街上，只见行人稀少，街灯也还没亮，国营商店的大门都是关着的，只有一些小卖部继续营业。我来到桥边的小卖部，听口音知道老板又是四川人，乃是一对中年夫妻，态度友好，我顺便问了市区商品情况。他们说："国营商店晚上（6点过后）不营业，桥那边的物价普遍比这边高一点，1斤白糖牌价卖1.65元，桥那边私人卖2元。"后来我还是过桥买了高价白糖和其他食品。

考察队于**1988**年**10**月**29**日抵达横断山脉上的西藏昌都。摄于昌都大桥

第五章

凯旋篇

KAIXUAN PIAN

一、进入四川泸定

考察队告别了西藏第三大城市昌都，奔向念青唐古拉山，经过一天的长途奔波，跨越金沙江，接着用两天时间翻越雀儿山，进入当年红军长征一、四方面军胜利会师的所在地——甘孜。再经炉霍、道孚之后，向大雪山（红军翻越的大雪山）发起冲击。

车队进入云雾朦胧的大雪山，这里就像进入天国一般，10 米以外看不清任何景物，全是白茫茫的雪，气温急剧下降到零下 3—4 摄氏度，我们似进入北国之境，在这里可以领略到奇妙、神秘、朦胧的奇观。虽是下午 2 点多钟，却像黑夜刚刚过去迎来了黎明的到来，仿佛进入朦胧未知的世界。翻过大雪山后，我们进入康定县境内，仰望那浮在云雾中的跑马山顶，一条长长的溜马场，那就是著名的《康定情歌》中唱到的“跑马溜溜的山哟，一朵溜溜的云哟”的地方。

距泸定市还有 20 公里，车队沿着咆哮的大渡河往泸定疾驰，沿途可见 4 条结构一样，长短不一的铁索桥。我们通过泸定大桥（水泥桥）进入市区，来到了市政府招待所。时值黄昏，我们在泸定桥东侧大门口拍照留影。

跑马山位于四川省康定县城郊，为当地群众“转山会”聚集地；又因《康定情歌》的流传而益闻名。山有浅坡草坪，峰顶白云缭绕，时聚时散，颇富诗情画意。每年农历四月初八日“浴佛节”，相传为释迦牟尼生日，藏、回、汉各族人民携酒备肴，相邀游山朝庙，并在跑马山上举行赛马会，进行各种骑术竞技表演

泸定桥始建于康熙年间，中国工农红军第一方面军于1935年5月29日与国民党的守军在此激战。国民党为阻击红军渡江，先是拆除桥上木板，后是点火焚烧，等红军赶到桥的西侧（市区对面），只剩下铁链（桥长103米，宽3米，由13条碗口粗铁链组成，即桥栏左右各2条，桥面9条）。由连指导员带着22名红军战士冒着对岸敌人的枪林弹雨，在铁索桥上匍匐前进，一举消灭桥头守卫，夺取铁索桥，使红军顺利强渡大渡河，并取得举世闻名的大渡河战役的胜利。大渡河河床宽，水流急速。此时河风吹拂，毛毛细雨直扑我们的脸上，我站在桥上，感觉就像打秋千一样左右摇荡。现在桥面沿中央已铺上三块木板，两侧各铺一块木板，横排以每隔30厘米铺一横木，人们可以方便来回。此时有不少年轻人在摇荡的桥上骑自行车通过。

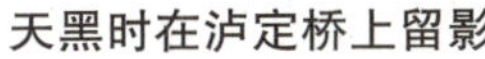

天黑时在泸定桥上留影

二郎山瞭望塔

新中国成立后，在桥东修建了泸定桥革命文物陈列馆，在距桥约500米的河西沙坝建成了红军飞夺泸定桥纪念碑。1961年3月4日，泸定桥被国务院首批确定为全国重点文物保护单位；1992年被四川省委、省人民政府定为四川省青少年爱国主义教育基地；1996年泸定桥被中宣部、国家教委、团中央、文化部等六部委确定为全国中小学爱国主义教育基地；2001年被中宣部定为全国爱国主义教育示范基地。

在市政府招待所，我们住在五楼一房3床的套房中，带卫生间，还配有黑白电视机、沙发，条件很不错。每铺3.5元挺便宜的。等我们到餐厅吃饭时，可见这里菜色新鲜多样，价格合理，而且米饭任吃。当我们吃完饭准备离开时，旁边饭桌的3位藏族货车司机得知我们的骑行之举都表示非常钦佩，他们十分诚恳地一齐合唱迎宾歌曲，双手端着满满一杯酒引吭高歌。为答谢他们，我也端起酒杯一饮而尽。接着他们又献上一首《朋友情》，充满深情地唱着，李满光上前答谢干杯。

我们边饮边谈，相互留下地址以便日后联系。

二、翻过二郎山到雅安吃担担面

车队从泸定城出来，经过弯曲的山路于上午11点30分到达二郎山检查站。

二郎山公路盘山而上，路面窄，且路边是非常险要的悬崖绝壁，为避免交通事故，这30多公里的路段以单行线形式通行车辆，每隔1小时由检查站放行一次。我们利用这段时间登上供游人游览的瞭望塔。远眺一望无际的群山，隐隐欲现的高大松树在蓝天白云的辉映下组成一幅美丽的图画，川藏公路就像树根从绝壁中钻出一般，蜿蜒伸向远方。我们在此留下难得的纪念照片。

我们从山顶的瞭望塔下来，时间才到8点30分，这时停留着十几辆等待过山的各种车辆，与我们同批放行的人仍围在一起等候。此时检查站的餐饮部也开门了。不管三七二十一，有吃的就吃饱再出发。

9点钟，十几辆汽车开始放行，我们向二郎山最危险的路段慢慢前行。虽然汽车只能单向行驶，但公路又窄又弯曲，汽车左边车轮只能紧贴着悬崖而行，时而又见右边车厢与犬牙交错的山石擦出火花，真为司机担心。

不仅如此，还看到一辆昌都客运公司的客车翻倒在10米深的河床上，车体损毁严重变形，听工作人员说此次事故发生在4天前，造成3死6伤的惨剧，司机也在这次事故中当场死亡。

经过1个半小时，我们终于上到山顶，从海拔3000米的公路上向下滑行，多处急转弯使我不得不大力抓住车把刹，以免自行车失控。有几处崩塌的公路有一批石匠、民工正在维修，看样子还准备建桥。山上的小草、树枝挂满雪花、冰块，一片白茫茫似白天鹅丰满的羽毛，我们仿佛置身于童话世界中的仙境。

翻过二郎山，山势逐渐平稳走低，山上到处种着蔬菜，还可以看到种过玉米、麦子的痕迹，低洼地甚至种上水稻了。4 点钟，通过武警驻守的雅安大桥而来到雅安市健康旅社住宿。

雅安全景

雅安，四川省地级市，辖区面积 1.53 万平方公里，原为西康省省会，1955 年随西康撤省并入四川，设雅安地区，2000 年 12 月经国务院批准撤地设市。位于四川盆地西缘、邛崃山东麓，东靠成都、西连甘孜、南界凉山、北接阿坝，距成都仅 115 公里。素有“川西咽喉”“西藏门户”“民族走廊”之称。

雅安市素有山清水秀、风景宜人的好名声。岷江从市区穿流而过，市区中心是熙熙攘攘的人群，中心街道的个体户摆着衣服、鞋、日用百货等摊档，就像广州高第街一样五花八门、非常热闹。在这里，我买了一盒手风琴与电子琴合成的磁带。逛完市区最热闹的几条大街道，我们准备吃饭。为了品尝四川的担担面，我特意去了一家面食馆，而姚远、李满光则另外找盒饭吃。我要了半斤水饺(一两 0.25 元)和一碗担担面(0.5 元)，饺子味道不错，但我最感兴趣的是担担面，虽然量不算多，但味道棒极了：一小碗，碗底放入酱油、猪油、辣椒、生葱(预先已放好)，倒入白皮面条，再加少许肉末在面上，吃时把它们搅匀，便是可口的担担面了，的确与其他炒面、汤面大不一样。

担担面是四川省成都市和自贡市的一种著名的传统川味小吃。担担面相传为1841年一个绰号叫作陈包包的自贡小贩创制，因为早期是用扁担挑在肩上沿街叫卖，所以叫作担担面。担担面是将面粉擀制成面条，煮熟，舀上炒制的肉末而成。成品面条细薄，卤汁酥香，咸鲜微辣，香气扑鼻，十分入味。2013年，担担面入选商务部、中国饭店协会首次评选的“中国十大名面条”。

三、抵达成都

我们经过半个月时间，从昌都骑行1350公里于下午2时抵达成都，考察队终于穿过最艰辛、最危险的西藏高海拔地区，进入了自然条件较好的西南地区。

在成都火车站留影

队伍住宿在离成都火车站不远的兵站招待所，为了节约费用，我们选择了相对经济的五楼的一房3铺，每张床3.5元/天，条件一般，但很干净。当大家安顿下来后，李满光出外买运动鞋，姚远写日记，我则抓紧搞个人卫生，洗了一大堆衣服,趁早晾晒明天才能有得穿,每次到一个地方休整,都得考虑洗了衣服第二天能干才敢洗。洗了 2 个钟头的衣服,回到房间坐下后,才感觉到疲劳,十几天来的急行,大脑高度紧张,每天睡眠还不足 5 小时,一旦大脑放松下来,疲劳就出现,完全靠精神来支撑着。

晚餐时间为 6 点钟,我买了两天的餐票,一餐每份 1. 2 元,还是挺便宜的。晚餐每份一碟三种菜、三两一碗饭。菜倒不错,但饭可不够吃,我又另外多买了一碗才勉强填饱肚子。

我们边吃边用广东话交谈,坐在我们旁边的一位穿中山装的中年人突然用广东话问我们是哪里的。我们三人不约而同地怔住了,回答道:“佛山。”然后他自我介绍说:“我是三水的。”两三句话就把彼此之间的距离拉近了,热情亲切。他说:“咱们是老乡,在这里遇见不容易啊。”当他得知我们是骑自行车途经 10 个省份,从西藏进入四川时,感到无比惊讶和钦佩。我问他到四川主要从事什么工作,他说是采购猪肉,于是谈到成都猪肉价格情况:1 斤猪肉 2. 5 元,1 斤猪骨 0. 3 元。目前广州地区猪肉 1 斤 5 元多。

四、参观武侯祠、杜甫草堂

第二天起床时,已经是上午 8 点钟了,招待所早餐时间已过了半小时,我们只能到外面小巷中的餐馆吃小笼包子。成都给我的最深印象是人多,都市大,街道宽,饭馆比广州还多,川菜馆不但在省内很多,而且遍布全国,甚至开到了国外,可说是巴蜀文化递给世界的一张名片。

经过一番询问,穿街过巷花了一个多小时才来到四川成都南郊找到著名的武侯祠,门票花了 6 角。

武侯祠坐落在历史文化名城成都市南郊,面积 230 亩,祠宇坐北朝南,布局严谨,殿连廊通,周围环以高墙,具有浓郁的民族色彩。

武侯祠的主要建筑有:大门、二门,刘备殿、文臣武将廊、过厅、诸葛亮殿等。诸葛亮死后 70 年即公元 304 年,西晋李雄于成都称王,开始在城内为诸葛亮修建纪念祠堂。唐朝著名诗人杜甫作的《蜀相》诗中有“丞相祠堂何处寻,锦官城外柏森森”之句,可见,早在 8 世纪中期,成都南郊的武侯祠已是著名的游览胜地了。诸葛亮(181—234 年),字孔明,琅琊阳都(今山东沂南县)

人，死后谥忠武侯，所以纪念他的祠堂称武侯祠。诸葛亮是我国历史上杰出的政治家和军事家，西晋史学家陈寿评赞诸葛亮治蜀“科教（法律）严明，赏罚必信，无恶不惩，无善不显，至于吏不容奸（犯法），人怀自历，道不拾遗，强不侵弱，风化肃然也”。他积劳成疾，病亡后，“百姓巷祭”“戎夷野祀”，各个地方的人纷纷立庙纪念，成都武侯祠是其中历史悠久、规模较大的一座祠堂。

成都武侯祠

现存殿宇系清康熙十一年（1672 年）重建，东西两廊，分别为文武廊房，塑蜀汉文官、武将 28 人，形态生动，塑像前均有小石碑，镌刻本人传略。诸葛亮殿正中为武侯贴金塑像，两侧为其子诸葛瞻、孙诸葛尚塑像，诸葛亮像前有铜鼓三面，称诸葛鼓，铸于 6 世纪以前。殿西侧为刘备的坟陵（史称“惠陵”），封土高 12 米，环以墙垣。

从武侯祠走出来已经是中午 1 点钟了，我们首先在门口的四川饭馆吃饭，而后骑自行车来到杜甫草堂，买票进去参观。杜甫草堂是为纪念当年杜甫在成都时的生活场景而建，庭院建筑幽雅、清静、典雅，反映出我国南方古代建筑的特点。

草堂里面的茅草屋和亭阁在竹林的环抱下显得非常雅致，是文人吟诗作赋的好地方。草堂里还有江南盆景,花坛、假山、流水,更赋予诗人以遐想,稀疏有致的竹林里,安放着石凳、方桌,是游客休闲的好去处。

杜甫草堂在四川成都市西郊浣花溪畔,为唐代诗人杜甫成都故宅旧址,原宅中唐后已不复存在。北宋元丰间,始重建茅屋,立祠宇。元、明、清历代均曾改建修葺。明弘治十三年(**1500** 年)及清嘉庆十六年(**1811** 年)的两次修建,大体奠定了后来草堂规模。今主要建筑自前至后有大廨、诗史堂、柴门、工部祠。诗史堂两侧为陈列室,环以回廊与大廨相连,布局紧凑,相互呼应,别具一格。园林总面积约 **300** 亩,梅园楠林,翠竹千竿,溪流小桥交错庭中,使诗人故宅增添无限诗情画意。每当农历正月初七,俗谓人日,游人前来赏梅凭吊者络绎不绝。杜甫(**712—770**),字子美,安史之乱后于唐乾元二年(**759** 年)流寓成都,濒浣花溪筑茅屋而居,历时近 **4** 年,作诗 **240** 余首;名篇《茅屋为秋风所破歌》即居草堂之作

五、游峨眉山,参观乐山大佛

我们沿着上峨眉山的路爬到了半山腰,气温逐渐降低,路面早已被薄薄一层白雪覆盖。山路两旁的松树依然显得那样挺拔,顺着山路仰望,是看不到尽

头的台阶，全都被雪染成了白色。乳白色的雾笼罩在台阶之上，觉得像进入了仙境。气温虽低至零下3摄氏度，但海拔3000多米，而且坡度落差大，穿着大衣登山显得格外吃力，我不得不把大衣脱下。路上游人如织，有年轻的情侣，有中年夫妻，或者带着一家子，甚至有身手敏捷的老人，而我们健步如飞，把游人一个一个地抛在身后。

我们攀登到山顶，却不免有些失望，原来此处存在管理不善、缺乏保护意识的问题，只见到处是肮脏的断墙及泥土、石块，在亭阁内外还堆放着煤，甚至旁边还养猪，环境卫生极差，与"峨眉天下秀"的美名可谓大相径庭。中午时分，我们开始沿小路下山，此时林荫石阶上就像下着小雨般，冰雪逐渐融化，雪水滴落在军大衣上，我们却忘记了疲劳，只想快点下山。

一路上，有许多从事抬滑竿生意的民夫，他们每碰到游客总会习惯性地招揽生意。遇到一位个子矮小但很壮实的轿夫，他问我们坐不坐滑竿。我们说："那么年轻，坐轿不好看。"他说："你们不坐，我们就没饭吃了。"一路下山，不断碰到轿夫问我们坐不坐滑竿，我们只好重复烂熟的那一句话："那么年轻，坐轿不好看。"

李满光、姚远早已走在前面，我见不到他俩，一个人在陌生的人流中一步步往前跨腿，脚酸痛难忍，又觉得口渴，虽然路旁有很多卖汽水的摊档，但价格实在太高，舍不得买。右脚背像是抽痛，我感觉这不是一般的酸痛，而是扭伤后的疼痛，脚趾都麻了，双腿则不停地抖动。但我只能咬紧牙关急匆匆地向山下赶去。

我回到住地却发现他们还未回来，就洗了个舒服的热水澡，感到很累就先睡了，等他们回来后再去吃饭。

醒来时，我一看手表，指针正指向8点钟，他俩还没回来，我想他们很可能在山上过夜了。而后我一个人到饭馆，吃了一碗云吞又买了10个蛋糕回房。

11点钟，旅馆刚刚关上大门，李满光、姚远才回来，原来他们并没有迷路，而是到了净水车场，在吃汤圆时遇到了一位广东高州籍在西南交大读书的大学生，受邀到交大转了一圈。这位大学生听说我们是骑自行车过来的，打心眼里佩服，觉得这样的行为好刺激。

峨眉山在四川峨眉县城西南7公里。雄踞四川盆地西南缘，与浙江普陀山、安徽九华山、山西五台山并称“四大佛教名山”。因山势逶迤，“如螓首峨眉，细而长，美而艳”，故名。有大峨、二峨、三峨、四峨之分。今游览地即大峨。主峰万佛顶海拔3099米。山麓至峰顶50余公里，石径盘旋，直上云霄，巍峨绮丽，闻名遐迩，素有“天下名山”“峨眉天下秀”之称。

峨眉山金顶雪景

两只淘气的小猴子竟爬到王刚军的肩上

峨眉山层峦叠嶂，流泉飞瀑，古木参天，风景雄秀，随着季节的变化和山势的不同，阴、晴、风、雨、云雾、霜雪的渲染，景色绮丽。著名的风景有“圣积晚钟”“罗峰晴云”“双桥清音”“黑江栈道”“一线天”“白水秋风”“象池夜月”“金顶祥光”“严岩叠翠”等，各具佳趣，引人入胜。

峨眉山在2世纪始建庙宇，至15世纪前后为最盛。山上寺庙创建于东汉，后历代续有修增。初流行道教。唐、宋以后佛教日趋兴盛，至明、清臻于极盛，一时梵宇琳宫，大小寺庙多达百余座，为佛教著名普贤道场。保存至今的有：报国寺、雷音寺、清音阁、万年寺、洪椿坪、仙峰寺、洗象池、金顶等。这些寺庙坐落于山巅、峡谷，依山因势，各有特色。历代名流游览峨眉山，赋诗作画，古迹相传，琳琅满目，美不胜收。

峨眉山还是一座天然博物馆，上下气温悬殊：山麓春花烂漫，山顶白雪皑皑。自下而上亚热带、温带、亚寒带，植物呈垂直分布，种类繁多，计3000多种，其中100余种为峨眉山特产，有“植物王国”之称。野生动物也十分丰富，小熊猫、赤门羚、弹琴蛙、白鹇鸡、枯叶蝶等皆称稀有，更有猴群出没于山间道旁，为游人添趣。

峨眉山地貌千姿百态，岩层复杂，岩石种类繁多，如花岗岩、火山岩、沉积岩，并且岩层褶曲、断裂纵横，加以冰川剥蚀、流水切割，非凡的地质历史，奇伟的自然力量，终于雕琢出“高山五岳，秀甲九州”的峨眉山。

在乐山大佛头像侧

第二天，我们骑行一个半小时，抵达距峨眉县31公里的乐山市。乐山市地处岷江河畔，是依山傍水的古城，而今以现代化的崭新面貌出现在我们的眼前。城区人口稠密，经济活跃，到处可见个体经营摊档。我们遥望拱桥对面，被一层薄雾遮住，却隐隐欲现大佛之山。

乐山大佛在四川乐山市南岷江东岸凌云山西壁，岷江、青衣江、大渡河三江合流处。大佛为依凌云山栖鸾峰断崖凿成的一尊弥勒坐像，故又名凌云大佛。《嘉州凌云寺大佛像》记载：大佛为唐开元元年（713年）开凿，完成于贞元十九年（803年），前后工程进行了约90年时间；上覆13层重楼，名大佛头，与山齐，脚踏大江，通高71米，头高14.7米，头宽10米，肩宽24米，眼长3.3米，耳长7米。耳朵中间可并立二人，头顶上可置一圆桌，赤脚上可围坐百余人，是世界上最大的石刻佛像。其右侧有凌云崖九曲栈道，沿崖迂回而下，可达江上。俗谓“山是一尊佛，佛是一座山”。佛像雍容大度，气魄雄伟。乐山大佛的创始者是贵州人海通禅师。

在乌龙山岷江悬桥

距乐山大佛30米的岷江，一些船只在此停留，供游客拍照。在太阳照射中，大佛傍水，目视岷江远方，两手安放在大膝上，显得十分安详，大佛旁边是许多小佛像的雕塑。“Z”形绕绝壁而上的云梯已挤满了众多的游客。假如不在船上拍照，大佛全景是拍不了的。因为佛像就是整座山，依山傍水。

顺着路标上石阶，下石阶，本来脚就疼，而现在就更吃力了。穿过密密麻麻的小摊，从一座长长的缆桥过去，再花10分钟越过台阶，台阶绕绝壁“Z”字形凿成，就像巷道盘绕而下，穿过一个10多米长的山洞，最后便来到大佛像脚下，许多游客正坐在佛像的巨型脚趾上拍照。

六、坚守昆明12天，度过第二次经济危机

第 1 天

第1天，队伍抵达昆明后，入住昆明铁路招待所四人房，10.4元包下一个房间。交了房租和押金后，只剩下14元，这点钱还要买饭票，这次比在拉萨时还惨，晚餐只吃水果也花了4块多。回到房间三人想办法看有无其他途径可以暂时解决经费问题，同时再仔细核算一下后期的经费需求量，即按原计划到各个地方加起来的费用。

第 2 天

第2天还剩菜票3元多，现金只有4元钱，再加上李满光和我搜遍了行李凑到4.03元，这也只不过是三人一天的伙食费，而且只能吃白菜了，由于今天是星期天团市委休假。上午肚子饿得阵阵作痛，只能熬到中午才能吃饭。中午我把6元菜票分作两餐食用，到饭堂买饭，每人盛7两米饭，再加两份少得可怜的大白菜，倒也填饱了肚子。

下午，我到门口大街上瞎转，特地在一间装修不错、专门经营家用电器的个体商店逗留，与一位男售货员谈到其商品情况，他们的大部分中高档音响设备都是从佛山、深圳、中山进货，其中音响价格比广州售价高200元左右。

云南香格里拉风光

下午就在百无聊赖中度过，没有经费，眼看明天就断炊了，这真让人心烦啊！

晚餐又只能买白菜送饭，而后就只剩下 3 角钱了。饭后，我们根据考察路线重新核算经费需求情况，取消了西双版纳的行程。晚上三人面面相觑，为经费发愁，只有 3 角钱，明天早餐都买不成，只能饿着肚子去找团市委看经费是否收到。

服务员催交今天的房费，我只好到一楼总台把情况说明，服务员还是挺通情达理的，要求我们把工作证押在总台。

第 3 天

第 3 天起床后，时间已 9 点半，我们准备步行到团市委，在个体摊档查地图，获悉市委方位后即往前走。饥饿的侵袭迫使我们迈着仍未消除疲劳、肌肉酸痛的双脚，行进在熙熙攘攘的北京路。彼时的昆明街道绿化较差，并未显现其作为“春城”的特殊魅力，但整洁、宽阔的街道两旁看不到小摊档，市容显得井井有条。商店鲜果、香蕉、大雪梨、菠萝以公斤出售，价格不算太贵。

问了几次路，最后走了约两个小时才找到市委，团委就在里面。团市委学校部的副部长是位中年人，名叫王卫勇，他接待了我们。我们开门见山谈到我们前来的目的，是想问问从佛山有无寄来钱，是我们的考察经费，并告诉他在西藏昌都时拍了电报给团市委请代收这笔款项。但他说，他们没有收到电报和汇款，对这件事也一无所知。我当时听到这番话，顿感茫然，怎么回事啊！电报已发出 13 天了，这里竟未收到。他们又立即拨电话到团省委查找，但回复也是没接到款项，后来又到收发室查找，仍不见电报踪影。没办法，此时只能厚着脸皮开口借钱了。“现在我们到了山穷水尽的地步，连生活费都解决不了。你们能否帮忙借出钱给我们暂时顶几天，哪怕几十元也好。”李满光说。然而，王副部长却说：“管理财务的人出差了，钱拿不出来。”我说：“那从私人手里借几十元出来，我们把照相机押在这里作抵押。”他忙说：“这倒不必，你们还是下午打个电话过来问问情况，我们帮你们打电话到佛山问询对方有无把钱寄出。”这一来是转移话题，二来是推辞，而且是逐客的话了。

从团委出来已经是 12 点了，早餐还没吃，肚子饿得咕咕叫，吐酸水，可手里没有钱啊！三人感到眼前一片茫然，汇款无着落，没有任何经费，举目无亲，我感觉漂泊的痛楚油然而生，我们历尽艰辛，在经费暂时断绝后连饭钱都没有了，我们厚着脸皮开口向这位部长借，他却推掉了，难道就饿死在春城吗？

此时解决当务之急的吃饭问题，只能找北京路那家豪华的广东餐馆了。我们想广东餐馆最起码有广东人，把情况说明后也许能得到帮助。

于是，我们三人进到顾客满盈的餐馆，这里的装修和餐桌摆设全部是广东酒家的特色，经营方式、菜色名称也是正宗的广东味，我感觉像回到了广州。服务员告诉我们，坐在一张空桌前的是位经理。我们把情况告诉他后，并相互问候，原来他是上海人，可操着纯正的广州话，他叫我们稍等一下，好去叫老板过来。服务员送上广州红茶，很久没有用小杯喝过茶了。大概10分钟后，经理带着老板过来，他是位三十四五岁的中年人，老家是海南的，来昆明已有七八年了。他听完我们的陈述后，用精明的似乎要在我们三人的外表中看是否有可疑之处的目光在我们身上扫来扫去，最后他说："你们有无证件、证明？"李满光把部队开的证明拿给他看后，他说："有无单位证明。"这明显是放心不下，李满光说证件押在旅馆了，因为两天的房费都未交，证明则放在团市委，因为团市委在下午要帮我们打长途电话到佛山。

我们说："这样吧，把照相机押在这里，你们先暂时支付点生活费给我们。"他问："那你们想借多少钱？"李满光说："先借100元。"他说："这样吧，借给你们50元先把住宿费交了，然后每天到这里吃饭，多少钱再总的来算。"接着他问："你们的经费大概什么时候可以寄来？""可能三四天时间可以收到。"李满光说。他说："好吧，那我先把照相机收起来。"他打开照相机看了看是凤凰牌，便半开玩笑地说："是凤凰牌的啊，不要到时又说是什么高级照相机。"我们说："这怎么会呢？"片刻，他拿来纸，对我们说："你们把详细姓名、单位以及具体情况写个书面说明，这是借款条，白纸黑字。"看来这位老板的确是精明的生意人。

所有工作都做完了，他说："好吧，先吃饭。"随即他亲自到伙房吩咐给我们上菜。唉，总算暂时解决了吃饭问题，在身无分文情况下能得到他的帮助，并且借给我们50元，这对我们来说已是不小的支持了，果真是"山重水复疑无路，柳暗花明又一村"啊！

第一次在外出160多天时间里吃上熟悉的广东菜，三菜一汤虽然普通，但我们感到很享受了。我们向老板辞行，他热情地把我们一直送到大门口并握手道别，许多顾客都感到惊异，并好奇地目送我们离去。

第 4 天

第 4 天上午，李满光先到邮政局给罗卫强打电话，直到 9 点钟，李满光回来说，长途电话打不通，只能分别向罗卫强和姚远的同学（在深圳银行工作）拍去加急电报，要其接到电报后速邮钱到昆明团市委，这样我们最起码要再等 5 天才能收到钱。

我来到邮政大楼，他俩正在交纳电报费，三封电报共花了 16 元多。由于伙食方面广东酒楼的林老板叫我们先到他那里吃饭，最后算总账，那么这几天就暂时解决了吃饭问题。

回到房间休息了一会儿，时间也到了 11 点 40 分，我们即步行 10 分钟便到了广东酒楼。餐厅经理是位年轻精明谦卑的热心人，他一见到我们来，马上热情地跟我们打招呼，并安排我们到左边靠墙的圆桌就座，他随即在我们对面开菜单，没有征求我们的意见就把菜单开好，显然，林老板早向他们吩咐过。李满光拿出《西藏日报》刊登我们消息的报纸给他看，此时他更是倍加赞叹。服务员送上广东红茶，他看到报纸后也瞪大眼睛看着我们说：“真够胆量啊！佩服！惊叹！”今天又是三菜一汤，炒排骨、酸菜炒肉片、炒芥蓝、萝卜排骨汤。看样子，价格与昨天的一样吧。

下午，看看杂志不觉就到了 4 点钟，我本想睡午觉，好多天没有睡过午睡了，但姚远又是洗衣服，又是洗澡，闹得我也睡不着了，干脆起来唱歌打发时间。晚饭我们是在招待所吃的，两个菜，每人半斤饭。我们吃过晚饭坐在一起闲谈到 7 点半，接着去大厅看电视直到 10 点半才回房间。我们叫服务员开了房门，他说：“你们的自行车是从哪里骑过来的？”我回答道：“从广州到新疆、西藏过来，现已行程 12 个省份，15000 公里。”当时立即就围上来好几个住宿旅客，看热闹似的看我们早已破烂不堪的自行车，有的人竟问这单车是否特制的？把自行车推进房间后，另有一位中年人也跟了进来，他是想了解我们的情况，当然他最感兴趣的是：如何组织、经费情况的使用以及目的等内容，我们则了解到昆明的情况：昆明市有 300 多万人，若想了解傣族人的风土人情必须到西双版纳，但现在由于那里发生了 7.6 级的强烈地震，公路遭到了严重破坏，客车中断停运。听说地震仍在持续,3—4 级的余震时有发生。我们决定取消前往西双版纳的计划。

第 5 天

第 5 天,我早上醒来,看表已是 9 点半了,而他俩仍在熟睡中,能多睡些时间是好事,免得大白天无聊、无钱,哪儿都去不了,什么都干不了,反而心更烦。

我去洗漱,把牙膏从底到头使劲挤,这才挤出黄豆那么小的点儿。由于手头只有 4 元钱,得留着花,不然 5 角 5 分的"春城"牌香烟都抽不起了。

今天姚远好像心神不宁,一会儿写日记,一会儿出去又回来坐坐,看来他心情烦乱,我都被他吵得分神了。我一直看英语到 11 点 45 分,李满光到服务台值班处打电话到佛山团市委了解情况,团委告知我们已拍了三封电报给昆明团市委,叫其代收经费。而后,我们就准备到广东酒楼吃饭。

一来到酒楼,餐厅经理马上给我们开了菜单,仍是三菜一汤,当服务员看到我们把萝卜汤吃完,她又热情地再端来一大碗。真是没钱反而吃得好,处处遇到好心人。

吃过午饭后回到招待所,大家聊天,写日记,这是我们必做的功课,旅途中无论多累都要先写完日记再睡,有时因条件所限不能及时将当天的日记写完,我们都会尽快把缺少的日记补回来。这已经成为我们大家的习惯了,是一种旅途中的生活方式。另外,像这几天在大都市停留住在旅店,信件收发方便的情况下,我们都会给家人、朋友写信或寄明信片告知他们我们在途中的情况。

这几天,由于汇款单未到,没有钱,只能待在招待所,确实心烦的时候,就到大街上溜达,走走看看。我们最喜欢去的地方是书店和旧书摊,去那儿看书不用花钱还可调节心情,还有就是到商业区了解市场消费及物价的情况,跟经营档口的市民做访谈。除此之外,任何需要消费的活动都不敢问津,剩下的就是等待,耐心地等待汇款单早日到来。

第 6 天

第 6 天,"嘭!嘭!嘭!"一阵急促的敲门声响起。"现在都 8 点多钟了,你们还在睡觉啊?快点起来,昨天都叫你们今天要 6 点多钟起来,等会儿有卫生检查团的要来了。"服务员向我们大声喊叫。

怎么搞的,连在旅馆住都要限制我们的休息,又不是上班时间,检查又怎么啦，旅馆难道不让住户想什么时候起来就什么时候起来？真见鬼了。睡眠时间都不够！姚远嘀咕几句又躺下，我也感到很烦，怪不得这几天服务员不是扫地，就是拖地板、擦桌椅，好似有干不完的活。倒是苦了我们，总要受打扰，烦死人了。前天，服务员来房间收杯子说要拿去消毒，连我正在喝水的杯子也催着快喝完，杯子要拿去消毒。

我起来感到全身无力，头脑也昏昏沉沉的，什么也不想干。饥肠辘辘，但所剩经费每个人连一个面包钱都不够，真想到街上买个面包填填肚子，可又有什么办法呢？只好喝杯热开水让肚子暂时填满。

已进入昆明的第 6 天，我们仍在经费困顿之中，只剩下 1.4 元（这还是 3 天前向广东酒楼借来 50 元剩下的），整天待在招待所，由于没钱不敢出门，哪怕是逛街，到书店也好，都没有心情。好在随身带了几本书，可以打发无聊的时间。大家都显得清瘦，头发似乎没有长，这也难怪，一路辛苦，常常饿肚子。

不觉时间到了 12 点，饥饿的神经早已麻木，肚子反而不饿了。“该到林老板那里去吃饭了。”姚远说。

这是第四天午餐到广东酒楼吃饭，今天不知是不是餐厅经理写少一个菜，上来的只有两菜一汤，最后我总以为还有一个菜未上，等饭都凉了，我只能失望地吃完用菜汁拌的饭。而后，在姚远的指引下，我们到市场逛了逛，在这里，个体水果摊、成衣档汇集一起，吸引我们的则是专门的书摊，有五六档书摊排在一起。在这里许多书是书店看不到的，我翻阅了一个多小时，但最后又只能恋恋不舍把它放回原处，因为手里没钱啊，过两天接到钱后再回来买吧。

剩下最后的 1.4 元，再把 7 角钱菜票退了，合起来还可以买五角五分一包、最低价格的“春城”香烟，而且还可以买三包呢。每次总是我去买最便宜的烟，再去杂货店买都不好意思了。对了，姚远很少去买烟，让他去露次面是再合适不过了。到今晚为止，只剩下 3 角 3 分钱，明天要是还拿不到汇款单，那烟也抽不上了。

第 7 天

第 7 天中午时分，姚远从团市委回来了，他带给了我们喜讯，好兄弟罗卫强拍来电报：“款项已邮出，请耐心等候。”得救了，怎能不令人高兴？7 天来的郁闷、顾虑、盼望已久的希望就要来临,怎么不叫人欣喜若狂?

12 点,按惯例又要到广东酒楼吃饭,我们从五楼飘然而下,顿感一身轻松,走在熙熙攘攘的北京路上,毛毛细雨扑面而来,春城的空气是那样的清新,心里装着满满的欢喜,不觉一会儿就到了酒楼。我今天一进入酒楼,胆子一下子大了许多,跟餐厅经理讲话也理直气壮,毕竟我们自信了许多,姚远将电报给他看过之后,他便微微一笑,这也许是最好的信任与祝愿。也只有我们亲身经历过这种经费缺乏的心理煎熬,才能体会到在困难的时候获得他人帮助是多么的温暖。那些服务员对我们几次来来去去也熟悉了,总是送来一堆堆笑脸,也许他们会想,我们每餐到酒楼吃饭可能是阔佬吧?或跟老板有特殊的关系,以至老板亲自下菜单,而我们则吃完饭,只是打个招呼便扬长而去。他们哪里知道,我们这是吃欠款啊!由于连日来吃的饭菜好,睡得也足,又少活动,饭量也逐渐减少了许多。这一餐两碗饭都是勉强吃下去的。

第 8 天

第 8 天 12 点钟,我们照例到广东酒楼吃午饭,酒楼的经理和服务员都知我们是先吃饭最后总结账,所以我们一去,服务员便送上茶来,连菜都好像是固定似的,真是服务到位。

午饭后回来先看了 1 小时书,下午 2 点多才睡午觉,时间白白流逝,实感可惜。等待意味着被时间抛弃,可惜,真可惜啊!大脑已麻木了,连午休都睡到 4 点钟才起床。

我想换换心情,于是想起把脏衣服洗掉。服务员阿姨看我没有肥皂洗衣服,特意送来一大块香皂,令我十分感激。

下午 6 点钟又到酒楼进餐,衣服全洗了,气温又低,我只好穿上军大衣御寒,这也自然招来酒楼许多顾客的异样目光。可这我早已习惯了,并不去理睬。

第 9 天

第 9 天是星期日,团委不办公,当然就无法查知汇款单是否收到。我们自然打算今天继续等待下去,直到明天才能到团委查消息。我们照例到广东酒楼吃午饭,今天写菜单的申先生不在,由一位本地小姐顶替,她可以讲一口流利的广州话。老板林先生过来问我们:你们的钱到了没有?我们说明天可以拿到。他点了点头就走开了。我们知道这是催促的意思，如果收到钱就尽快结账，真是不好意思。

下午实在心烦意乱，就想出去大街上走走，散散心也好。我披上大衣下楼。漫步在喧闹的大街上，不觉肩疼胸闷减轻了许多。此时身在这繁杂的都市里，我准备什么也不干，只想好好看看这座城市中生活的人们。

我来到一家书店看了《留美指南》和世界名画的一套明信片，再仔细翻阅察看有无适合自己的书。在北京路的求实书店逗留了半小时，再到南密市场，这里是我第二次来，不过这次我得慢慢欣赏，个体书摊五花八门的书籍吸引了我，假如在平时我将毫不犹豫地把喜欢的书买下来，可此时我身无分文。虽说看书不花钱，我却将一本书看了好长一段时间，直到摊主问我买不买，我只好不好意思地将它放下。

傣族民居

从书店出来我径直到了服装集贸市场，发现这里卖的都是前几年广州的流行服装。接下来又去逛了专卖水果的地方，雪梨、菠萝、人心果以及许多第一次见面叫不出名的水果，各种各样，琳琅满目，还有野木瓜，起初我以为是干杧果，后来才看清是弄错了。这里的水果价格比大街上的略为贵些。春城有规划地把个体摊档分类安排在专门的集贸市场，市容整洁而有条理，这是昆明城市管理的一大亮点，值得其他城市借鉴。

第 10 天

第 10 天上午，我起床后第一件事就是让李满光打电话到团委询问我们的电汇单到了没有。因占线总是打不通。姚远显得坐立不安，一会儿写日记，一会儿又翻翻书，到后来他实在待不住了就说："我先到书店看书，吃饭时在书店等你们。"说完他出了门，我则继续写日记，李满光在一旁看自己的专业理论书，且大声地读出声来，这是他从小养成的读书习惯。在广东酒楼吃完中午饭后，再回到招待所已是 2 点多了，3 人随便谈谈就到了 3 点半，姚远赶紧到团委看看有无我们的汇款单，我俩则留在房间看书，接着把未写完的上篇日记补全。

一个小时过去了，姚远还未回来，可能是拿到汇款单到邮局取钱去了吧。服务员过来催促我们去总服务台写张住宿通知单。我说：已派人去拿钱了，一回来马上办理结账手续。时间过去了两个半钟头，姚远终于回来了，他带回来一张汇款单，是罗卫强从东莞寄来的，电汇两天即可收到，总金额为 500 元。

到吃晚饭的时间了，可一下到楼下，李满光说钱要省着用，不要到饭馆吃饭，买点面包回来随便对付一餐就好了。于是，我去买面包，砖头般大小，一共两块，足够三人吃上一餐了。

第 11 天

第 11 天，像往常一样，我们睡到很晚才起床。起床后李满光去取钱，我和姚远则在招待所边看书边等候李满光带回好消息。10 点钟，李满光回来了，他说回来时去了广东酒楼把 11 餐的用餐费（170 元）和借款 50 元结清了，拿回抵押了 10 天的照相机，所以 500 元拿回来只剩下 280 元了。而后，我们到招待所前台把住宿费（10 天共 104 元）也结算了。由于经费不足，我们决定分别给蒋应雁、严顺章、曾怀光拍电报，让他们将钱寄到贵阳团市委，以使下一站的经费接得上。下午前往离昆明市 8 公里处的滇池参观游览。

滇池亦称昆明湖、昆明池。中国云南省大湖，在昆明市西南。有盘龙江等河流注入，湖面海拔 1886 米，面积 330 平方公里，平均水深 5 米，最深 8 米。湖水在西南海口泄出，称"螳螂川"，为金沙江支流普渡河上源。

滇池是云南省最大的淡水湖，有高原明珠之称。过去环湖地区常有洪涝水患，早在 1262 年就在盘龙江上建松华坝，1268 年又开凿海口河，加大滇池的出流量，减轻环湖涝灾。1955 年以后在湖的上游各个河流上先后修建 10 余座大中型水库，沿湖修建几十座电力排灌站，解除洪涝灾害，并确保农田灌溉和城市工业、生活用水。湖内产鲤鱼、鲫鱼、金钱鱼等。

考察队到昆明海埂公园内的滇池参观

滇池，原居住着称为“滇”或“滇棘”的部落，战国时期有楚将庄桥率部进入滇池地区。庄桥及其部属“变服从其俗”，建立滇国。西汉武帝时设益州郡，郡治为滇池县(今晋宁)；元至元十三年(1276 年)建立云南行省后，将池畔的鸭赤城改称昆明，成为云南省会的所在地。滇池风光秀丽，碧波万顷，风帆点点，湖光山色，令人陶醉。

我首先在附近买了一卷“富士”胶卷，随即大家向西郊进发。我们沿着平坦宽阔的马路往海埂公园方向骑行，阳光沐浴着我们的全身，我们感到格外舒畅，自行车也骑得飞快，半小时便穿过一路绿油油的良田、湖泊，2 点 50 分到达海埂公园。附近有所疗养院，豪华、幽雅、清静，确实是疗养的理想地方。

花了一角钱买票。我们推着自行车进入海埂公园，首先映入眼帘的是一望无际的滇池，群山掩映，更增添了几许神秘和诗意。清澈的湖水映出树木、建筑和山峰的倒影。宽阔的湖面上，可见成群的水鸟，像蜻蜓点水一般飞来飞去。湖边每隔一段可见供游人休憩和钓鱼的凉台，此时游人不多。我们骑自行车绕湖慢行，转完一圈已是下午4点了，这才依依不舍地回到了招待所。

滇池钓鱼台

第12天

第12天，明天我们就要离开昆明了，我想提前结清住宿费，于是到总台找服务员。服务员说："今天来了300位开会的人员要入住招待所，所以三人、四人房都要腾出来给他们，你们只能搬到大房间住20人一间的大铺（每床2元），不然就搬到对面旅社去住。"尽管我费尽口舌，可还是不行。我只好回房将情况告诉另外两人，大家一时难以接受，可想一想也可以理解，那就先收拾东西吧。

我看时间还早，于是赶紧补写昨天的日记。突然，门外一阵杂乱的脚步声，我赶紧把房门打开想看个究竟，原来是服务员带着一帮人过来了，准备住进我们住的房间。没办法，我们只能把自行车和行李往三楼大房搬。那大房间只有两排铁床，中间留了一条狭窄的过道。哎，反正就这一个晚上，将就点吧。

晚饭时间，我们提早在窗口排队，可由于开会人员包餐，我们只能点花菜和土豆丝。这顿饭我只是随便扒了几口，菜很难吃。

由于今晚来的人特别多，所以看电视要早点去占位子。6 点 50 分，我们 3 人重返四楼，叫服务员打开电视，直到 10 点钟我们才回房找自己的铺位。

大房间铺位没有编号，致使从其他房间转过来的旅客不知到底应该从哪边算起，尤其是后来入住的旅客数过来数过去到最后都没找到自己的铺位。总之，一片混乱，一些人甚至骂骂咧咧的，最后只好叫来服务员重新排位。

七、在贵阳当相机吃上第一餐饭

第 1 天(贵阳)

考察队到达贵阳后，找到贵阳铁路招待所以 12 元一晚(每床 4 元)换得一张住宿证，本来还要交 5 元押金换一张出入证，但我手头只有 12 元 7 角钱，等交了房费就剩下 7 角钱了。我说，下午或明天才能到团市委拿到钱，到时，我们再来补交押金吧。

我们将行李放好，马上去找团市委。经过人民广场，在 10.12 米高的毛主席石雕像前留影，后来问了几个路人才找到贵阳市共青团委员会，团委办公室的副主任接待了我们，他戴着近视眼镜，看样子他跟我们的年纪差不多。一见面，我们首先说明来意，并把佛山团市委开具的证明给他过目。他随即去问看上去有 30 多岁的女会计，她负责收发工作。她说："今天报纸已送来，收发时间已过，但没有汇款单，看明天能否接到汇款。"她说完就先告辞了。

副主任领我们回到会议室，给我们端上绿茶，他说："贵州人的习惯是待客人倒茶不倒满。"接着又给我们递上香烟。

我向副主任提出，由于汇款还拿不到，目前吃饭已成问题，是否可以想办法借给我们 50 元作为以后两天的生活费。他感到难以推却，便说："那我看看去。"10 分钟之后他回来说："出纳不在，拿不出钱来，另外我们一般也没带多少钱出来。这样吧，听说在新路口有家贵阳市工业贸易公司，里面有典当铺，你们可以把照相机抵押一两天，等拿到汇款单支出钱后再把它换回来。"呵，好办法！我们高兴地向他道谢后，即去找这家典当铺。

出大门往左走，过了两个公交站，便到了新路口，那醒目的"贵阳市工业贸易公司"招牌就在眼前，在门口左边还挂着一个很大的"当"字。我们进到里面，看到里面有 4 名服务员，柜台里摆着一些小件物品。我们说要把照相机拿来当一两天，一名 40 多岁的女服务员说："照相机当 50 元，另外扣除 4 元利息费。"两天的饭钱 50 元就够了，于是我们一口答应下来。她开了两张发票给我们。

接下来，我们第一件事就是找饭馆吃饭，因为此时已是下午 4 点多了，今天就早上 6 点钟吃了一小碗面条，肚子早就饿得咕咕叫了。

沿着遵义路往北站方向走，很快我们找到离住地只有 100 米左右的闹市区，进到一家饭馆，一小碗鸡蛋炒饭就要 1.60 元，每人两碗下肚都吃不饱，结果又在被一排卖成衣的个体摊档挡在后面的一家国营小餐馆吃了蒸饺（20 个 1 笼，2 元）和汤面（1 碗 0.7 元）。吃完就直接回到招待所，此时，还不到 6 点，天色开始暗了下来。

八、坚守贵阳 6 天，度过第三次经济危机

第 2 天

第 2 天下午，李满光骑车到市团委询问汇款单的事，3 小时之后他才回来。我迎头就问："钱到了吗？"他说："没有。"我一下子心就冷了，因为到现在只剩下 18 元了，昨天当照相机换来 46 元，刚刚又交了 12 元房费（总台服务员来催，我说我们在这儿住几天，到时再结算，她不肯，硬要我把今天的房费交了）。

然而，李满光虽然没取到钱，可他带回一件令人高兴的事情，那就是：到团委后，见到了团委组织部的一位副部长，他告诉李满光，去年曾骑车在贵州省内行了 1000 多公里花了一个多月，其间在黄果树爬山，由于太疲劳实在走不动，便花了 50 块钱，请轿夫用轿子把他抬上去。他说他也很想到内蒙古、青海、甘肃、新疆、西藏去看看，也很喜欢骑车去游玩，可就是找不到同伴，所以今

日见到李满光，感到知音难觅而此刻却在眼前，对我们的行动非常钦佩。他说："与你们比起来真是天壤之别，小巫见大巫了。"他一直拉住李满光要其讲西藏的情况。最后，这位部长还说："你们要到哪里，我给你们开证明。"

贵州体育馆

第 3 天

第 3 天，由于汇款单还未到，上午起床后，我将仅有的 8 块钱买了 12 个面包作为我们 3 人一天的伙食。下午 4 点半，服务员第二次来催缴住宿费，我们只能请她再宽容一两天。为解燃眉之急，我与招待所的门卫老伯说明我们目前的困境后，向他借了 10 块钱作第二天的伙食费。因为今天是星期天，团委不办公，也就问不了汇款单的消息。

第 4 天

第 4 天，11 点多钟了，我们像往常一样计划一天吃两顿饭，早餐与中餐合在一起吃。面包都吃怕了，今天午饭打算吃餐面条。穿过熙熙攘攘、车水马龙的大街，来到一家四川小吃店，每人要了一碗牛肉面、一碗素面（共 1.40 元）吃得很舒服，这顿也是三天来最丰盛的一餐了。下午 2 点多，姚远骑自行车到团市委查看汇款单到否，我和李满光留在招待所等候。今天若拿不到汇款单的话，就只好当自行车了。我说我那部新一点可当多点钱，就骑我那部去吧。大概过了一个小时，姚远回来了，而且把自行车也骑回来了。我问他："情况怎么样？"他说："汇款单仍没收到，三部自行车一起当就可以拿出照相机，明天就可以先到黄果树，等收到钱就可以离开贵阳了，这样可以节约一天的开支。"我们算了一下，当来的钱还是不够到黄果树，只能先当自行车，等收到钱再行动。

姚远再次骑自行车到典当行，可不到20分钟，他就回来了，自行车也没当出。原来，自行车没有执照不接收当，那只能当姚远的那一部了，因为他出来时带了执照（自行车），可他那部的包链盖早已丢掉，一个大洞很难看，只能从我的自行车取下包链盖再装到姚远的那部车上，可我们费了很大工夫还是装不上去，只能就这种破烂相骑到当铺去了。

但最终姚远还是把自行车骑回来了。他说：支钱的人出去了不在，也差不多到5点下班时间。眼看晚上又没钱吃饭了，这可怎么办？

我想到招待所看门的老伯，在他那里又借了10元钱，他说："我每月收入也只有70多元，好在前几天刚领到工资，这还好办点。"我说："明天或后天钱就到了马上还给你。"他欣然答应了。

能借来10元钱，大家自然很高兴，有饭吃了嘛。由于有了钱，大家就寻思着要不要吃顿米饭。最后，我一咬牙说："这样吧，李满光骑自行车到团委看看有无汇款单的消息，我和姚远去买斤卤猪肉回来，好好吃餐饱饭。"招待所的开饭时间到了，我负责切卤肉，他们去买饭，可过了很长时间，他俩才回来，原来是餐厅服务员不让只买饭，只好再买一个鸡蛋汤，就这样，晚餐大伙儿都吃得够饱了。

第5天

第5天，午睡刚醒，就听到姚远推门进来说："自行车当了30元。"听到这句话，我顿时感到轻松了许多，似乎闻到了香喷喷的饭香了。

下午4点钟，李满光到团委查汇款单，我和姚远到街上买菜，由于怕钱不够用，最后只买回来半斤榨菜和一瓶腐乳。一会儿，李满光也回来了，他说：钱还是没到，要看明天了。

为节省钱，又能吃饱晚饭，我和李满光拿着饭盒到食堂买饭，可服务员对我点6角钱青菜、6角钱豆腐和5碗米饭(5角钱1碗)很不满意,她要我再点一碟炒肉,我说我们已经买了肉,再点一份就吃不完了,她便不好再说什么了。我们将饭菜端回房间吃。

晚饭后,大家正在闲聊,姚远对我说:“王刚军,没有钱了,一点也不急啊?”(这句话他已说过好几次了)我说:“三封电报已发出,他们一定可以收到,只要我们再耐心等待一两天,一定会有好消息。”更何况,“作为解决困境的下策,我可以先回广州。”大家也觉得只能如此了。假如明天还收不到汇款,我们就乘当晚的火车直接回广州,这也是最后的自救办法。

晚上8点多钟,肚子实在太饿,就用榨菜、腐乳冲开水来喝。

第6天

第6天,下午2点半,我和李满光到团市委,好几天没有骑自行车了,在大都市骑车觉得挺新鲜的,心情自然比待在招待所好得多。一会儿,我们就来到遵义路的贵阳团市委,一位20来岁的团委干部非常热情地接待了我们。2分钟后,办公室主任给我们带来令人振奋的消息。他说:“上午收到广东寄来的3张电汇单,共1000元。”多么感人的喜讯啊!虽然是1000元,却让我们感到像是从深渊里被救上来而获得了第二次生命。对朋友(这次寄钱的是蒋应雁、严顺章、曾怀光)的情谊用再美丽的词语都无法表达,我们只能在心里默默地祝福他们。

团委办公室主任仔细帮我们写了证明并在汇款单上加盖公章,同时详细告知取钱的邮局地址路线,最后我们向他们由衷地表示感谢并热烈地握手告别。

我俩像一阵风骑上自行车直冲瑞金邮电局,当邮局服务员得知我们是骑自行车一路考察过来的,非常热情,并把仅剩的1000元全部支给了我们。

姚远马上查看明天到黄果树瀑布、龙宫的旅游地图。

晚饭,我们准备好好吃上一顿,让饥饿了十几天的肚子好好享受一番,于是我们打算去吃火锅。

九、游黄果树瀑布、龙宫

黄果树瀑布位于贵州省安顺市镇宁布依族苗族自治县西南15公里的白

水河上，瀑布高度为77.8米，宽101米，远远望去，但见山峦重叠，白水河自东北山腰泻崖而下，水势汹汹，波浪滔滔。白水河流经黄果树地段时，因河床断落，形成水势浩大的黄果树瀑布群。湍急的水流顺势从层崖之巅跌落，凭高作浪，倾入犀牛潭中，发出轰然巨响。飞瀑跌落处掀起轩然大波，浪花四溅，水珠轻扬，飞洒在公路两侧，如蒙蒙细雨，远看则如笼罩在轻纱薄雾之中，忽明忽暗，幻影幢幢；若是盛夏时节，遇太阳照射，便化作长虹一道，五彩缤纷，霞光遍地。对岸建有观瀑亭，颇为古雅，倚栏览月，可正面观赏飞流奔腾喷薄之状，还能俯瞰下游玉女飞渡、峡谷回流、银滩轻泻诸景。瀑布附近的天生桥，长1公里，宽200—300米。

黄果树瀑布

水帘洞

水帘洞门票6角钱一张，洞内装了电灯照明，通道狭窄，拐弯处甚多，洞顶侧壁就像倾盆大雨从屋檐流下的水一样。

水帘洞位于黄果树瀑布40—47米的高度上，全长134米，有6个洞窗、5个洞厅、3股洞泉和6个通道。走进大瀑布本身就已惊心动魄、神移魂飞了，而要在大瀑布里面穿行，确感犯怵，但到了黄果树瀑布，而不进水帘洞，就不会真正领略到黄果树瀑布的雄奇和壮观，那将是人生一大憾事。穿越水帘洞，还有一个绝妙奇景，从各个洞窗中观赏到犀牛潭上的彩虹，这里的彩虹不仅是七彩俱全的双道而且是动态的，只要天晴，从上午9时至下午5时，都能看到，并随你的走动而变化和移动。前人说："天空之虹以苍天作衬，犀牛潭之虹以雪白之瀑布衬之"，故题"雪映川霞"。

龙宫在距黄果树瀑布35公里的镇宁县。龙宫为1984年开发，当时供游览的占总长五分之一的1140多米的水道，水深都在20米以上，其余五分之四拟用3年时间开发。龙宫由石灰岩地质经水流冲刷而成，那绚丽多姿的熔岩汇集了"西游记"典故五龙护宝等天然雕像，千姿百态、栩栩如生。参观龙宫须乘木船且由导游带领。我们乘木船于龙宫的洞口，随即进入千姿百态、栩栩如生，如入龙宫、如至仙境的龙宫水道观赏。

十、追寻长征的足迹——遵义

遵义会议会址

我们于下午3点40分抵达历史文化名城遵义市，到空军招待所办理入住手续，而后又把行李寄存在保管室，连房间也没进就前往红军长征烈士纪念碑和遵义会议纪念馆参观。

步行了足足 1 小时 10 分，我们才到达红军长征烈士纪念碑。大门左边是遵义会议会址，是 20 世纪 30 年代初期修建的一座砖木结构曲尺形洋房。1935 年 1 月，红军一方面军长征到达遵义后，总司令部即驻扎于此。遵义会议扭转了第五次反围剿的“左”倾机会主义路线，纠正了博古、王明、李德等人“左”倾错误路线，选举了张闻天为总书记，毛泽东、周恩来、王稼祥三人小组负责军事指挥，使党中央和红军胜利抵达陕北，完成了举世瞩目的二万五千里长征。从大门口一直往上延伸直至最高处，是红军长征烈士纪念碑所在地。这座烈士纪念碑和陵园在 1984 年被国务院定为全国重点建筑保护区。

遵义红军烈士陵园

十一、参观重庆红岩村、烈士墓、渣滓洞、白公馆

抵达重庆后，我们住在重庆卫生用品厂第二招待所。

红岩嘴 13 号旧址是中共中央南方局、八路军（第十八集团军）重庆办事处驻地。1938 年 10 月武汉失守，八路军驻武汉办事处迁至重庆，成立了八路军重庆办事处（兼新四军重庆办事处），周恩来、董必武、秦邦宪、何凯丰、林伯渠、吴玉章、叶剑英、王若飞、邓颖超等以中共代表、国民参政员等名义先后住此，担任南方局的领导工作并同国民党谈判。

红岩嘴 13 号旧址

白公馆原是四川军阀白驹的别墅，被军统特务强行征用。因为政治犯人数不断增加，原来的监狱不够用，而此处又比较隐蔽，所以国民党特务将这里作为关押政治犯的地方。在此遇害的有杨虎城将军及其副官、儿子等。他们被骗到白公馆后惨遭暗杀。白公馆同样有审问室，设在潮湿的山洞中，不少难友就惨死在那里。主楼、一楼、二楼全部是监狱，左侧是女牢。

渣滓洞位于重庆市歌乐山麓，距白公馆 2.5 公里，因滓多煤少而得名。原为人工采掘的煤窑，本是工人的住宿房。渣滓洞三面是山，一面是沟，位置较为隐蔽。1939 年，国民党特务逼死矿主，霸占煤窑，在此设立了监狱。1943 年中美合作所作为第二看守所。1949 年 11 月 27 日国民党特务对 200 多人进行集体屠杀，仅有 15 人从断墙缺口脱险。杨虎城将军、王显声将军、江姐、小萝卜头先后被囚于此。

红岩革命纪念馆陈列室

白公馆原为四川军阀白驹的香山别墅，故名

渣滓洞

渣滓洞分内、外两院，内院是关押犯人的，牢房分男女（女牢有木架上下床和地铺，男牢全是地铺）两部分，可以关押200名左右犯人，最多时候关押过600人。目前陈列着的有烈士事迹介绍、遗书、遗信、遗物，特别令人感动的是1949年10月10日，当难友得知中华人民共和国已宣告成立，女牢的同志用红被面剪成一块红布，再用黄色布剪成五角星做成一面红旗以示庆祝。

烈士墓是为纪念在白宫馆、渣滓洞遇难的烈士而修建的。墓群坐落在青松翠柏之间令人感到庄严肃穆。墓群前面有一尊巨大的石雕，石雕后面是地下纪念馆，中间可见邓颖超的题词。

下午3点半，重庆依然大雾笼罩。到白公馆、渣滓洞还有好远一段路，且沿途没有公交车，为了省时间能在今天参观完毕，我们坐上了出租车，司机说每位2元包来回。

参观完已是下午6点钟了，我们步行到重庆外语学院绕行一圈后，在烈士纪念馆旁边吃火锅。听说重庆火锅很有名，特地来品尝一番。火锅用大煤油炉烧，放在桌中间，炉上面放铁锅，铁锅以铁片隔开成八格，里面是不知重复用了多少次的汤底，辣椒已经煮成烂泥。我们点了泥鳅、带鱼、鸭肠、牛肚、豆芽、啤酒，除了麻和辣，似乎就吃不出什么味道，总共花了19元。酒足饭饱后，我们迎着夜色步行回招待所，穿过600多米的隧道回到住地。

中美合作所集中营旧址

重庆歌乐山烈士墓园陈列馆

十二、从重庆港到周公馆

重庆码头是长江与嘉陵江的汇合口。此时的山城雾大，似一幅水墨画

重庆港坐落在长江与嘉陵江汇合口，车水马龙，人声嘈杂，还不时传来轮船汽笛的长鸣。秋季的长江水位很浅，此时码头的站台早已伸到了江心，而轮渡的乘客依然络绎不绝，呈现一派繁忙的景象。站立江边远眺，山城重庆大雾弥漫，对岸的建筑若隐若现，令人如在梦中。

曾家岩 50 号，周恩来为便于工作叫“周公馆”

从重庆港到火车站，沿途可以看到空中缆车，在嘉陵江上空滑来滑去，价格不贵，花 1 元即可俯瞰山城壮丽景色，还可省下挤公交的时间，堪称重庆的一大特色。重庆依山而建，街道起伏不平，骑自行车要滑一阵推一阵，尽管市区人口稠密，但骑自行车的却不多，街上到处都是行人，男男女女，全都看似优哉游哉的。这里的女性与广东的相比似乎更懂得穿衣打扮，给重庆增添了一道亮丽的风景。

此时的重庆气温本就不高，当我们抵达周公馆时，刮起了阵阵寒风，顿觉周身变冷。当地人都穿上羊毛衣了，而我们仍穿着单薄的运动服，不由得打起了哆嗦。周公馆是抗日战争和解放战争时期周恩来办公和居住的地方，即八路军驻重庆办事处旧址，其中一部分曾被日本飞机炸毁，新中国成立后才得以修复。

从周公馆出来，步行10分钟便到达桂园，这里原是国民党政治部副部长张治中的公馆，重庆谈判时，张治中全家搬出公馆到郊外居住，让给毛泽东、周恩来作休息办公之用，只留下工作人员进行服务。1945年10月10日，《国共双方代表会谈纪要》在此签字，毛泽东在这里还会见了蒋介石以及部分进步青年和文艺界知名人士。这段时间，周恩来亲自安排毛泽东的饮食起居和安全。

十三、南宁一天游

南宁是一座四季如春的美丽城市，街道两旁的绿化树郁郁葱葱，有鲜花盛开的羊蹄甲、白玉兰、天竺葵……也有果实累累的菠萝蜜、杨桃、杧果……处处芬芳馥郁，浓荫蔽日，呈现"半城绿树半城楼"的绚丽景象。

南宁市白龙公园内的烈士纪念碑全景

市区有白龙公园、南湖公园、滨江公园和动物园。东郊青秀山风景区是避暑游览胜地；南郊良凤江风景区是郊游野炊的理想去处，凤凰湖也是旅游度假的好地方；北郊伊岭岩，洞美石奇，雄伟深邃，宛若仙境，另有清澈晶莹、冬暖夏凉的灵水以及龙虎山自然风景区、大明山风景区、花山崖壁画等旅游胜地。

百色起义和两江（东江、西江）起义纪念碑

南宁火车站

我们首先步行经过两个公交站点而从中华路进入白龙公园参观，穿过公园后，接着从人民东路步行到市中心，来到南宁市最大的百货大楼，它共有四层营业楼，广东家电在这里独占鳌头，像万宝135升冰箱卖2853元，佛山出产的HX880星河组合音响卖2450元、PX660卖1850元，这些售价比广东的同类产品价格高出200元左右。最后，我们进到南湖公园，来到邓小平题词的纪念碑前参观，这座纪念碑是为纪念百色起义、两江（东江、西江）起义的烈士而建造的，在纪念碑的巨大工农兵石雕像下面的花坛以红、黄二色为主色调，显得鲜艳夺目。纪念碑后面是一座典雅的蓝白色书院长廊建筑的陈列室。

十四、桂林、阳朔两天游

去年5月，我和姚远一起专门坐火车到桂林旅游，在这里逗留了4天。这次我们打算在市区的广西师范大学招待所住两晚。

桂林山水

桂林是我国历史文化名城之一，素有“桂林山水甲天下”的美称。在3.5亿年前，这里原本是大洋水域，一亿五六千万年间，剧烈的造山运动把这里从海底掀起，造成现在的样子。此处石灰岩质纯层厚，发育充分，历经长期溶蚀，形成了千姿百态的峰林，峰丛、孤峰、洞穴、溪流和蔚为奇观的地下河，组成了“山清、水秀、洞奇、石美”的桂林山水。韩愈诗赞：“江作青罗带，山如碧玉簪。”独秀峰、伏波山、叠彩山、芦笛岩、普陀山、月牙山、骆驼山、南溪山、象鼻山和百里漓江的绚丽风光，莫不令人梦魂萦绕，心醉神驰，流连忘返。

漓江发源于“华南第一峰”桂北越城岭猫儿山（兴安县内），流经桂林、阳朔83公里水程，至平乐县恭城河口，全长164公里，是喀斯特地形发育最典型的地段，酷似一条青罗带，蜿蜒于万点奇峰之间，人称“百里漓江、百里画廊”。1999年版人民币20元背面，就是漓江山水的一段。

我们骑自行车在市区游览，需要门票的景区，如游芦笛岩、七星公园，都是找当地的管理部门凭我们的考察证明书而免门票。

象鼻山

芦笛岩在广西桂林市西北郊光明山，距市区5公里。因附近盛产芦草可做成笛子，故而得名。岩洞雄奇瑰丽，萦回曲折，游程约500米。洞内天然钟乳石组成各种形态的景观，如狮岭朝霞、石乳罗帐、原始森林、云台览胜、盘龙宝塔、帘外云山，颇为壮观、神奇，有“大自然艺术宫”之称。洞内还有唐代以来墨迹70余处，为世界游人所神往。

午饭在广西师大教工食堂吃的，伙食比起外面便宜多了，而且吃得舒服，每人半斤饭，一份小菜、一份酸菜炒肉再加两个卤蛋、2角钱花生，合计人均

1.90元。等我办完结账手续，离开师大招待所，刚好中午12点，一位40多岁的女管理员非常热情地将我们一直送到大门口。

芦笛岩

桂林今天的气候格外好，昨天寒气袭人，今天则是秋高气爽。整洁干净、熙熙攘攘的街道，显示出旅游城市特有的魅力。第二次到桂林，比去年旅游的那一次感觉更好。路过邮局，我趁便把那些给报社和朋友的信件寄出，告知他们我们将于12月30日中午12时到学校的消息。而后，穿过车水马龙的大街一直往阳朔方向奔驰。

眼看就要回学校了，车在飞，脚在用力蹬，我们仿佛回到了刚出发的时候，你追我赶，劲头十足，把前面骑车的一个个甩在了后面，从桂林出来50多公里的路段地势渐渐升高，相当于上坡路，然而自行车飞奔的速度似乎越来越快。

阳朔素有“桂林山水甲天下，阳朔风景甲桂林”的美称。从桂林乘游览船，顺漓江而下，平波倒影，如行画中，至阳朔周围有十几座山峰，像一片片莲瓣，环拱成一朵美丽的莲花，阳朔镇就坐落在这朵碧莲的中心。极目远眺，重峦叠嶂的山峰有规律地沿着漓江两岸依次向下游逐渐延伸。阳朔附近还有书童山、田家河、榕荫古渡、穿岩和月亮山等风景区。

叠彩山

阳朔西街

下午4点10分，我们到达阳朔县城。在烟档口与一位学生模样的姑娘聊起来，原来这烟档是她父亲经营的，她过来帮忙。姑娘今年高中毕业参加高考落榜。我说："你可以复习一年再考。"她摇了摇头。我接着问她："阳朔就业难吗?"她说："由于阳朔工业欠发达，厂不多且都是小厂，所以找份工作比较难。"我说："你可以从事旅游业工作，如导游也很好嘛。"她说，到这里来旅游的一般都是桂林包车来，导游也是从桂林跟团来的，所以阳朔的旅游业基本被桂林垄断，桂林找工作倒是挺容易的，主要是旅游业相关的工作。

当晚，我们入住阳朔县政府招待所，坐落在阳朔公园后面。

十五、回到佛山

考察队于1988年12月30日安全返回学校的当天中午，与迎接的好友在校园基础楼右侧合影。左起为蒋应雁、李箭、李满光、王刚军、林水平、姚远、严国伦

我们从桂林阳朔出发，途经蒙山、梧州、德庆、肇庆、三水，共计558公里，用了7天半时间，于12月30日中午12时安全返回佛山兽医专科学校。当天中午，蒋应雁，这位我们考察队的总后勤部长，带领一群同校的青年老师早早

地到距学校 3 公里的长红岭迎接我们。兄弟们久别重逢，十分高兴，大家一边热烈拥抱，一边说得最多的一句话就是“平安归来就好”。真是“走遍千山万水，尝尽人间疾苦”，自此，“广东高校青年教师考察队”历时 200 天，行程 17600 余公里的旅游探险考察活动宣告最后成功！

在佛山市文联和市直机关作《我国十三省区风情》的考察报告

西藏日报

穿越十省区

广东高校教师自行车考察队行程万余里抵达拉萨

本报讯 由佛山普专教师李满光、王刚军、姚远等组成的广东高校教师自行车考察队途经湖南、湖北、河南、山西、陕西、宁夏、青海、新疆等省区，行程11000多公里，于10月6日从我区藏北到达拉萨。

以26岁的青年教师李满光为队长的这支考察队，去年7月开始这次人文地理旅游的资料查阅及身体锻炼的准备，于今年6月3日从广州出发。他们在旅行中对各省区有关历史、地理、民族习俗、民族心理及民族团结等方面进行较详细的考察，收集了大量的第一手材料。在考察完西南地区后，他

区的民俗风情、民族历史、民族团结、民族心理、民族体育文化及旅游体育等方面进行研究、探讨。

虽然在穿戈壁、翻雪山、过草地之后，已有三人途经我区普兰县之前由于身体不适和受伤而停止旅行，但是剩下的三位青年教师依然信心百倍，在拉萨稍事休整后将骑车向藏南地区、四川、云南、

拉萨古城吸引着众多的国内外游客。因为很多外国游客到繁荣兴旺的八廓街和大昭寺广场参观游

1988 年 10 月 8 日，《西藏日报》报道考察队行程 11000 公里抵达拉萨

考察队安全返回后，广东新闻界非常关注考察队的情况，广东电视岭南台、佛山电视台、佛山人民广播电台、佛山日报社等纷纷前来采访，并作专题报道。为满足社会各界人士的兴趣，考察队先后派出代表到中山大学、华南师范大学、佛山市文联和佛山团市委等多个单位作考察报告，得到了社会各界的好评。

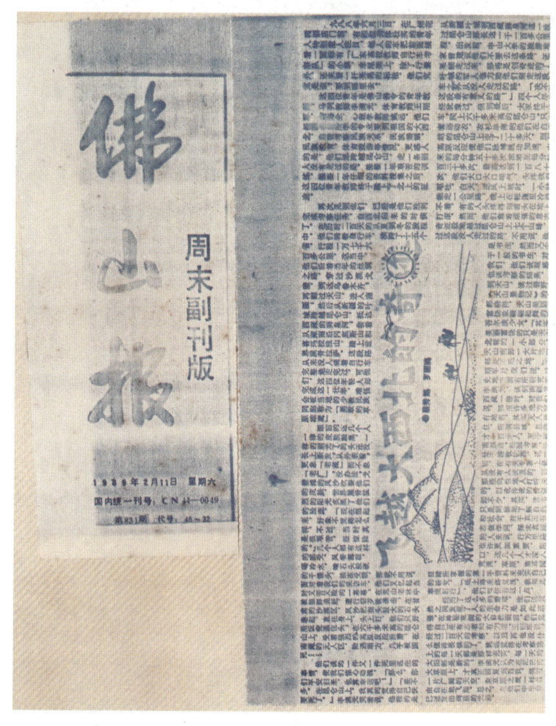
佛山报
周末副刊版
1989年2月11日 星期六
飞越大西北的奇迹

1989 年 2 月 11 日，《佛山报》以“飞越大西北的奇迹”为标题对考察队作专题报道

后　记

此书于2020年7月25日完成初稿，用了3个月，可准备了32年。

一直以来，我心有不甘，不甘只有当年的行动，而没有之后的记录；不甘当初承诺写书却迟迟没有兑现；更不甘"不畏艰险，勇于探索"改革开放精神推动下创造至今无人打破的奇迹渐渐消逝，而没有留下只言片语。

我曾三次动笔欲完成此书，但都因各种原因未果，直至今年初，一场突如其来的新冠肺炎疫情席卷全国，牵动着亿万群众的心，为了避免病毒感染，不得不尽量减少外出，居家遂成常态，我决心利用在家时间充裕的机会完成初稿。对这次写作，我力求忠实于原始笔记，从记录的笔记中摘录整理，编辑成文，即由我对照当年每天所写的笔记内容和行程路线，回顾再现当年的情景，并在原始笔记中画线标注后，交给我的妻子张瑜编辑并录入成文，这样经过我们夫妇俩通力苦战了3个月，终于完成了本书的初稿。

早先与李满光、姚远、唐海全讨论将考察过程写成书稿出版，就已经商定此书必须由我们自己作为亲历者撰写初稿，再找文学专业人士修改以提高此书的质量。因此，在整理笔记后期，我想到了我院中文专业的唐正杰老师，他是一位热情、豪爽的性情中人。当我打电话对他说，想找他对书稿润色、修改，希望得到他的帮助，他便欣然接受，这让我非常高兴。于是，我于2020年7月25日晚11点将初稿上传给他，顿感如释重负，有他的帮助，坚信这一次此书一定可以写成了。

历经32年的沧桑巨变，现如今我校从地处偏僻、学生人数不足800人、留不住年轻教师的学校，发展成为拥有近2万学生，数百位青年学者、博士的高水平理工科大学。教师收入大幅提高，住房条件极大改善，教师们安心工作，教学、科研水平大幅提升。而我们4名队员从当年血气方刚、敢于挑战、勇于探索的年轻小伙到了面临退休进入人生的最后阶段了。

近年来，得益于国内改革开放和经济的快速发展，从国家层面奏响了“开发大西北”的进军号角，昔日贫瘠的大西北成为国内旅游和自驾游的热门。而自从火车开进拉萨，西藏神秘的面纱也在一点点地褪去。今日之西藏，机场分布在各个地级市，高速公路更是随“大北线”直通藏北高原。素有“西藏江南”之称的林芝地区，由于交通条件的改善，其优越的生态旅游资源被很好地利用起来了，尤其是鲁朗小镇如诗如画的自然风光吸引了越来越多的摄影和旅游爱好者慕名而至。倘若现在将我们当年所走过的路重走一遍，显然容易很多了，因为当地的交通条件和人民生活水平都已今非昔比。岁月沧桑，逝去的不啻是青春，还有贫穷和苦难，经历沧桑巨变的我们更加懂得了要珍惜今天来之不易的生活。衷心希望“不畏艰险，勇于探索”的精神一代又一代地传承下去！祝愿祖国更加繁荣昌盛！

2020 年 7 月 28 日于佛山　王刚军